Marcus S. Theis

Echo der Kirschblüten

Originalausgabe – Erstdruck

Marcus S. Theis

Echo der Kirschblüten

Roman

Schardt Verlag

Bibliographische Information der Deutschen Bibliothek:

Die Deutsche Bibliothek verzeichnet diese Publikation in Der Deutschen Nationalbibliografie; detaillierte bibliographische Daten sind im Internet über www.d-nb.de abrufbar.

Titelbild: *Tänzerin / photocase.de

Die Handlung und alle Personen des Textes sind frei erfunden. Alle möglichen Ähnlichkeiten mit tatsächlichen Vorgängen oder Ereignissen bzw. mit lebenden oder gestorbenen Personen sind rein zufällig.

1. Auflage 2019

Schardt Verlag
Metzer Straße 10 A
26121 Oldenburg
Tel.: 0441-21 77 92 87
Fax: 0441-21 77 92 86
E-Mail: kontakt@schardtverlag.de
www.schardtverlag.de

ISBN 978-3-96152-204-0

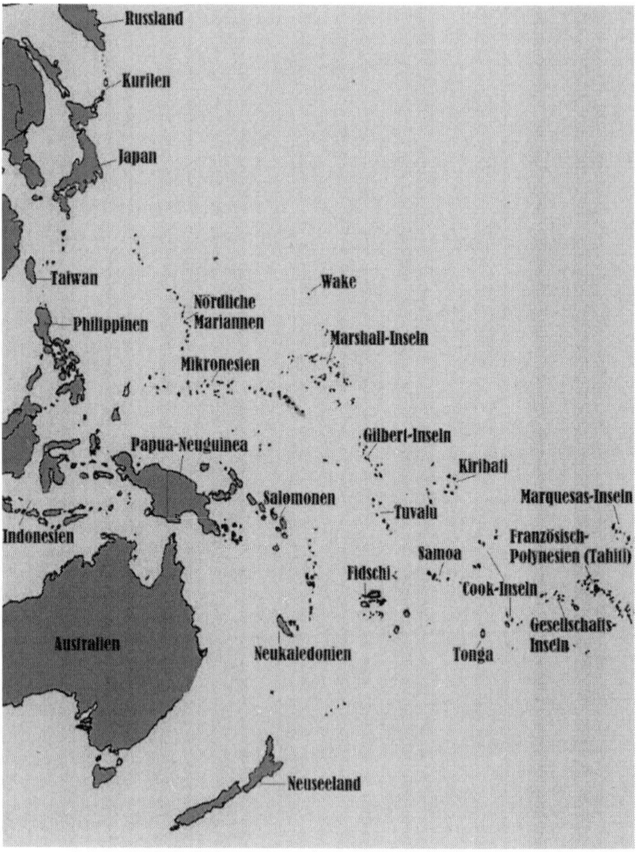

Orientierungskarte (nicht form- und maßstabsgetreu)

Kapitel 1

Grell schimmert der Mond durch das hohe Fenster über seinem Bett, während draußen ein schwacher Wind pfeift. Amanaki kann keine Ruhe finden. Seine Gedanken plagen ihn und halten ihn wach. Schon immer war es so, doch verstehen wird er es wohl nie.

Seufzend richtet er sich auf, so dass sein langer Schatten auf die fotobedeckte Zimmerwand fällt. Für einen Moment wühlt er in seiner Nachttischschublade nach seiner Taschenlampe und knipst sie an. Den Lichtkegel lässt er langsam die Wand entlangwandern. Dabei verharren seine Augen lange auf den Fotos, die ihn mit Freunden und seiner Familie zeigen. Auf jedem sieht er so glücklich aus ... als hätte er keinerlei Sorgen. Nein, es sieht nicht nur danach aus, es war auch immer so. Dennoch sitzt er wieder hier und kann nicht schlafen. Amanaki schaltet die Taschenlampe aus und wischt sich mit beiden Händen durch sein Gesicht. Was ist nur los mit ihm? Wieso lässt sich dieses Gefühl, diese Stimme in seinem Kopf nicht abschalten? Schlimmer noch: Je länger er versucht, nicht hinzuhören, desto lauter wird sie. Mittlerweile schreit sie ihn an, endlich wegzugehen.

Dann fällt sein Blick auf den Kleiderschrank, in dem seit Monaten ein gepackter Rucksack versteckt in der Ecke steht. Sehnsüchtig vergräbt er Sekunden später sein Gesicht in einem Kissen. Es ergibt keinen Sinn. Er hat keinen Grund, unzufrieden zu sein. Es ist ein bescheuertes Risiko, das nur im Chaos enden kann. Doch kaum hat Amanaki diesen Satz zu Ende gedacht, trifft es ihn wie ein Hammerschlag: Ja, es ist bescheuert, und deswegen muss er es tun. Wenn Vernunft ihn nicht weiterbringt ... was sonst bleibt ihm übrig? Er kann nur das Gegenteil wagen und hoffen, dass es etwas bewirkt. Zum ersten Mal in seinem Leben wird er also unvernünftig sein. Nur so lässt sich diese innere Unruhe vielleicht abstellen. Ungläubig steht Amanaki auf und schüttelt den Kopf. Über Monate sehnte er diesen Moment herbei, doch wer hätte gedacht, dass er diese Entscheidung genau jetzt fällen würde? Es ist beinahe, als ergreife sie ihn zwischen zwei Sekunden aus dem Nichts.

Hektisch beginnt er sich im Halbdunkel umzuziehen, während sich ein Grinsen auf seinem Gesicht breitmacht. Als er fertig ist, greift er nach dem Rucksack, in dem sich auch ein Bündel neuseeländischer Dollar befindet, und der Taschenlampe, um nervös aus seinem Zimmer zu schleichen. Er wird es tatsächlich tun. Vorsichtig setzt er auf dem Flur einen Schritt vor den anderen, doch die hölzernen Dielen knarren trotzdem bei jeder Bewegung. Amanaki hasst diese alte Villa dafür. Es wäre nicht das erste Mal, dass seine Mutter deswegen aufwacht. Sie hat einen viel zu leichten Schlaf, weshalb er noch vorsichtiger wird. Denn wenn seine Eltern oder seine beiden Schwestern ihn jetzt erwischen, wäre das nicht nur sein Ende, sondern auch das Ende seines Traums. Vermutlich wird er nie wieder den Mut aufbringen. Nie wieder wäre er so entschlossen, wie er es in diesem Moment ist.

Lautlos steigt er die Treppe hinunter, bis er schließlich die letzte Stufe vor dem Erdgeschoss erreicht. Ab hier muss er sich beeilen. Nur ein weiterer Schritt und die Alarmanlage, die für das ganze Erdgeschoss scharf gestellt ist, würde losgehen. Normalerweise wird sie von oben deaktiviert, aber der Schaltkasten hängt im Schlafzimmer seiner Eltern. Er muss die Alarmanlage also bewusst auslösen und zum Schaltkasten im Erdgeschoss rennen, um den Alarm rechtzeitig auszuschalten. Eine Minute wird er dafür Zeit haben.

Amanaki nimmt einmal tief Luft und steigt die letzte Stufe hinab. Am liebsten würde er gleich losrennen, aber er muss aufpassen, nicht zu laut zu sein. Notgedrungen huscht er durch einen der langen Flure zur Hintertür, wo ihm noch 23 Sekunden zur Deaktivierung bleiben. Zitternd tippt er den Code ein, bis ihn das grüne Lämpchen endlich erlöst. Geschafft.

Verhältnismäßig ruhig packt er nun noch einige Vorräte ein und sucht in der Vitrine des kolonialen Esszimmers nach dem Bootsschlüssel. Später wird er ihn brauchen. Dabei fällt ihm ein altes Foto, das ihn mit seiner jüngsten Schwester Tahiri zeigt, in die Hände. Sie strahlt aus ganzem Herzen. Eigentlich wollte er keine Fotos mitnehmen, doch Tahiri war für ihn immer schon etwas Besonderes. Lächelnd steckt er es ein. Anschließend kramt er einen langen, handgeschriebenen Brief aus seinem Rucksack hervor. Es ist ein Abschiedsbrief, voller Entschuldigungen und Flehen. Schon vor Wochen hat er ihn geschrieben, aber irgendwie kam ihm niemals der Gedanke, dass er ihn tatsächlich eines Tages brauchen wird.

Zögernd legt er ihn auf einen kleinen Tisch bei der Hintertür und verlässt nachdenklich das Haus. Erst als hinter ihm die Tür leise ins Schloss fällt, vergisst er jede Vorsicht: In Amanakis Ohren klingt es wie ein Startschuss.

Völlig losgelöst hechtet er im Mondlicht am Pool vorbei und springt mit einem Satz über den hüfthohen Gartenzaun. Es ist eine Abkürzung, die er schon oft genommen hat. Ohne sich einmal umzudrehen, stürmt Amanaki Hals über Kopf den farnbewachsenen Hang hinunter. Gleich zwei Mal verliert er beinahe das Gleichgewicht, während die Zweige der Böschung gegen seine Haut peitschen. Doch

Amanaki gelingt es, sich immer wieder aufzufangen. Immerhin erreicht er auf diese Weise in Windeseile die Küste.

Unten angekommen, stützt er sich keuchend auf seinen Knien ab und betrachtet die Palmwedel, wie sie sanft im kühlen Nachtwind wehen. Das leise Rascheln der Blätter senkt seinen Adrenalinspiegel und lässt ihn innehalten. Amanaki hat dieses Geräusch schon immer geliebt. Er schließt seine Augen. Der Tanz der Blätter vermischt sich dabei mit dem endlosen Rauschen des Pazifiks und lässt ihn wehmütig werden: Wer weiß schon, wann er diese Klänge das nächste Mal hören wird? Gedankenversunken blickt Amanaki zum hölzernen Steg, wo der Segelkatamaran sachte im Wellengang auf und ab schaukelt. Er wird sich noch einen Moment nehmen. Nur für sich, um vernünftig von seiner Heimat Abschied zu nehmen. So viel Zeit muss sein.

Amanaki lässt sich auf den Boden fallen, zieht seine Turnschuhe aus und läuft barfuß über den Strand. Ein letztes Mal soll der vom Tag erwärmte Sand seine Fußabdrücke abzeichnen. Nur sie und der lange Abschiedsbrief werden auf Tahiti zurückbleiben, doch Zweifel regen sich nicht in ihm. Im Gegenteil: Als Amanaki seine Schuhe wieder anzieht und den Segelkatamaran besteigt, schießt eine Euphorie durch seinen Körper, die er bisher nicht kannte. Noch nie war er sich einer Sache so sicher.

Gekonnt löst er die Taue, hisst das Segel und lacht in die Nacht hinein, während das Boot langsam Fahrt aufnimmt. Eigentlich hat er erwartet, dass er spätestens jetzt Panik bekommen und umdrehen würde. Dass er sich zu sehr an sein schönes Leben auf Tahiti klammert, unfähig, die ihm vertraute Welt zu verlassen. Aber er wagt es – endlich wagt er es. So oft malte er sich diesen Schritt, dieses Ziel vor seinem geistigen Auge aus, ohne jemals danach zu greifen. Nun, nach all den Jahren, zerrt er seinen Traum tatsächlich in die Wirklichkeit.

Wie in Trance entfernt er sich von seiner Heimatinsel, ohne zu wissen, was genau ihn erwartet oder was er sich erhofft. Wieder strahlt er. Eigentlich ist es egal, denn dieser Augenblick, dieses Gefühl, das ihn gerade in eine neue Ungewissheit trägt, wird all das wert sein. Nie wird er es bereuen.

Bereits nach einer Viertelstunde auf See muss Amanaki jedoch einsehen, dass der Wind zu schwach ist, um vernünftig zu segeln. Notgedrungen wirft er den Reservemotor an, der für solche Fälle fest am Heck montiert ist. Wenn der Wind richtig steht, schafft der Segelkatamaran stolze 23 Knoten. Bei diesen Bedingungen wird Amanaki aber niemals ein so hohes Tempo erreichen. Wozu auch? Er hat alle Zeit der Welt. Sein vorläufiges Ziel, die Cook-Inseln, kann er normalerweise binnen 26 Stunden erreichen, und für den Anfang will er nur einige Seemeilen zwischen sich und Tahiti bringen, bevor er im Schutz eines Atolls vor Anker gehen wird. Dann kann er ein wenig schlafen. Noch ist seine Aufregung viel zu groß.

Für einen Moment legt Amanaki den Kopf in den Nacken, um die Sterne zu betrachten, die in ihrer ganzen Pracht auf ihn herableuchten. Schon als Kind hat er gelernt, anhand der Sterne zu navigieren. Sie sind seine Wegweiser hinaus aus dem Paradies, denn er will die gewohnte Perfektion verlassen, wo es nichts Neues mehr für ihn gibt. Wo keine Antworten auf ihn warten.

Als zwei Stunden später der Wind allmählich an Stärke zunimmt und Amanaki das Rattern des Motors nicht mehr ertragen kann, beschließt er, von nun an wieder zu segeln. Es braucht nur einen Handgriff, und das scheppernde Getöse des Motors verstummt. Seelenruhig lauscht er dem wiedereinsetzenden Rauschen und Zischen des Meeres. Es passt so viel besser zu dieser wundervollen Nacht und seinen Gedanken. Während er das Segel abermals hisst, pulsiert die Mischung aus Anspannung und Vorfreude durch seine Adern und lässt ihn wie in einem Traum über das dunkle Meer gleiten. Es ist ein Gefühl, das ihm Gänsehaut bereitet und die nächsten Minuten wie im Flug verstreichen lässt.

Erst ein leises, kaum wahrnehmbares Piepsen lässt Amanaki schließlich aufhorchen. Ein Vogel? Für ein solch zartes Piepsen ist er eigentlich viel zu weit von der Küste entfernt, so dass es nur aus dem Boot kommen kann. Neugierig steigt Amanaki die Stufe zur Kabine hinunter, in der maximal zwei Personen Platz finden. Doch weder bei der kleinen Sitzecke mit Tisch noch bei der gegenüberliegenden kurzen Küchenzeile oder den beiden tiefer im Boot liegenden Schlafnischen wird er fündig. Verwirrt kratzt sich Amanaki am Kopf. Das ist wirklich seltsam. Als er gerade das winzige Bad durchsucht, in dem es nur eine Toilette und ein Waschbecken gibt, ertönt das Geräusch erneut. Dieses Mal gelingt es Amanaki das Piepsen zu orten: Nicht in der Kabine, sondern an Deck hockt ein kleiner Vogel, der sich verängstigt und völlig durchnässt hinter einem Tau versteckt. Sein saphirblaues Federkleid wird einzig von einem weißen Fleck auf der Brust durchbrochen, der sich bis zur unteren Kopfhälfte erstreckt. Amanaki geht etwas in die Hocke, um den Vogel genauer zu untersuchen. Es ist ein etwa fünfzehn Zentimeter großes Saphirlori-Männchen, und Amanaki bekommt Mitleid mit dem Kleinen, denn ein Flügel ist gebrochen.

„Du armes Ding, was ist denn mit dir passiert?“ Traurig nähert sich Amanaki dem Vogel, der panisch vor ihm zurückschreckt. „Keine Sorge, ich tue dir nichts." Er überlegt kurz. „Warte hier, ich bin sofort wieder da!"

Daraufhin steigt Amanaki erneut in die Kabine, um eine Zeitlang in Schubladen zu wühlen. Er will wenigstens versuchen, dem Vogel eine provisorische Schiene anzulegen, aber dafür braucht er Verbandszeug. Unter dem Waschbecken im Bad findet er schließlich einen kleinen Erste-Hilfe-Kasten und breitet ihn auf dem Esstisch aus.

Zunächst wehrt sich das Vögelchen und pickt ihm zweimal in die Hand, als Amanaki es hereinträgt. Irgendwann scheint es aber zu merken, dass Amanaki nur helfen will und wird plötzlich ganz ruhig. Trotz dieser unverhofften Kooperation sitzt die Schiene letztlich mehr schlecht als recht.

„Tut mir leid, Kleiner. Besser kriege ich es nicht hin. Ich bin kein Arzt. Aber warte, ich habe hier was für dich."

Er zieht etwas Frischwasser in eine Pipette und drückt vor den Augen des kleinen Vogels einige Tropfen heraus. Gierig beginnt dieser zu trinken.

„Du bist ja am Verdursten, was? Schau mal, ich habe noch mehr." Vorsichtig zieht er die Pipette erneut auf. „Braves Vögelchen. Aber wie in aller Welt bist du nur auf meinem Boot gelandet?"

Amanaki hält inne, als würde er tatsächlich eine Antwort erwarten. Als bräuchte er die Bestätigung, wirklich nicht zu träumen.

„Ich glaube, ich nenne dich Ari." Doch Ari lässt sich nicht vom Trinken ablenken. „Du wirst wohl erst mal mein Gast sein, aber gewöhn dich lieber nicht an mich. Auf den Cook-Inseln bringe ich dich zu einem Tierarzt." Er richtet sich wieder auf. „Komm, ich mach es dir bequem."

Daraufhin beginnt Amanaki aus zerrissenem Toilettenpapier und einem Handtuch ein provisorisches Nest zu bauen.

Als er fertig und halbwegs zufrieden ist, setzt er Ari darin ab, der keine Anstalten macht zu fliehen. „Hier lässt es sich warten, hm? Ich komme sofort wieder."

Rasch geht Amanaki an Deck, um zu überprüfen, ob sich das Boot auch weiterhin auf Kurs befindet. Er muss nur leichte Korrekturen vornehmen, und das eher gemächliche Tempo kommt ihm jetzt sogar entgegen. So kann er sich besser um Ari kümmern. Deshalb steigt er gleich wieder in die Kabine hinunter. „Ich weiß, du stehst eigentlich auf Nektar, aber den habe ich leider nicht da. Mal sehen, was sich machen lässt."

Einen Moment überlegt Amanaki, bevor er etwas Honig, ein paar Früchte und ein Glas Babynahrung aus seinem Rucksack zieht – alles Dinge, die er selbst sehr gerne isst. Anschließend püriert er von allem ein wenig, bis nur noch ein suppiger Brei übrigbleibt. Es scheint die richtige Konsistenz zu sein, und so kann er die Masse mit der Pipette verfüttern. „Schnabel auf!"

Erst mustert Ari die Pipette skeptisch, da er wohl ahnt, dass sie nun etwas anderes enthält. Aber nach dem ersten zögerlichen Versuch isst er den süßen Brei auf und feiert es mit einem fröhlichen Piepsen. Amanaki lächelt stolz.

Wenn er darüber nachdenkt, ist Aris Versorgung vielleicht das Beste, was er seit Langem getan hat. Denn daheim, in seinem polynesischen Paradies, kann er nichts bewegen, nichts erschaffen. Dort muss er weder Prüfungen bestehen, noch gibt es Chancen, zu erkennen, wer er wirklich ist und was diese Welt eigentlich von ihm will. Dort würde er den Rest seines Lebens glücklich sein, ohne zu wissen wieso. Amanaki lässt die Luft aus seiner Lunge entweichen. Es mag vielleicht verrückt sein, aber er tut das Richtige.

Nun muss er sich wieder dem Boot widmen, und etwas Schlaf wird Ari sicherlich guttun. Zügig geht Amanaki also an Deck und segelt noch eine knappe Stunde weiter, bis er langsam müde wird. Mittlerweile ist er weit genug von Tahiti entfernt und hält deshalb die Augen nach einem geeigneten Ankerplatz offen.

Bis hierher wird ihn seine Familie schon nicht verfolgen ... zumindest hofft er es. Immerhin hat er das Lieblingsboot seines Vaters gestohlen, was Grund genug wäre. Leider haben seine Eltern aber mehr Gründe ihn abzufangen. Denn es wirft kein gutes Licht auf die Familie, wenn er als ältestes Kind und einziger Sohn mit gerade einmal neunzehn Jahren durchbrennt, alle Perspektiven verwirft und in die weite Welt segelt. Bei all dem Reichtum und politischen Einfluss, den seine Familie auf Tahiti besitzt, hätte sich Amanaki jeden Job aussuchen können. Hoffentlich wird der Abschiedsbrief sie überzeugen, ihn ziehen zu lassen. Er betet beinahe dafür.

Ihm bleibt eh keine andere Wahl, als darauf zu vertrauen. Vielleicht werden sie verstehen, warum er ohne Abschied fortgehen musste. Denn ein unangenehmes Gespräch mit ihnen über die Folgen seines Aufbruchs hätte Amanaki niemals überstanden, das wissen sie ganz genau. Seine Eltern und kleinen Schwestern hätten ihn vermutlich nicht zum Bleiben gezwungen, aber sicherlich gebeten oder gar angefleht. Und er, er wäre daraufhin schwach geworden. Amanaki ist noch nie gut darin gewesen, sie zu enttäuschen. Es musste also sein.

Diese Ungewissheit nagt gewaltig an ihm, und Amanaki wird erst mal nicht erfahren, wie sie reagieren, da er sein Handy bewusst zu Hause gelassen hat. Er mochte es sowieso nie, und ein direkter Kontakt zu seiner Familie würde ihn früher oder später sicher zur Umkehr bewegen. Alles, was ihm bleibt, ist, Briefe zu schreiben, um die Sorgen seiner Familie wenigstens etwas zu mildern. Aber selbst das wird ihm schwerfallen, falls er sich jemals dazu durchringt.

Noch ein paar Minuten quält sich Amanaki mit solchen Gedanken und schippert suchend über das Meer. Irgendwann findet er endlich eine geeignete Stelle zum Ankern. Erleichtert holt er das Segel ein und kriecht danach todmüde in sein Bett. Eine Frage schießt ihm aber noch durch den Kopf, die ihn mit einem Lächeln auf den Lippen einschlafen lässt: Was für Träume wohl von nun an auf ihn warten?

Zaghaft kündigen die ersten Sonnenstrahlen den Tag an, als Amanaki in seinem leicht schaukelnden Boot erwacht. Seltsamerweise fühlt er sich erholt, obwohl er nur wenig Schlaf finden konnte. Er sprüht beinahe vor Energie und richtet sich deshalb voller Tatendrang auf. Als Erstes sieht er nach Ari.

Sein kleiner Freund sitzt in dem selbstgebauten Nest und hat sich anscheinend die ganze Nacht nicht bewegt. Zudem atmet Ari ungewöhnlich hektisch. Doch gerade als Amanaki beginnt sich Sorgen zu machen, hüpft Ari aus seinem Nest und zwitschert lebensfroh. Auch die Atmung normalisiert sich. Amanaki lässt erleichtert von ihm ab. Bis zu den Cook-Inseln wird Ari es schaffen.

Gut gelaunt öffnet er die Kabinentür und wird für eine Sekunde geblendet, um dann in eine strahlende Welt zu blicken. Das blaue Meer glitzert, und die Sonne, die sich gerade erst vom Horizont lösen konnte, brennt bereits warm. Er nimmt einen tiefen Atemzug, schließt seine Augen und lächelt. Gänsehaut klettert seinen Körper hoch, und seine feinen Nackenhaare stellen sich auf. Es ist ein perfekter Morgen.

Amanaki streift seine Kleidung ab, um in das herrliche Wasser zu springen, das auch das letzte bisschen Müdigkeit aus seinem Körper vertreibt. Er schwimmt ein paar Runden um das Boot und lässt sich ein wenig treiben. Erst als ihm kalt wird, steigt er auf den Katamaran zurück. Wieder an Deck, trocknet er sich unter der warmen Sonne ab. In diesem Licht sieht einfach alles wunderbar aus, denkt er zufrieden.

In aller Ruhe zieht sich Amanaki an und steigt in die Kabine, um Ari zu füttern. Dabei streichelt er über dessen Brustfedern, als wäre es selbstverständlich.

„Bist ja ganz schön zutraulich geworden, was?"

Amanaki setzt den kleinen Vogel vorsichtig auf seine Schulter. Weil Ari es sich gefallen lässt, hüpft Amanaki mehrmals auf und ab und wackelt gleichzeitig mit den Schultern. Er will sichergehen, dass sein kleiner Freund einen festen Stand hat. Nicht, dass er beim Segeln herunterfällt. Es scheint aber zu gehen.

Mit Ari auf der Schulter isst Amanaki eine Kleinigkeit und geht anschließend ins Bad. Als er dort in den Spiegel blickt, kommt ihm eine Idee. Spontan greift er bei der Küchenzeile nach einem Geschirrtuch und knotet es sich um den Kopf. Wieder im Bad, bringt ihn sein Spiegelbild nun richtig zum Lachen. Wie das aussieht! Als wäre er ein Pirat! Kurzerhand zieht Amanaki seine Sofortbildkamera aus dem Rucksack und schießt ein Foto von sich mit Ari. Es rattert nur ein paar Sekunden, bis die Kamera das erste Foto seiner Reise entwickelt hat. Das Bild gefällt Amanaki so gut, dass er es gleich in ein leeres Buch klebt, das er als Reisetagebuch nutzen will.

Vergnügt schnappt sich Amanaki ein weiteres Geschirrtuch und malt mit einem schwarzen Filzstift einen grotesken Vogelkopf darauf. Anschließend holt er den Anker ein, um voller Erwartung das Segel mitsamt der lächerlich wirkenden Flagge zu hissen. Auch wenn sie nicht wirklich im Wind wehen will, ist Amanaki stolz auf sein Werk. Er strahlt über beide Wangen. Wenn ihn jetzt jemand sehen würde, hielte man ihn bestimmt für irre. Doch warum sollte ihn das kümmern? Stattdessen steht Amanaki einfach nur da, im von Gischt durchtränkten Seewind, und fängt fröhlich an zu singen.

„What shall we do with a drunken sailor? What shall we do with a drunken sailor? What shall we do with a drunken sailor? Early in the morning! Hoo-ray and up she rises, Hoo-ray and up she rises, Hoo-ray and up she rises early in the morning!“

Dabei knabbert Ari die ganze Zeit an seinen Haaren. Amanaki mag das Gefühl und lässt ihn gewähren. Zu seinem Glück bläst der Wind mittlerweile kräftig in das Segel, so dass der Bug nun immer zügiger durch das klare Wasser schneidet. Schon morgen dürfte er die Cook-Inseln erreichen, wo er seine Vorräte aufstocken und sich etwas erholen kann. Der Start ist also geglückt. Trotzdem überrascht es Amanaki, dass er sich bereits jetzt merklich anders verhält. Vielleicht ist er doch schon verrückt geworden, wie viele seiner Freunde sicher meinen würden? Aber dann gelingt es ihm, diesen Pessimismus wegzulächeln: Wenn es ihm so viel Freude bereitet, verrückt zu sein, dann will er es auch bleiben.

Kapitel 2

Der Abend zieht langsam die Sonne vom Himmel, als Amanaki mit seinem Segelkatamaran in den kleinen Hafen einfährt. Er freut sich, die Cook-Inseln endlich zu erreichen, auch wenn die Überfahrt nicht allzu lange dauerte. Fester Boden unter den Füßen ist ihm immer noch am liebsten, worüber sich seine Freunde auf Tahiti gerne lustig gemacht haben. Selbst beim Surfen, dem alten polynesischen Königssport, hat er sich unglaublich unbeholfen angestellt. Immerhin kann er gut schwimmen. Was seine Freunde jetzt wohl gerade tun? Ein wenig traurig blickt er in die Ferne. Er wird sie schrecklich vermissen, aber es gibt kein Zurück mehr.

In Windeseile hüpft Amanaki vom Boot auf den Steg und zurrt die Taue fest. Danach geht er mit Aris Zwitschern in den Ohren zum Hafenmeister, um einige Formalitäten zu erledigen. Es dauert zum Glück nur zehn Minuten, bis alles geklärt ist, und der freundliche Mann gibt ihm sogar noch einige Tipps für seinen kurzen Aufenthalt. Dankend verabschiedet sich Amanaki und spaziert daraufhin den Steg entlang.

Für einen Tierarztbesuch ist es leider schon zu spät, und auch die Vorräte wird Amanaki größtenteils erst Morgen aufstocken können. Da ihm also nichts weiter zu tun bleibt, will er sich ein wenig die Beine vertreten und vielleicht eine Kleinigkeit essen. Mit hinter dem Kopf verschränkten Armen sieht er sich um.

Rarotonga ist wie Tahiti eine typische pazifische Vulkaninsel, auf der eine zentrale Bergkette immerhin einige hundert Meter hochragt. Verglichen mit seiner Heimat wirkt die Insel aber geradezu mickrig, so dass es nicht allzu lange dauern dürfte, sie zu erkunden. Daran hat Amanaki allerdings kein Interesse. So schlendert er verträumt durch den kleinen Ort, während Ari energisch an seiner Schiene knabbert und die irritierten Blicke der Anwohner auf sich zieht.

Irgendwann lockt Amanaki der Geruch eines Barbecue-Standes an, wo ihm eine freundliche Anwohnerin etwas gegrillten Fisch anbietet. Er legt eine Hand auf seinen Bauch, in der Hoffnung er würde wie in einer Zeichentrickserie zu knurren beginnen. Er könnte schon etwas vertragen und nimmt deshalb dankend den Fisch an. Das zarte Fleisch zerfällt in seinem Mund und schmeckt wirklich ausgezeichnet. Allein dafür hat sich der Spaziergang gelohnt.

Als er zurück zum Boot gehen will, fällt ihm ein alter Mann am staubigen Wegesrand auf. Er trägt einen ausgefransten Strohhut, und mit seinen knochigen Händen bietet der Alte überreife Brotbaumfrüchte an, die nicht besonders appetitlich aussehen. Vermutlich hat er den ganzen Tag noch keine einzige Frucht verkauft. Amanaki bekommt richtig Mitleid, und ohne weiter darüber nachzudenken, tragen seine Beine ihn dorthin.

„Brotbaumfrüchte gefällig, junger Mann? Kosten nur zwei Dollar das Stück“, ruft ihm der Alte entgegen.

Zwei Cook-Inseln-Dollar sind eigentlich viel zu viel, aber Amanaki verspürt immer noch etwas Appetit, und in den Augen des alten Mannes liegt ein freundlicher, einnehmender Glanz, der ihn schwach werden lässt.

„Ich habe leider nur neuseeländische Dollar. Geht das auch?“

Der alte Mann nickt freundlich.

„Selbstverständlich, wie überall hier.“

„Dann nehme ich eine. Können Sie mir die Frucht noch öffnen? Ich möchte sie sofort essen.“

„Aber natürlich.“ Der alte Mann lächelt und mit einem Messer öffnet er gekonnt die Frucht. Dabei mustert er

Amanaki gründlich. „Du bist nicht von hier, oder? Ich habe dich noch nie gesehen."

Amanaki nimmt die Frucht entgegen und isst einen kleinen Bissen, bevor er antwortet.

„Nein, ich bin nicht von hier. Ich bin nur auf der Durchreise. Übrigens schmeckt die Frucht ausgezeichnet", lügt er.

Der Alte strahlt so sehr, dass Amanaki seine schlechten Zähne sehen kann.

„Das freut mich. Wohin geht die Reise denn?"

Die Frage erwischt Amanaki auf dem falschen Fuß, denn so richtig weiß er es auch noch nicht.

„Ähm ... erst mal nach Neuseeland. Ich habe hier ein Segelboot vor Anker liegen." Er zuckt mit den Schultern. „Wohin es mich danach treibt? Wer weiß das schon."

Der alte Mann nickt zufrieden.

„Ein Abenteurer also."

Amanaki schüttelt lächelnd den Kopf.

„Oh nein, ich bin kein Abenteurer."

„Oh doch, das bist du! Ich kann spüren, dass du große Träume hast. Mir gefällt das. Es gibt zu wenige junge Menschen mit großen Träumen."

Nun muss Amanaki seinerseits strahlen. Auch wenn er es nicht ganz so sieht, fühlt er sich irgendwie geschmeichelt.

„Na gut, wenn Sie das sagen, mag ich nicht widersprechen."

Der alte Mann antwortet nicht, sondern öffnet sich ebenfalls eine Brotbaumfrucht.

„Bitte duz mich doch." Nach dem ersten Bissen verzieht er das Gesicht. „Und sei ehrlich, die Früchte schmecken doch scheußlich?"

Daraufhin muss Amanaki lachen.

„Also ... ich habe schon Bessere gegessen, viel Bessere. Aber scheußlich würde ich nicht sagen."

Wortlos legt der Alte seine Frucht zu den anderen zurück.

„Ich weiß deine Aufrichtigkeit zu schätzen. Wie heißt du eigentlich?“

„Ich heiße Amanaki und Sie ... äh, du?“

„Mein Name ist nicht mehr von Interesse. Er wird schon bald vergessen sein.“

Die Antwort findet Amanaki so seltsam, dass ein Hauch von Beklemmung in der Luft liegt. Der Alte scheint es zu bemerken, so dass er schnell das Thema wechselt. „Aber sag mal, Amanaki, wie hast du denn diesen schönen Saphirlori gezähmt? Willst du ihn etwa mit auf dein Abenteuer nehmen?“

„Es ist kein Abenteuer!“, erwidert Amanaki trotzig.

„Rede dir das nur weiter ein“, lächelt der alte Mann. Als Amanaki nicht weiter darauf eingeht, hakt er noch mal nach: „Also, was ist jetzt mit dem Saphirlori?“

„Ach, du meinst Ari?“ Amanaki hatte fast vergessen, dass der kleine Vogel auf seiner Schulter sitzt. „Ich habe ihn beim Segeln verletzt auf meinem Boot gefunden und aufgepäppelt. Ob er zahm ist, weiß ich nicht. Ich denke, er kann nicht mehr fliegen.“ Er hält inne. Will er Ari überhaupt noch weggeben? Eigentlich hat Amanaki sich schon richtig an ihn gewöhnt. „Morgen werde ich ihn erst mal zu einem Tierarzt bringen, dann schauen wir weiter. Vielleicht behalte ich ihn auch.“

Der Alte streckt seine Hand aus und streichelt Ari vorsichtig.

„Wirkt auf mich aber ziemlich zahm.“ Er macht eine Pause. „Ari ...“, murmelt der Alte, während der kleine Saphirlori an dessen knochigen Fingern knabbert. „*Das freundliche Lied des tiefen Wassers*. Ein schöner und passender Name. Er wird dir sicher ein guter Freund sein.“

„Vielen Dank", erwidert Amanaki überrascht. „Ich glaube, Sie ..., ich meine, du bist vermutlich der Erste, der mich deswegen nicht für verrückt hält."

Der alte Mann zeigt vor Vergnügen wieder seine Zähne, auch wenn Amanaki ehrlicherweise darauf verzichten könnte.

„Man hält dich nicht wegen deines Abenteuers, sondern wegen eines Vogels auf deiner Schulter für verrückt?"

„Es ist kein Aben..." Der amüsierte Blick des Alten würgt Amanakis Satz ab. „Von mir aus, es ist ein Abenteuer."

Dabei rollt Amanaki theatralisch die Augen, woraufhin der Alte einmal erfreut in die Hände klatscht.

„Schön, dass du es endlich einsiehst! Vielleicht weißt du noch nicht, wohin du willst, was dich erwartet oder wie genau deine Träume aussehen, aber auf deinem Weg wirst du es herausfinden. Du wirst erkennen, was dir wichtig ist in dieser Welt."

„Woher willst du das wissen?", hakt Amanaki eher beiläufig nach.

„Ich weiß es."

Die Strohhutfransen des Alten wehen sanft im Wind. Amanaki ist ein wenig überwältigt von dieser selbstsicheren Antwort. Dieser mittellose alte Mann hat etwas Faszinierendes an sich, doch Amanaki kann nicht sagen, was es ist. Er muss es herausfinden.

„Und du? Was waren deine Träume, als du noch jung warst? Wurden sie erfüllt?"

Nun lässt sich der Alte auf seinen Klappstuhl sinken.

„Oh, ich hatte wahrlich ein schönes Leben. Voller Fehler und Zweifel, Trauer und Wut. Es hat lange gedauert, aber ich habe verstanden, dass sich am Ende alles zusammenfügt. Was interessieren dich also die vergessenen Träume eines alten Mannes? Ich habe längst Frieden mit mir selbst geschlossen." Dann zeigt er direkt auf Amanaki. „Und du hast jetzt schon erreicht, wofür ich Jahrzehnte gebraucht habe. Natürlich wirst du fragen, woher ich das weiß. Nenn es Intuition, nenn es Weisheit des Alters, aber dich umgibt eine Aura, die mich Gutes hoffen lässt. Also lache über die Verwirrung und lebe in die Welt hinein! Denn eines Tages ergibt alles Sinn."

Amanaki weiß nicht so recht, was er darauf antworten soll. Die Worte des alten Mannes berühren ihn irgendwie, und plötzlich sieht er ihn in einem ganz anderen Licht.

Er ist vielleicht arm, aber dafür reich an etwas viel Wertvollerem. Trotzdem spürt Amanaki das Verlangen ihm zu helfen.

„Aber gibt es denn nichts mehr, was du dir noch wünschst?"

Der alte Mann winkt nur lächelnd ab.

„Nein, ich bin sehr zufrieden. Ich lebe nur noch für meine Enkel. Alles, was ich verdiene, gebe ich ihnen. Einer ist voller Begeisterung dabei, ein kleines Unternehmen namens Eastern Winds zu gründen. Ihr Glück, und natürlich das meiner Töchter, ist alles, was ich zum Leben brauche."

Amanaki kramt seine Brieftasche hervor.

„Dann lass mich dir helfen, deinen Enkeln zu helfen! Ich brauche es wirklich nicht. Ich bin sozusagen reich."

Doch der Alte verneint.

„Tut mir leid, so sympathisch du auch bist, ich möchte keine Almosen annehmen. So wie es ist, ist es gut."

„Aber deine Worte ..., ich weiß nicht, ich fand sie irgendwie unglaublich schön."

„Das freut mich, aber sie waren ein Geschenk."

Amanaki nickt bedächtig, doch er kann nicht zurück zum Boot, ohne dem Mann geholfen zu haben. Zum Glück hat er noch eine Idee.

„Da kann man wohl nichts machen. Aber sag mal, steht dein Strohhut eigentlich zum Verkauf?“

Nun wirkt der Alte überrascht.

„Das alte Ding?“ Er nimmt ihn ab, und Amanaki sieht seine leicht gekräuselten, völlig weißen Haare, die nur noch dünn den gesamten Kopf bedecken. „Warum willst du denn meinen Strohhut kaufen?“

„Er gefällt mir einfach. Wie wäre es mit tausend Dollar?“

Sofort wirkt der Alte enttäuscht.

„Du willst mir tausend Dollar für einen zerfransten Strohhut geben? Das sind Almosen.“

Doch Amanaki ist auf diese Antwort vorbereitet.

„Es wären keine Almosen, denn ich werde den Hut jeden Tag auf meiner Reise tragen. Ich brauche eh noch eine Kopfbedeckung, bei der vielen Sonne. Er wird meine Erinnerung an dich sein, und eines Tages bringe ich ihn dir zurück, und dann unterhalten wir uns erneut. Ich will dir berichten, was ich erlebt habe und dir einen Hut voller Erinnerungen übergeben.“ Der Alte zögert noch, also spricht Amanaki weiter. „Wenn das Unternehmen deines Enkels gut läuft, kannst du mir das Geld zurückzahlen, und falls du ihn mir trotzdem nicht verkaufen willst, werde ich ihn dir einfach wegnehmen. Denn verdammt noch mal, ich will diesen Strohhut!“

Einige Sekunden verstreichen, bis der Alte mit einem Lächeln den Strohhut auf Amanakis Kopf setzt. Er passt perfekt.

„Also gut, du sollst ihn haben. Möge er dir ein ebenso treuer Begleiter sein wie dein kleiner gefiederter Freund.“ Amanaki bedankt sich und plötzlich sieht der Alte sichtlich gerührt aus. „Halte Kurs, Amanaki. Auch wenn du mal kein Land siehst und alles verloren scheint, halte Kurs.“

„Das werde ich.“

Anschließend übergibt er dem Alten das Geld, der sich mehrmals dafür bedankt. Obwohl sie sich gerade erst begegnet sind, ist Amanaki traurig über den Abschied. Er kann es selbst nicht verstehen. Irgendetwas in ihm fühlt sich auf eine unerklärliche Weise mit dem alten Mann verbunden. Als wäre es kein Zufall gewesen, dass sie sich hier und heute getroffen haben.

Auf dem Rückweg, während über ihm die Dunkelheit einsetzt, überschlagen sich seine Gedanken und Emotionen. Immer wieder streicht er nachdenklich über den kratzigen Strohhut, an dem auch Ari Gefallen findet. Die einzelnen ausgefransten Strohhalme sind nämlich besser zum Knabbern geeignet als Amanakis Haare.

Vor sich hin schlendernd, erreicht er sein Boot, um dort sofort an seinem Reisetagebuch weiterzuschreiben. Amanaki will dieses unglaubliche Gefühl, das gerade in ihm pulsiert, nicht verlieren. Für alle Zeiten soll es in diesen Zeilen aufbewahrt werden, denn er wird lange brauchen, um all das zu verarbeiten.

Als er schließlich schlafen geht, ist er zum ersten Mal in seinem Leben mit sich im Reinen, ohne irgendetwas dafür getan zu haben. Zumindest kommt es ihm so vor. Er kann spüren, wie all seine Sorgen und Ängste endgültig davonfliegen. Was kann auch schon passieren?

Am Ende wird alles Sinn ergeben.

Gegen zehn wird Amanaki von den Hafengeräuschen geweckt. Träge reibt er sich den Sand aus den Augen und schaut zu Ari, der längst ungeduldig in seinem Nest auf und ab hüpft.

„Heute wird dir endlich geholfen, kleiner Freund. Ich beeile mich auch."

Amanaki schlägt die Decke zur Seite und springt mit einem Satz auf. In aller Eile zieht er sich an und frühstückt, um dann mit Ari einen Tierarzt aufzusuchen. Es dauert, bis er eine Praxis findet und noch mal gut zwei Stunden, bis sie endlich an der Reihe sind. Wenigstens verhält sich Ari auch gegenüber der Tierärztin äußerst zahm und lässt sich in aller Ruhe von ihr untersuchen.

„Der Flügel ist gebrochen. Die Idee mit der Schiene war also keine schlechte. Aber die Ausführung, nun ja ...“, sie bemüht sich um ein freundliches Lächeln, „... ist wirklich schlampig.“

„Ich dachte, an der Stelle loben Ärzte einen“, murmelt Amanaki etwas beleidigt.

„Nehmen Sie es nicht persönlich, der Wille zählt. Allerdings scheint hier alles verloren. Dieser Saphirlori wird nie mehr fliegen können, dafür ist der Bruch zu kompliziert. Da Saphirloris ihr ganzes Leben eigentlich nichts anderes machen, würde ich vielleicht ... sein Leid beenden.“

„Sind Sie verrückt? Nein!“, platzt es aus Amanaki heraus.

Erschrocken weicht die Ärztin zurück.

„In Ordnung, wie Sie wollen. Aber billig wird die Behandlung nicht. Ist es Ihnen das wert?“

„Himmel, ja! Tun Sie es bitte, ich habe das Geld!“

Die Ärztin nickt und beginnt das alte, ramponierte Provisorium von Aris Flügel zu lösen, um einen neuen, professionellen Verband anzulegen. Mehrmals versichert sich Amanaki, dass der Verband den Flügel fest fixiert und gleichzeitig auch dem Knabbern widersteht. Erst als er zufrieden ist, bezahlt er die Rechnung und verlässt mit Ari die kleine Praxis. Draußen piepst das Vögelchen wieder fröhlich vor sich hin, was Amanaki unglaublich freut.

„Ich werde dich also behalten, kleiner Freund.“

Amanaki lächelt in sich hinein. Eigentlich hat er auch nie etwas anderes gewollt.

Nun muss er sich aber um die Vorräte kümmern: Treibstoff, Nahrungsmittel, Wasser für die Tanks und diverse Ersatzteile stehen auf seiner Liste. Eben Dinge, die er definitiv für die viertägige Überfahrt nach Neuseeland brauchen wird. Auf dem Ozean kann man nie wissen, was einen erwartet, und da die Gewässer um Neuseeland besonders tückisch sind, will Amanaki für das Schlimmste gewappnet sein. Leider ist nicht alles auf seiner Liste ohne Weiteres aufzutreiben.

Erst am frühen Abend hat er das Nötige besorgt und ist völlig fertig. Doch statt sich auszuruhen, nutzt Amanaki die restliche Zeit, um den Segelkatamaran sorgfältig von unten bis oben zu inspizieren. Als sichergestellt ist, dass alles so funktioniert, wie es soll, lässt er sich zufrieden in die Sitzecke sinken. Das reicht definitiv für heute. Nach einem schnellen Abendessen bereitet sich Amanaki auf die Nacht vor.

Am nächsten Morgen klingelt der Wecker schon um fünf Uhr, denn Amanaki will den kompletten Tag zum Segeln nutzen. Lediglich ein kleines Frühstück gönnt er sich, bevor er erwartungsvoll in See sticht. Dabei sitzt Ari natürlich die ganze Zeit auf seiner Schulter und zwitschert fröhlich in sein Ohr. In den kommenden langen und einsamen Tagen wird sich Amanaki umso mehr freuen, ihn mitgenommen zu haben. Mittlerweile glaubt er, dass es kein Zufall war, dass er Ari gefunden und den alten Mann getroffen hat. Es ist genau das, was er jetzt braucht: einen Begleiter für einsame Stunden und ein Ziel.

Lächelnd fährt Amanaki mit seiner Hand über den kratzigen Strohhut und fragt sich, mit welchen Erinnerungen der Hut zu dem Alten zurückkehren wird.

Und wer der Mensch darunter ist.

Kapitel 3

Unerbittlich läuft Ruby die Zeit davon. Ihnen bleibt höchstens noch ein Angriff, und sie führt den Ball. Sie darf es jetzt nicht vermasseln, nicht so wie vorhin. Mit einem Steilpass aus dem Viertelraum schickt sie ihre Freundin Eleonore die Seitenlinie entlang, um anschließend in den Schusskreis zu sprinten. Ihr Schläger gleitet dabei in rasendem Tempo über den Kunstrasen, während dicker Schweiß von ihrer Stirn tropft. Nur Sekunden später wird der Ball bereits von Eleonore in den Schusskreis hineingeschoben, und irgendwie gelingt es Ruby, ihren Schläger vor die der Verteidigerinnen zu schieben.

Statt jedoch direkt den Torschuss zu suchen, tänzelt sie sich mit einer Drehung frei und schlenzt den Ball mit der Rückhand in die obere linke Ecke. Keine Sekunde später bricht auch schon Jubel aus: Er ist drin.

Es ist der Ausgleich.

Die Schiedsrichterin pfeift augenblicklich ab, so dass alle die Hockeyschläger fallen lassen und zu Ruby rennen. Sie wird umarmt und zu Boden gerissen, bis sich ein großer Haufen der Freude bildet, in dem sie kaum noch atmen kann. Trotzdem ist Ruby glücklich, denn es ist ein wichtiges Unentschieden im Kampf gegen den Abstieg aus der zweiten neuseeländischen Feldhockeyliga. Später in der Umkleide ist die Stimmung dementsprechend ausgelassen. Ein Scherz folgt dem nächsten, und ihre Trainerin muss allerhand über sich ergehen lassen. Erst unter der Dusche glätten sich die Wogen der Aufregung. Ruby bleibt besonders lange unter dem heißen Wasserstrahl stehen, so dass der Großteil ihres Teams die Kabine bereits verlassen hat, als sie fertig ist. Nur Eleonore schenkt Ruby noch Aufmerksamkeit und spricht sie an.

„Hast du Lust, heute Abend mit uns einen zu trinken, Ruby? Wir wollen noch ein wenig feiern."

Ruby schlüpft gerade in ihre Turnschuhe.

„Ich würde gerne mitkommen, aber ich muss leider arbeiten."

„Samstagabends?"

„Ich bin doch jetzt Barkeeperin." Ruby lacht Eleonore an. „Aber wenn ihr mögt, könnt ihr gerne ins Provedor kommen. Drinks darf ich euch zwar keine ausgeben, aber ich könnte ein paar Bier mittrinken."

„Ja klar, wieso auch nicht." Eleonore blickt fragend zu den beiden anderen, die noch in der Kabine sind. Die sind einverstanden, also wendet sie sich wieder zu Ruby. „Wo ist das Provedor noch gleich?"

„Wenn du die Queen Street hinunter bis zu den Ports of Auckland gehst, musst du einmal links abbiegen. Dann läufst du direkt darauf zu. Man kann es eigentlich gar nicht verfehlen. Die Bar liegt am Wasser." Ruby wirft sich ihre Tasche zum Gehen über. „Aber nur wenn ihr auch wirklich wollt! Nicht jeder mag das Provedor. Es ist ziemlich touristisch."

Doch Eleonore scheint davon unbeeindruckt zu sein.

„Ach was, ich frage die anderen, aber ich denke, die haben damit kein Problem."

„Okay, ich freu mich drauf! Meine Schicht beginnt um sieben, schreib mir einfach."

„Alles klar! Bis dann!"

Ruby geht nach draußen und steigt in ihr Auto. Zum Glück wohnt sie nur zehn Minuten entfernt, denn für eine lange Autofahrt hätte sie jetzt keine Nerven mehr.

Daheim schläft Ruby in den drei verbleibenden Stunden noch ein wenig, denn es wird eine lange Nacht werden. Zwar ist sie erst 29, aber trotzdem kann sie nicht wie früher bis vier Uhr morgens wach bleiben und wenige Stunden später die Wohnung wieder verlassen, als wäre nichts gewesen. Im Gegenteil: Der Schlafmangel gleicht am Morgen danach mittlerweile jenem Kater, mit dem man nach einer billigen Flasche Wodka ringt.

Vielleicht war es also dumm, dass sie ausgerechnet Barkeeperin geworden ist. Aber eines hasst Ruby noch mehr als spät ins Bett zu kommen: früh aufzustehen. Das Problem hat sie als Barkeeperin glücklicherweise nicht, und deshalb ist sie auch ziemlich zufrieden mit ihrem neuen Job. Immerhin hat sie jetzt tagsüber Zeit, sich in aller Ruhe ihrer Malerei zu widmen. Vielleicht wird sie eines Tages von ihrem Hobby leben können, wer weiß das schon. Noch wirft ihre Kunst aber viel zu wenig ab.

Nach einer überraschend angenehmen Busfahrt kommt Ruby am frühen Abend beim Provedor an. Sie ist verblüfft, dass bereits einige Leute draußen auf der großen Terrasse stehen. Es ist gerade einmal Oktober und damit Frühlingsanfang. Zwar schmeckt die Luft schon nach dem ersten Sommertag, aber besonders abends und morgens merkt man noch, dass sie erst vor kurzem diesen schrecklich kalten Winter abschütteln konnten.

Drinnen wartet dafür nur ihr Arbeitskollege ganz allein hinter der Bar. Sie plaudern eine Weile, bevor Ruby ihn ablöst. Kurze Zeit später trifft auch ihre Verstärkung für den Abend ein. Während die Bar allmählich immer voller wird, verschlägt es schließlich mit dem Sonnenuntergang alle von draußen nach drinnen.

Um halb zehn betritt Rubys halbes Hockeyteam das Provedor. Nun platzt die Bar endgültig aus allen Nähten.

„Hey, Eleonore! Toll, dass ihr es geschafft habt! Ich bin leider etwas im Stress. Was kann ich euch bringen?“

Die Gruppe tuschelt kurz miteinander.

„Wie wäre es mit acht Export und acht Tequila, Ruby?“

„Ihr seid doch nur zu siebt?“ Doch noch während sie den Satz ausspricht, merkt Ruby es selbst. „Ach so, Nummer acht ist für mich gedacht? Später gerne, aber gerade habe ich echt viel zu viel zu tun.“

„Jetzt komm schon! Die können kurz warten, und außerdem bist du doch nicht allein am Arbeiten!?“

Mit einem Kopfnicken deutet Eleonore zu Rubys Kollegen. Nach kurzem Protest beugt sich Ruby schließlich dem Druck. Hektisch bereitet sie alles vor, um mit den anderen feierlich anstoßen zu können. Dabei brennt der Tequila wie immer ihren Hals hinab, und sie hofft inständig, dass es der einzige für heute bleibt.

„Ey, ich hatte vier Bier und Nachos bestellt!“, ruft ein Gast.

„Kommt sofort.“ Dann wendet sich Ruby wieder zu Eleonore. „Tut mir leid, aber du siehst ja, was hier los ist und wie schnell es unfreundlich wird.“

Eleonore nickt verständnisvoll.

„Schon in Ordnung, mach du erst mal deine Arbeit.“

Die vier Bier öffnet Ruby sofort und stellt sie dem Kerl hin, der, einen Arm auf dem Tresen lehnend, mit einem 20-Dollar-Schein wedelt. Dann streut sie den Käse über die Nachos und schiebt die Schüssel in den kleinen Ofen.

„Eine Minute noch.“

Als sie in der Zwischenzeit einen anderen Gast bedient, fährt plötzlich ein Stechen durch ihren Kopf. Ruby kneift ihre Augen zusammen und fasst sich schmerzverzerrt an die Stirn, um dann sofort weiterzumachen. Während sie die Soßen für die Nachos zubereitet, breitet sich das Stechen immer weiter aus und wird schließlich zu einem heftigen Pochen. Warum muss sie gerade jetzt Kopfschmerzen bekommen?

Mit geschlossenen Augen hält Ruby sich an der Spüle fest. Im Hintergrund piept der Ofen mehrmals.

„Hey Lady, die Nachos sind fertig!“

„Einen Moment noch.“

Das Pochen schaukelt sich immer weiter hoch und scheint ihren ganzen Körper zu lähmen. Es wird so stark, dass Eleonore auf Rubys Leid aufmerksam wird und sich besorgt bis zum Tresen durchschiebt.

„Alles in Ordnung bei dir?“

Ruby braucht einen Augenblick, um antworten zu können. Dabei bemüht sie sich so heiter wie möglich zu klingen.

„Mir geht es gut, keine Sorge.“

Doch Eleonore scheint zu merken, dass es gelogen ist.

Trotzig löst sich Ruby von der Spüle und geht die zwei Schritte bis zum Ofen. Zwar bekommt sie öfter spontan Migräne, aber die ist bisher immer nach kurzer Zeit verflogen. Dieses Mal muss sich Ruby mit geschlossenen Augen am Ofen festhalten, um nicht umzufallen. Sie kann regelrecht spüren, wie Eleonores besorgter Blick dabei auf ihr ruht.

„Hallo, die Nachos?! Die sollen nicht kalt werden!“, motzt währenddessen der Kerl im Hintergrund.

Daraufhin lässt Ruby den Ofen los und macht den einen Schritt Richtung Tresen. Sofort bebt ein Grollen durch ihren Körper. Beim nächsten Schritt spürt Ruby nur noch, wie der Schmerz sie übermannt. Vor ihren Augen fällt ein schwarzer Vorhang. Ihre Beine klappen zusammen, und etwas gleitet aus ihrer Hand. Sie hört es zerbrechen und fühlt, wie ihr Körper auf dem klebrigen Boden aufschlägt. Nicht bewusstlos, aber auch nicht wach, gleiten die Eindrücke an ihr vorbei. Reflexionen von Gesichtern tauchen über ihr auf und tragen sie aus einer Wärme in eine Kälte. Dann herrscht eine tiefe Stille. Schließlich nimmt sie nichts mehr wahr. Sie könnte nicht sagen, ob Sekunden oder Stunden vergehen. Das Erste, was sie wieder vernimmt, ist ein ferner Lichtblitz.

Dann ein Windstoß, Kälte, Geräusche.

„Sie kommt wieder zu sich. Schnell! Gib ihr was zu trinken!"

Jemand öffnet ihren Mund, und sie spürt eine Flüssigkeit ihre Kehle hinablaufen. Ganz langsam kehrt ihre Motorik zurück. Die Konturen werden klarer, bis Ruby schließlich Eleonore zusammen mit ein paar anderen deutlich vor sich erkennen kann. Sie ist wieder bei vollem Bewusstsein.

Zwar pocht der Schmerz noch in ihrem Schädel, aber mit jeder Sekunde verliert er merklich an Kraft.

„Ruby, um Gottes willen! Was ist mit dir!?"

Schwach richtet sie sich etwas auf.

„Keine Sorge, es ist nichts ... ich habe das manchmal. Alles bestens."

„Alles bestens? Du bist ohnmächtig geworden!"

Doch Ruby will es nicht wahrhaben.

„Nein, ich war nicht ohnmächtig, nur benommen. Das ist ganz normal bei mir."

Eleonore wirft ihr einen entsetzten Blick zu.

„Ruby, das ist definitiv nicht normal! Du musst zum Arzt gehen und das untersuchen lassen!"

Daraufhin vergeht eine halbe Stunde, in der Ruby verzweifelt versucht, Eleonore vom Gegenteil zu überzeugen, aber es ist zwecklos. Nicht eine Sekunde würde Eleonore sie in Ruhe lassen. Erschöpft verspricht Ruby ihr also, morgen sofort einen Arzttermin zu vereinbaren. Doch es ist gelogen.

Drei Wochen später steht Ruby in dem Atelier, das sie sich mit einigen anderen lokalen Künstlern aus Auckland teilt. Sie ist kurz davor, ein Gemälde zu vollenden: ein fotorealistisches Abbild eines blühenden Kirchblütenbaums in Japan. Schon immer war sie von diesen Blüten fasziniert. Sie sollen Schönheit, Aufbruch und Vergänglichkeit verkörpern, und die Filamente findet sie ausgezeichnet gelungen. Trotzdem ist sie nicht zufrieden mit dem Resultat.

Es liegt nicht einmal an dem eigentlichen Gemälde, sondern an ihr und ihrem Stil. Fotorealismus ist zwar technisch anspruchsvoll, aber es befriedigt Ruby nicht mehr, denn darin lassen sich keine Emotionen, keine Botschaften einbauen. Sie wäre so gerne kreativer, aber immer, wenn sie es versucht, wirkt es irgendwie erzwungen, als wäre es nicht von ihr. Und es gibt nichts Schlimmeres als erzwungene Kunst. So ist sie dazu verdammt, perfekte Kopien der Wirklichkeit zu malen, ohne Raum für Träume, ohne die Möglichkeit, einen Teil von ihr hineinzugeben.

Eine gute Stunde lang gibt Ruby ihrem Bild noch den nötigen Feinschliff, bis plötzlich ein Stechen ihren Kopf durchzieht. Der Schmerz pocht noch schneller und noch stärker als letztes Mal. Sie wird regelrecht erschlagen. Verzweifelt klammert sich Ruby an den Leinwandständer, doch es ist zu spät. Sie reißt ihn mit sich zu Boden, und Sekunden später wird um Ruby alles schwarz.

Wieder ist es ein Lichtblitz, der als Erstes zu ihr durchdringt. Ganz langsam wacht sie auf und erkennt benommen, dass sie sich in einem Krankenhaus befindet.

„Frau Reynolds, können Sie mich hören?“

Neben ihrem Bett steht ein Arzt.

„Ja, kann ich.“ Sie versucht sich etwas aufzurichten. „Was ist passiert?“

Der Arzt klappt ihre Krankenakte auf.

„Ich bin Dr. Fang, der leitende Neurologe. Sie hatten einen ziemlich heftigen epileptischen Anfall. Sie können von Glück reden, dass Sie so schnell von einer anderen Künstlerin ihres Ateliers gefunden wurden."

Schlagartig ist Ruby hellwach und blickt den Arzt entsetzt an.

„Einen epileptischen Anfall? Aber wie kann das denn sein? Einfach so aus dem Nichts?"

Dr. Fang kratzt sich am Hinterkopf.

„Das wissen wir leider noch nicht. Wir werden eine Reihe von Tests machen, bevor wir Sie entlassen können. Sie müssen also leider eine Zeitlang hierbleiben." Ruby nickt nur, während Dr. Fang fürsorglich weiterspricht. „Sollen wir vielleicht jemanden für Sie anrufen? Ihren Notfallkontakt konnten wir nicht erreichen."

„Das sind meine Eltern ... Sie starben vor vier Jahren bei einem Autounfall."

„Oh, das tut mir leid, ich wollte nicht ..."

Doch Ruby unterbricht ihn. „Nein, keine Sorge. Es ist nicht Ihre Schuld. Ich hätte längst meinen Notfallkontakt ändern müssen. Haben Sie vielleicht einen Stift?"

Er reicht ihr einen Kugelschreiber und ein Stück Papier, worauf sie die Nummer von Eleonore notiert. Als der Arzt den Zettel entgegennimmt, wendet er sich bereits zum Gehen.

„Ich gebe das sofort weiter. Versuchen Sie etwas zu schlafen."

Das würde Ruby zwar gerne, aber kaum hat der Arzt das Zimmer verlassen, wird ihr von einer Schwester mehrmals Blut abgenommen. Und dabei bleibt es nicht: Es folgen ein EEG, ein MRT und schließlich ein Langzeit-EKG, auf deren Ergebnisse sie lange warten muss. Diese Warterei, diese Ungewissheit, sind dabei mit Abstand das Schlimmste und treiben sie beinahe in den Wahnsinn. Doch zum Glück stürmt wenig später Eleonore in ihr Zimmer.

„Mein Gott, Ruby, was machst du denn für Sachen?"

Besorgt umarmt sie Ruby und versucht sie mit Neuigkeiten abzulenken. Und obwohl die Stunden quälend langsam vergehen, wirft Eleonore ihr nicht ein einziges Mal vor, nicht auf sie gehört zu haben. Sie ist einfach nur da und hilft, was Ruby unglaublich rührt, denn allein hätte sie diese Warterei vermutlich nicht durchgestanden.

Erst spät am Abend betritt Dr. Fang wieder ihr Zimmer, sichtlich betrübt, so dass Ruby sofort Panik bekommt.

„Frau Reynolds, die Ergebnisse sind da." Er macht eine Pause und atmet tief ein. „Ich weiß nicht, wie ich es Ihnen vermitteln soll. Für so etwas gibt es keinen einfachen Weg ..."

„Sagen Sie es einfach!", faucht Ruby ihn verzweifelt an.

„Es ... es sieht leider nicht gut aus. Sie haben einen aggressiven Gehirntumor. Es tut mir so unendlich leid, aber dessen Druck hat den epileptischen Anfall mit Sicherheit verursacht."

Ruby wird übel, während der Arzt weiterspricht. Behutsam erklärt er ihr alles Mögliche, doch sie nimmt nur noch Wortfetzen wahr: *Der Tumor sitzt zu tief ... Wir können nicht operieren ... Sie haben wahrscheinlich nur noch sechs Monate zu leben.*

Kapitel 4

Der Atem des Kriegsgottes Hachiman weht über das Land. In freudiger Erwartung blicken seine Ahnen stolz auf ihn hinab, angesichts der kommenden Tat. Wer vor dessen Augen seinen Klan beleidigt und entehrt, muss dafür bezahlen, so will es der Kodex der Yakuza. Und er, Isamu, wird das Instrument der Vergeltung sein. Für seine Ahnen und seinen Klan.

Für seinen Oyabun!

Schweigend kniet Isamu vor dem kleinen Tisch im Wohnzimmer und trinkt dabei grünen Tee aus einer alten zeremoniellen Tasse. So lange ist es her, dass er sie das letzte Mal verwendete, doch heute ist ein besonderer Tag. Heute würde er sein Schicksal neu bestimmen. Isamu atmet ruhig ein und kehrt in sich, bevor er ein Stück Bambuspapier hervorholt und andächtig mit der altehrwürdigen Kunst der Kalligraphie beginnt. Mit einem feinen Pinsel malt er behutsam die Schriftzeichen auf das poröse Papier, bis sich sein Todesgedicht schließlich vervollständigt. Es ist perfekt. Mehrmals sagt er es im Schein einer Kerze auf, während Gänsehaut langsam seine Arme emporwandert.

Als das Ritual schließlich abgeschlossen ist, erhebt sich Isamu. Entschlossen tritt er nach draußen, wo ihn nasse, spätherbstliche Kälte empfängt. Nachdenklich raucht er noch eine Zigarette, ehe sein Fahrer auftaucht, der Isamu zu seinem Ziel bringt.

Dort angekommen ist es beinahe schon Mitternacht, und zu seinem Glück verhüllt ein starker Platzregen die kleinen verwinkelten Gassen. Es ist ideales Wetter. Ruhigen Schrittes geht er auf das kleine Restaurant zu, an dem gut sichtbar ein Schild montiert ist: *Kein Service für Yakuza!*

Der Besitzer hatte sich geweigert, es zu entfernen, seinen Oyabun beleidigt und die Schutzgeldzahlungen eingestellt. Ein unerhörter Frevel, eine Ehrverletzung, die gesühnt werden muss.

In einer dunklen Ecke nimmt Isamu ungeduldig hinter einem Getränkeautomaten Stellung, um auf den Restaurantbesitzer zu warten, der gerade sein Lokal schließt. Isamus Herz pocht heftig.

Zwar ist es schon sein zweites Attentat, aber trotzdem ist er so nervös wie beim ersten Mal vor gut zwölf Jahren. Damals war er noch ein junger Mann ohne Erfahrung. Heute ist er immerhin 43 Jahre alt und weiser und stärker als jemals zuvor. Wenn er sich nur konzentriert, wird es sicherlich ein Kinderspiel werden.

Erneut zündet sich Isamu eine Zigarette an, nimmt tiefe Züge zur Beruhigung, um sie gleich wieder auszutreten. Nicht, dass das Glühen ihn noch verrät. Quälende Minuten verbringt er auf diese Weise gut getarnt im Regen, bis seine Zielperson endlich auftaucht und mit einem Knall die Eingangstür hinter sich schließt. Auch wenn noch ein paar Leute auf den Straßen sind, kann Isamu es wagen. Niemand ist in unmittelbarer Reichweite. Niemand wird seine Rache verhindern können.

Lautlos verschwindet Isamu komplett hinter dem Automaten, so dass er sich nun auf seine Ohren verlassen muss. Dabei krallen sich seine Finger nervös um das Messer. Ganz langsam hört er den Restaurantbesitzer näherkommen. Als die Schritte neben ihm sind, springt Isamu aus seinem Versteck, um den Kopf seines Opfers ruckartig zurückzuziehen. Er versucht dessen Kehle aufzuschlitzen, doch ein Ellenbogenschlag stößt ihn zurück. Panisch reißt sich sein Opfer los, als Isamu ihn mit einem Sprung zu Boden reißt. Gemeinsam schlagen sie auf dem nassen Asphalt auf, und der andere schreit schändlich um Hilfe, statt wie ein Mann zu kämpfen. Sekunden später zerfetzt Isamu seine Brust mit mehreren Stichen. Dabei zischt er ihm ein paar alte Worte ins Ohr: „Wenn die Sonne untergeht, wird uns der Weg lang.“

Ruckartig springt Isamu hoch und blickt auf den mittlerweile regungslosen Restaurantbesitzer. Unter ihm bildet sich eine tiefrote Blutlache. Sicher werden einige Menschen die Schreie gehört haben. Er muss schleunigst hier weg.

So schnell es geht, sprintet Isamu durch verwinkelte Gassen zu dem wartenden Fahrer. Lediglich zwei Menschen kreuzen dabei seinen Weg, ohne Chance ihn zu erkennen oder gar aufzuhalten. Als er völlig außer Atem beim Wagen ankommt, läuft der Motor bereits, und innerhalb von Sekunden verschwinden sie in den Weiten der nächtlichen Stadt. Nach wenigen Minuten sind sie endgültig außer Reichweite und somit vorerst in Sicherheit. Isamu atmet erleichtert auf. Wie beim letzten Mal ging alles unglaublich schnell, und wie beim letzten Mal überschlägt sich sein Herz vor Adrenalin und Freude. Es ist vollbracht. Hachiman wurde besänftigt und die Ehrverletzung seines Oyabuns gerächt. Mit einem Lächeln im Gesicht lässt Isamu sich nach Hause fahren, um daraufhin erschöpft zu seiner Frau in das Futonbett zu steigen. Diese Tat wird seinen Ruhm mehren. Sein Leben währt vielleicht nur kurz, aber Taten wie diese werden den Namen Isamu Nakamura die Zeiten überdauern lassen.

Am nächsten Morgen wacht Isamu erholt auf. Der Geruch von Reis, Gemüse und gekochtem Lachs lockt ihn ins Esszimmer, wo seine Frau bereits das Frühstück serviert. Zufrieden setzt er sich an den Tisch, und während er seinen

Tee genießt, ist er eigentlich bester Laune. Bis seine Tochter das Zimmer betritt.

„Was in aller Welt!“ Er springt auf und greift sie beim Arm, während er mit der anderen Hand durch ihre Haare fährt. Eine riesige blonde Strähne zieht sich durch das Haar der Dreizehnjährigen. „Kannst du mir bitte erklären, was das soll!? Ohne meine Erlaubnis!“

Isamu ist unglaublich wütend, aber nicht seine Tochter, sondern seine Frau antwortet ihm.

„Sei nicht so hart mit ihr. Es ist zurzeit einfach modern.“

Er lässt den Arm seiner Tochter los.

„So, es ist also modern? Dann zeig ich dir mal, was ich davon halte!“

Stampfend eilt er in die Küche und kramt in verschiedenen Schubladen, bis er endlich eine Schere findet. Als seine Tochter das sieht, wird sie panisch.

„Nein, Papa, bitte tue mir das nicht an!“

„Und ob ich das tue!“

Daraufhin rennt seine Tochter in ihr Zimmer und knallt die Tür hinter sich zu. Als er ihr folgen will, hält seine Frau ihn behutsam zurück.

„Bitte lass ihr doch diese Strähne! Mehr will sie doch gar nicht ...“

Isamu holt aus und gibt ihr eine so harte Ohrfeige, dass sie schreiend zu Boden fällt.

„Dich hat keiner gefragt!“

Anschließend prescht er auf das Zimmer seiner Tochter zu. Sie hat einen Schreibtisch vor die Tür geschoben, doch nach einigen Schulterstößen öffnet sich ein schmaler Spalt, sodass Isamu das Zimmer betreten kann. Vor Panik schreit und fleht sie ihn an, aber das ist ihm egal. Er greift sie beim Kopf, um nach zwei Versuchen ein riesiges Loch in ihre

Frisur zu schneiden, bis auch das letzte blonde Haar, der letzte Rest dieser Schande, ausgelöscht ist.

Noch immer verärgert lässt Isamu sie weinend im Zimmer zurück und setzt sich anschließend wieder an den Frühstückstisch, als wäre nichts geschehen. Erst nach einigen Minuten erhebt sich seine Frau wimmernd vom Fußboden, um mit ihm zu frühstücken. Gerade als er denkt, der Morgen hätte sich wieder beruhigt, klingelt sein Telefon. Es ist einer seiner Yakuza-Brüder, und selbstverständlich geht er ran.

„Ja?“

„Isamu ...“

Ein Moment verstreicht, in dem Isamu vergeblich auf irgendeine Aussage wartet.

„Was gibt es?“, hakt er ungeduldig nach.

Wieder folgt eine ungewöhnlich lange Pause, die Isamu allmählich nervös werden lässt. Schließlich bekommt er eine Antwort.

„Dein Auftrag gestern ... du hast versagt. Der Restaurantbesitzer hat überlebt.“

Die Nachricht trifft ihn mit der Wucht eines Hammerschlags. Ohne ein Wort zu sagen, beendet Isamu den Anruf und legt das Telefon langsam zur Seite. Das kann nicht sein. Das darf einfach nicht sein. Wie konnte er nur versagen? Er hat seinen ganzen Klan in Gefahr gebracht und seinen Oyabun zutiefst enttäuscht.

Minutenlang starrt er in die Leere des Raumes und ignoriert die vielen Nachfragen seiner Frau. In stiller Panik nimmt er eine Dusche. Während das Wasser heiß auf seinen tätowierten Rücken prasselt, denkt er verzweifelt nach, doch eigentlich ist ihm die Antwort klar. Ihm bleibt nur eine einzige Möglichkeit. Kurzerhand ruft er seinen Freund Yusuke an, der ebenfalls Yakuza ist, und erklärt ihm in aller

Eile seine Situation. Yusuke bietet ihm ohne Zögern seine Wohnung an, für das, was er nun tun muss.

Unter Herzrasen und voller Selbsthass fährt Isamu zu Yusuke und klingelt nervös. Als sein Freund ihm endlich öffnet, betritt Isamu schweigend die Wohnung und geht direkt ins Wohnzimmer, wo schon alles Nötige bereitliegt. Erst jetzt wendet er sich an Yusuke.

„Wo sind deine Frau und Kinder?“

„Keine Sorge, sie sind weit weg. Du hast also viel Zeit.“ Yusuke blickt ihn kalt an. „Bist du sicher, dass du das tun willst?“

Isamu kniet sich vor den kleinen Tisch, doch dieses Mal wird er keinen Tee trinken. Nein, ein anderes, uraltes Samurai-Ritual wartet auf ihn.

„Ja, es muss sein.“ Er spreizt seine linke Hand auf der Tischplatte. „Reichst du mir bitte das Tantō? Ich will es sofort tun.“

Yusuke nickt und übergibt ihm das äußerst scharfe Messer. Isamu atmet tief ein und sammelt sich, bevor er sich erneut an Yusuke wendet. „Wirst du bezeugen, dass ich das Yubitsume-Ritual richtig durchgeführt habe?“

„Selbstverständlich, mein Freund.“

Nickend setzt er die Klinge unterhalb der zweiten Fingerkuppe seines kleinen Fingers an. Ehrfürchtig starrt er dabei an die Decke.

„Vergebt mir, Oyabun!“

Mit einem Stoß drückt er das Messer nach unten, und sofort schießt Schmerz durch seinen Körper, doch der Knochen ist noch nicht durchtrennt. Isamu will schreien, aber er darf es nicht. Er muss es ertragen oder untergehen. Also drückt er ein weiteres Mal die Klinge auf den Knochen, bis dieser endlich nachgibt und der halbe Finger vor ihm auf der Tischplatte liegt.

Zitternd legt er das blutige Messer zur Seite und betrachtet mit einer Mischung aus Entsetzen und Stolz seine abgetrennte Fingerspitze. Nun ist er wahrlich ein richtiger Yakuza. Während sich der erste Schock allmählich legt, reicht Yusuke ihm bereits Alkohol zur Desinfektion und Verbandszeug, womit er die Blutung des Fingers halbwegs stoppen kann.

„Du hast es geschafft, Isamu. Ich werde unserem Oyabun gleich morgen davon berichten. Er wird dein Ersuchen sicher akzeptieren."

Trotz des pochenden Schmerzes lächelt Isamu, denn er hat seine Ehre wiederhergestellt. Da er ganz sichergehen will, fragt er, noch schwer atmend, nach dem bereitstehenden Formaldehyd, worin er den abgetrennten Finger eine Zeitlang einlegt.

Als er fertig ist, steckt Isamu seinen Finger zusammen mit einem vorbereiteten Brief in ein kleines Paket, das er Yusuke übergibt. Dank ihm wird es sein Oyabun gleich morgen erhalten. Mehr kann Isamu nicht tun. Das Ritual ist seine einzige Chance auf Vergebung. Wenn es sein muss, würde er auch seine ganze Hand oder sogar sein Leben geben. Denn er selbst ist wertlos.

Kapitel 5

Ganz langsam ziehen die Wolken am Firmament davon. Das Meer plätschert ruhig vor sich hin, und eine sanfte Brise weht durch Amanakis Haar. Der kratzige Strohhut auf seinem nackten Bauch wird dabei etwas angehoben und kitzelt ihn jedes Mal. Er atmet tief ein. Lange liegt er nur auf dem Deck und folgt mit seinen Augen den Bahnen der Wolken. Er stellt sich vor, dass sie ein Rennen am Himmel veranstalten. Seine Lieblinge scheinen jedoch immer zu verlieren.

Amanaki gähnt. Gerade erst ist er von einem kurzen Mittagsschlaf erwacht und fühlt sich träge. Irgendwann rafft er sich jedoch auf, um weiterzusegeln. Seit drei Tagen steuert er nun auf Neuseeland zu, und bisher läuft alles nach Plan. Es gibt also keinen Grund zur Eile.

Verträumt beginnt Amanaki die Knoten des Segels zu lösen und gähnt erneut. Die Seile gleiten ihm dabei immer wieder aus der Hand, bis er schließlich genervt in die Kabine hinabsteigt, um Ari zu holen. Der sitzt allerdings nicht in seinem Nest, sondern hüpft fröhlich in der Nähe des Angelsets herum. Träge bückt sich Amanaki nach Ari, um ihn auf seine linke Schulter zu setzen. Er nimmt auch das Angelset mit nach draußen, denn es ist der perfekte Grund, nicht weitersegeln zu müssen. Warum auch? Auf die eine Stunde mehr oder weniger kommt es jetzt nicht mehr an.

Amanaki verknotet die Schnüre des Segels wieder, um dann seine Angel vorzubereiten. Zwar hat er noch mehr als genügend Vorräte, aber die können einfach nicht mit frischem Fisch mithalten. Mit viel Schwung wirft er seine Angel aus, während der Katamaran weiter sachte vor sich hintreibt.

Dann legt er sich wieder aufs Deck, klemmt die Angelrute zwischen seine Beine und platziert den Strohhut als Sonnenschutz auf seinem Gesicht. Die ganze Situation erscheint ihm so friedlich, dass Amanaki gar nicht anders kann, als sie zu genießen. Schnell döst er ein. Es vergeht eine knappe halbe Stunde, bis diese Idylle zum ersten Mal gestört wird: Die Angelrute zuckt. Endlich, etwas hat angebissen.

Amanaki holt die Leine ein und befördert den Fisch mit einem Ruck aus dem Wasser. Voller Erwartung betrachtet er seinen Fang und muss augenblicklich lachen. Der Fisch ist geradezu winzig. Der ganze Aufwand war also vergebens. Vorsichtig entfernt er den Haken, um seinen Fang wieder dem Meer zu übergeben.

„Tut mir leid, dass ich dich verletzt habe."

Er bringt einen neuen Köder an, wirft die Angel aus und legt sich wieder hin. Angeln erfordert eben Geduld. Zum Glück hat er alle Zeit der Welt.

Anderthalb Stunden später wird er jedoch nicht von einem anbeißenden Fisch, sondern von Aris nervösem Piepsen geweckt. Einen Moment ist Amanaki ganz benebelt, doch schnell realisiert er seine Situation: Der Wind bläst plötzlich ungewöhnlich scharf über das Meer, und dicke Quellwolken rauben den Großteil des Sonnenlichts.

Ein Sturm zieht auf. Deswegen ist Ari so unruhig.

Hektisch holt Amanaki die Angel ein und verstaut sie und Ari sicherheitshalber in der Kabine, bevor er beginnt das Segel zu hissen. Er verflucht sich dabei. Diese lange Pause hat ihm zwar gutgetan, aber dafür hat er den Wetterumschwung nicht kommen sehen. Jetzt kann er nur noch hoffen, den Sturm zu umsegeln.

Eine Dreiviertelstunde später schlagen die Wellen so wütend gegen den Rumpf, dass das Deck mit kalter Gischt überflutet wird. Es ist zwecklos. Amanaki bleibt nichts anderes übrig, als das Segel wieder einzuholen. Vermutlich wird der Sturm noch stärker werden, aber er und Ari müssen da durch, ob sie es wollen oder nicht. Angespannt steigt er in die Kabine hinab und verschließt sorgfältig die Tür hinter sich.

Nur Sekunden später trifft der Sturm den Katamaran mit voller Wucht. Durch das Bullauge in der Tür kann Amanaki sehen, wie das Wasser bis vor die Tür läuft. Ruhiges Abwarten ist nun wohl das Einzige, was bleibt. Und obwohl das Boot im wütenden Kampf der Elemente stark schaukelt, verspürt Amanaki erstaunlicherweise keine Furcht. Auf eine seltsame Art und Weise beruhigt es ihn.

Erst ein lautes metallisches Krachen lässt Amanaki aufschrecken. Es ist ein Geräusch, das nicht zu dem bedrohlichen Gesang des Sturms passt.

„Nein, bitte nicht ..."

Panisch öffnet er die Tür, um einen Blick nach draußen zu wagen. Sofort strömt Wasser in die Kabine. Was er dann sieht, bestätigt seine Befürchtung: Das Segel hat sich gelöst und bläht sich im Sturm auf. Er muss in der Hektik die Schnüre nicht richtig verknotet haben. Wenn er es nicht sofort einholt, wird es reißen.

Ohne zu zögern hechtet er zum Mast, als eine Windböe den Strohhut abrupt von seinem Kopf hebt. Zwar versucht er noch danach zu greifen, doch der Wind trägt ihn hinaus auf das stürmische Meer. Entsetzt blickt Amanaki ihm hinterher. Für einen Augenblick scheint die Zeit stillzustehen. Es ist beinahe, als verlange das Schicksal eine Entscheidung von ihm: Soll er seinem Gefühl oder der Vernunft folgen und das Segel retten?

Nur ein einziger Atemzug liegt zwischen dem Aufprall des Hutes auf der erbosten Wasseroberfläche und Amanakis

Ablassen vom Segel. Entschlossen greift er nach einem Seil, knotet das eine Ende an die Reling und das andere an seinen Fuß, um in das wütende Meer zu springen. Er ist ein guter Schwimmer, er kann das schaffen!

Mit starken Zügen krault er gegen die tosende Natur an. Obwohl der Hut nur einige Meter neben dem Katamaran treibt, kostet es Amanaki sehr viel Kraft, ihn zu erreichen. Stück für Stück nähert er sich, getrieben von nichts anderem als einer irrationalen Hoffnung. Immer wieder schluckt er Salzwasser, aber er kämpft sich vorwärts. Beinahe muss er aufgeben, als plötzlich sein Hut nur noch eine Armlänge entfernt ist. Mit letzter Kraft streckt er seine Hand aus, und in dem Augenblick, in dem seine Finger dann endlich das alte Stroh berühren, verspürt Amanaki ein unbeschreibliches Glücksgefühl. Er hat es tatsächlich geschafft!

Nach einer Sekunde der Euphorie zieht sich Amanaki so schnell es geht am Seil zurück und ist heilfroh, als er das Boot erreicht. Dort erwartet ihn allerdings ein Anblick, den er längst befürchtet hat: Im Sturm ist das Segel zerrissen. Nur noch traurige Stofffetzen flattern im Wind.

„Fuck!"

Er schlägt mit der Faust gegen den Mast ... zu fest.

„Fuuuuuuuuuuuuuck!"

Amanaki schüttelt seine Hand und sinkt zu Boden. Was hat er erwartet? Dass seine Entscheidung auf wundersame Weise doch keine Konsequenzen haben würde? Dass der Mast seinem Schlag nachgeben würde? Er lacht bitter. Wie naiv! Als sich der Schmerz in seiner Hand legt, fällt sein Blick auf den geretteten Strohhut. Der Anblick genügt, um seinen Frust binnen Sekunden verfliegen zu lassen. Nachdenklich streicht er über das Stroh.

Plötzlich wird sein Katamaran von einer heftigen Welle getroffen. Für einen Moment hat Amanaki den Sturm völlig ausgeblendet. Hastig richtet er sich auf und wirft zunächst seinen Hut in die Kabine. Sicher ist sicher. Danach steigt er taumelnd zurück zum Mast, um die zerfetzten Reste des Segels einzuholen. Mehr kann er sowieso nicht tun. Vorsichtig wankt er zurück in die Kabine und schließt drinnen endgültig die Tür hinter sich.

„Was für ein Dreckswetter!"

Erschöpft streift Amanaki seine nasse Hose ab, um sich anschließend in die Sitzecke fallen zu lassen. Eine Zeitlang liegt er einfach nur da und lauscht dem Getöse des Sturms. Als der erste Schreck verflogen ist, greift Amanaki nach dem Strohhut. Ein Lächeln breitet sich auf seinem Gesicht aus. Das war völlig verrückt von ihm, aber er bereut es nicht. Nein, er würde wieder so handeln. Dieser Hut ist wichtiger für seine Reise als irgendein Segel. Nie könnte er sich verzeihen ihn zu verlieren.

Am nächsten Morgen verbringt Amanaki sehr viel Zeit über dem Schreibblock. Die Folgen des Sturms sind größtenteils beseitigt, und nun rechnet er aus, wie weit er mit dem eingelagerten Sprit kommen kann. Das Segel ist nicht mehr zu gebrauchen. Zum Glück reichen seine Vorräte unter allen Umständen bis nach Neuseeland. Vor Ort würde er sich dann ein neues Segel kaufen oder extra eines anfertigen lassen, je nachdem. Aber das ist alles machbar. Diese erste kleine Krise wird er überstehen.

Trotzdem sehnt sich Amanaki nun mehr denn je nach festem Boden unter den Füßen und startet deshalb den Reservemotor, um schnellstmöglich Neuseeland zu erreichen. Dieses Mal will er wieder den ganzen Tag durchfahren, statt zu faulenzen, damit die kommende Nacht auf See auch wirklich seine vorerst letzte bleibt.

Während sich Amanaki voller Zuversicht den Strohhut wieder aufsetzt, richtet er seinen Blick auf den rötlich schimmernden Horizont. Ehrfurcht ergreift ihn. So viele Menschen steuerten ihn bereits vor ihm an ... ob dabei jemals wer enttäuscht wurde? Eigentlich kann er das nicht glauben. Auf der anderen Seite warten immer Wunder.

Kapitel 6

Kühl weht der Wind durch Rubys Haar, während unmittelbar hinter ihr unaufhörlich die Autos vorbeirasen. Ohne sich zu regen steht sie auf der Auckland Harbour Bridge und blickt die über vierzig Meter hinab. Zwar sind erst ein paar Tage vergangen, seit sie erfahren hat, dass sie bald sterben wird, aber es kommt ihr wie eine Ewigkeit vor. Vielleicht waren es die längsten Tage ihres Lebens, so seltsam das auch klingt. Eigentlich hat sie erwartet, dass von nun an die Zeit nur so verfliegen würde. Dass sie sich an jeden Moment klammern würde, um alles Lebenswerte darin herauszusaugen. Aber nein, seitdem erscheint ihr alles so unglaublich sinnlos. Wozu soll sie noch essen, wenn ihr Magen bald zu Asche wird? Wozu noch Freude in etwas finden, wenn es bald keine Bedeutung mehr für sie haben wird?

Den erhofften Klassenerhalt mit ihrem Hockeyteam wird Ruby nicht erleben, eine Karriere als Künstlerin bleibt ihr verwehrt, und eine Familie wird sie nie haben. Es gibt keine Ziele mehr in ihrem Leben. Mit nicht einmal dreißig Jahren wird sie sterben, und alles, was sie noch tun kann, ist *das Leben zu genießen*, wie Eleonore es ihr geraten hat. Ruby solle reisen, Fallschirmspringen und so weiter, eben ihr Geld verpulvern und Erfahrungen machen.

Sie muss bitter auflachen. Ihr gefällt die Vorstellung gar nicht. Eleonore will nur helfen, und dafür ist Ruby auch dankbar. Immerhin hat sie auf Rubys Drängen niemandem von ihrem Gehirntumor erzählt. Aber die Aussicht nur noch ihre Triebe zu befriedigen, indem sie in den letzten Tagen isst und tut, was immer sie auch will, ist wenig verführerisch. Nein, sie fühlt sich, als wolle man sie auf die Gefühlswelt eines Schweins herabstufen: Noch froh über das Futter im Magen, läuft es munter zur Schlachtbank. Ruby atmet tief ein, bevor sie zitternd auf das Geländer klettert. Während ihre Beine über dem tiefen Abgrund hängen, schließt sie die Augen.

Es gibt keinen Sinn mehr in ihrem Leben. Ruby ist gefangen zwischen einem Alltag voller Menschen mit Problemen, die sie nicht mehr ernst nehmen kann, und wenigen fürsorglichen Freunden, wie Eleonore, zu denen sie aber nicht mehr durchdringt. Denn von denjenigen, die wissen, was los ist, wird Ruby nur noch bemitleidet.

Wieso soll sie also auf ihr Ende warten? Nur um ihre Mitmenschen noch weiter runterzuziehen? Nur um ihr eigenes Leben auf den letzten Metern zu ruinieren? Denn trotz aller Fehler, allen Leids, war es rückblickend doch ein schönes Leben.

Langsam öffnet Ruby die Augen und sieht, wie eine Möwe wenige Meter von ihr entfernt in der Luft kreist. Erst als sich die Möwe mit einem Schrei entfernt, blickt Ruby hinab. Wenn sie jetzt nicht springt, wird sie die nächsten Monate nur weiter leiden, solange bis Trauer, Wut und Furcht die guten Erinnerungen vollständig verdrängen. Sie muss es also tun.

Ihr ganzer Körper zittert heftig, und ihre Atmung wird hektischer. Gleichzeitig scheint sich die Zeit zu verlangsamen. Es wäre so leicht. Nur nach vorne beugen, ein kurzer Fall und alles wäre vorbei. Es ist das einzige Ziel, das sie jetzt noch haben kann. Die einzige Handlung mit Bedeutung. Aber es gelingt ihr nicht, sich zu lösen. Nein, sie traut sich nicht, obwohl Ruby weiß, dass es das Richtige wäre. Wie versteinert sitzt sie so auf dem Geländer und hadert mit sich und der Welt.

Noch eine Zeit lang ist Ruby wie gefangen, ehe hinter ihr ein Auto anhält und die Fahrbahn blockiert. Sekunden später steigt auch schon ein Mann aus, um sich ihr vorsichtig zu nähern.

„Sie müssen das nicht tun! Ich flehe Sie an, springen Sie nicht! Man kann Ihnen helfen! Es gibt doch so viel, für das es sich zu leben lohnt!“

Betrübt betrachtet Ruby den Fremden über ihre Schulter und muss über diese unerwartete Ironie trostlos lächeln. Wenn er nur wüsste, doch es ist zwecklos. Niemand wird sie verstehen, und für den Sprung fehlt ihr der Mut.

„Da haben Sie leider recht ...“

Daraufhin dreht Ruby sich um und steigt zurück auf die Fahrbahn. Während sie an dem perplexen Mann vorbeischreitet, dankt sie ihm und geht anschließend ruhigen Schrittes zurück in die Innenstadt. Wenigstens er wird nun eine schöne Erinnerung haben. Für ihn hat sein Leben heute einen Sinn, auch wenn er Rubys Entscheidung nicht beeinflusst hat. Vielleicht ist Sinn also nur eine Frage der Perspektive.

Zwei Stunden später läuft Ruby an einem der vielen Segelhäfen von Auckland entlang. Sie weiß nichts mit sich anzufangen. Resigniert setzt sie sich auf eine Mauer, um Segelschiffe zu betrachten, die am Steg im Wellengang schaukeln. Nur ein einziges Boot fährt langsam auf den Hafen zu. Als es näherkommt, erkennt Ruby, dass das Segel zerstört ist und nur noch in traurigen Fetzen vom Mast hängt. Ein junger Mann mit Strohhut steuert den ramponierten Katamaran und geht circa fünfzig Meter entfernt vor Anker. Er sieht beinahe aus wie ein Maori, denkt sie. Vermutlich ist er also irgendein Polynesier.

Als er den Steg betritt, macht sie sich auf, um weiterzugehen. Ruby hat keine Lust, jetzt noch mit einem Fremden ins Gespräch zu kommen. Sie schafft allerdings nur ein paar Meter, bevor sie ihn mit französischem Akzent rufen hört.

„Entschuldigung, du hast deine Jacke liegen lassen!“

Ruby beißt sich auf die Lippe. Natürlich, was auch sonst. Ganz langsam dreht sie sich um: Vor ihr steht der braungebrannte, nicht allzu große junge Mann mit pechschwarzen Haaren und lächelt freundlich.

„Das ist doch deine, oder?“

Er hält ihre Jacke hoch, und Ruby nimmt sie entgegen, weicht seinem Blick dabei aber aus.

„Ja, das ist meine. Vielen Dank.“

Dann irritiert sie ein unerwartetes Geräusch.

„Was war das? Hat dein Hut gerade gezwitschert?“

Ihr Gegenüber muss lachen.

„Entschuldige, ich wollte dich nicht erschrecken. Hier, ich zeig es dir.“ Daraufhin nimmt er den Strohhut ab, so dass Ruby den saphirblauen Vogel sehen kann, der auf dem Kopf des jungen Mannes kauert. „Normalerweise trage ich ihn auf der Schulter, aber dann starren mich die Leute immer so an. Ich dachte, hier in der Stadt wäre es besser, ihn zu verstecken.“ Er beginnt den Vogel zu streicheln. „Aber wenn Ari nicht leise sein kann, ist das eh zwecklos.“

Vorsichtig platziert der junge Mann den kleinen Vogel wieder auf seiner Schulter. Ruby ist fasziniert von dessen Schönheit und streckt die Hand aus, um Ari zu streicheln.

„Der ist aber zahm.“

„Ja, ich habe ihn verletzt gefunden und versorgt. Seitdem ist Ari sehr zutraulich.“

„Wie schön.“ Ruby lächelt traurig, bevor sie ihre Jacke anzieht. „Noch mal danke, aber ich muss jetzt los.“

„Gern geschehen.“

Ruby zieht den Reißverschluss bis zum Hals zu, um anschließend in Richtung Stadtzentrum zu verschwinden. Es wird langsam dunkel, und momentan kann sie sich nichts Schlimmeres vorstellen, als die Abende allein daheim zu verbringen. Eine Weile läuft sie deshalb ziellos umher, ohne zu wissen, wohin sie eigentlich will. Irgendwann kommt Ruby an einem urigen Irish Pub vorbei, der sie auf einen Gedanken bringt: Vielleicht muss sie sich nur etwas Mut antrinken, damit sie den Sprung, den letzten Schritt endlich wagt?

Plötzlich ist Ruby so überzeugt von der Idee, dass sie die Bar betritt und am Tresen gleich drei Tequila bestellt. Allerdings bleibt es nicht dabei: Einen Cocktail nach dem anderem kippt sie hinunter und zwischendurch immer wieder einen Shot.

So vergehen die Stunden wie Minuten. Immer wieder muss Ruby Typen abwimmeln, die um sie kreisen wie ein Schwarm lästiger Mosquitos um einen Büffel. Es ist nicht das erste Mal, dass sie angesprochen wird, aber so viele wie heute waren es noch nie. Sie lacht zynisch. Menschen fliegen auf das Elend wie Mücken auf Scheiße. Es zieht sie magisch an. Ein weiterer Tequila brennt in ihrem Rachen, doch Mut findet sie trotzdem keinen. Im Alkohol wartet weder Trost noch Kummer auf sie. Ruby fühlt schlichtweg nichts, was sie beinahe enttäuscht. Sie ist einfach nur betrunken. Alles, was Ruby jetzt noch will, ist ein Bett.

Zum Glück ist es nicht zu spät, so dass noch genügend Busse fahren. Draußen vor dem Pub muss sie jedoch kämpfen, um überhaupt auf den Beinen zu bleiben. Die hellen Lichter ihrer Umgebung verschwimmen zu breiigen Streifen und machen sie schwindelig. Ruby kann sich kaum orientieren. Minutenlang stolpert sie durch die belebten Straßen Aucklands – manchmal meint sie, beim Gehen einzuschlafen –, bis schließlich eine Hand ihre Schulter berührt. Schlagartig schießen Bewusstsein und Motorik in ihre

Glieder. Für diesen Moment hat sie in Selbstverteidigungskursen oft genug geübt. Mit einem Ruck greift Ruby nach dem Arm und schleudert die Person hinter sich über ihre Hüfte auf den Boden.

„Arrgghhh, fuck!“, krächzt eine Männerstimme.

Dann verliert Ruby das Gleichgewicht und fällt ebenfalls auf ihren Hintern. Verschwommen erkennt sie kaum das Gesicht des Kerls.

„Sag mal, spinnst du! Mein Rücken, verdammt!“

Ruby kneift die Augen zusammen, um einen klareren Blick zu erhaschen. Plötzlich bemerkt sie den Strohhut, und ein kleiner Vogel hüpft ebenfalls nervös umher.

„Oh, es tut ...“, ihr Schluckauf unterbricht sie, „... mir leid. Das wollte ich wirklich nicht“, lallt sie.

„Ach, es geht schon wieder. Du hast mich nur kalt erwischt.“

Doch Ruby krabbelt auf allen vieren zu dem Vogel und nimmt ihn behutsam in ihre Hand.

„Tut mir leid, kleiner Iro.“

„Ach, die Entschuldigung war nicht mal für mich gedacht?!“, hört sie den Kerl patzig schnaufen. „Und er heißt Ari!“

„Bist doch selbst schuld! Du hast mich angefasst!“

„Du hast mich vorhin regelrecht angestarrt, und ich habe dir dreimal zugerufen! Ich wollte nur nett sein.“

Doch Ruby hat dafür keine Ohren. Sie streichelt lieber weiter ihren neuen Federfreund.

„Hör nicht auf ihn, Iro.“

Nun erhebt sich der junge Mann lachend und setzt seinen Strohhut wieder auf.

„Ich sollte nicht sauer sein. Du bist viel zu betrunken, um dich ernst zu nehmen.“

Er nimmt ihr den Vogel vorsichtig vom Arm. Verzweifelt streckt sie ihre Hand aus.

„Nein, bitte, bitte, ich brauche ihn! Er ist so flauschig!“

„Du brauchst vor allen Dingen ein Bett! Komm, ich bring dich heim. Wo wohnst du?“

Ruby hört nicht richtig hin und wirft ihm ihr Portemonnaie zu.

„Hier, nimm dir, was du willst, und lass mich in Ruhe!“

Dann dreht sie sich zur Seite und döst ein. Sie spürt nur noch, dass sie getragen wird, bevor sie ihrem Alkoholrausch erliegt.

Am nächsten Morgen wacht sie mit unglaublichen Kopfschmerzen und komplett angezogen in ihrem Bett auf. Dieses Mal sind die Schmerzen aber ganz sicher ein Kater, denn ihr ist gleichzeitig kotzübel. Seit ihrer College-Zeit hat sie nicht mehr so viel getrunken. Ruby muss etwas dagegen unternehmen, sonst verliert sie wohl oder übel diesen Kampf. Benommen erhebt sie ihren schwachen Körper aus dem Bett. Sie torkelt in die Küche, um einen Liter Wasser hinunterzukippen. Dann fällt ihr Blick auf einen Zettel:

Guten Morgen, Ruby,

falls Du Dich nicht erinnerst: Du warst gestern ziemlich betrunken und hast mich beinahe ausgeknockt, als wir uns abends noch mal über den Weg gelaufen sind! In Deinem Portemonnaie (womit du nach mir geworfen hast) fand ich Deinen Personalausweis mit Deiner Adresse. Da Du vermutlich auf der Straße liegen geblieben wärst, habe ich ein Taxi gerufen und bin mit Dir gefahren. Aber Du konntest nicht mal mehr die Tür aufschließen. Ich habe deshalb Deine Schlüssel genommen, aufgeschlossen und Dich hineingetragen. Ich hoffe, Du verzeihst mir, aber ich habe keine andere Möglichkeit gesehen. Ich wollte Dir keine Angst einjagen.

Ach ja, im Kühlschrank sind auch noch gebratene Nudeln von dem Vietnamesen aus Deiner Straße. Ich dachte mir, dass Du mit Deinem Kater sicher keine Lust haben wirst, noch etwas zu kochen. Zumindest ist das immer bei mir so. Ich hoffe, sie schmecken. Erhol Dich gut.

Gruß, Amanaki (der Typ mit dem Strohhut und dem kleinen blauen Vogel)

Amanaki? So hieß der Kerl vom Segelhafen? Ruby kann sich überhaupt nicht erinnern, ihn noch mal getroffen zu haben. Eigentlich weiß sie ab dem sechsten Tequila gar nichts mehr. Besorgt schaut sie sich um. Ein kalter Schauder läuft ihr über den Rücken. Irgendwie ist ihr nicht wohl dabei, dass ein Fremder in ihrer Wohnung war. Sie findet es ziemlich unheimlich, auch wenn dieser Amanaki wohl nur nett sein wollte. Aber wer macht denn bitte so was? Eine Fremde nach Hause zu bringen und ihr Essen in den Kühlschrank zu legen? Und dann die Sache mit dem Vogel und dem Strohhut? Es ist alles mehr als seltsam, eben irgendwie verrückt.

Nachdenklich nimmt sie ihre Medikamente ein, die Ruby zwar nicht retten werden, aber weitere Anfälle verhindern sollen, bevor ihr Blick auf die Styroporbox im Kühlschrank fällt. Ganz vorsichtig öffnet sie die Verpackung, um die gebratenen Nudeln misstrauisch zu betrachten. Ob er da was reingemischt hat? Sie sollte die Box einfach wegwerfen. Auf der anderen Seite wollte sie sich gestern noch von einer Brücke stürzen. Wovor hat sie also Angst? Es spielt doch eh alles keine Rolle mehr.

Aus dieser Resignation keimt plötzlich ein schwaches Hochgefühl in Ruby auf. Vielleicht, ja nur vielleicht, ist das ihre Möglichkeit, zum ersten Mal richtig frei zu sein. Sie will sich nicht stumpf mit falschen Glücksgefühlen betäuben, aber sie kann das wagen, vor dem jeder zurückschreckt, vor dem alle warnen. Zum ersten Mal darf sie unvernünftig sein. Zum ersten Mal kann sie den vermeintlich dunklen Wald betreten, um zu erfahren, was tatsächlich dort verborgen liegt. Und wenn sie sich dabei eine Kugel in irgendeinem Ghetto einfängt, ist das eben so.

Es ist eine andere Art von Freiheit, eine andere Art, ihr Restleben zu genießen. Lächelnd isst sie die Nudeln. Es ist die Freiheit, naiv zu sein. Die Freiheit, ihr eigenes Bild dieser Welt zu zeichnen.

Nach einer kurzen Dusche begibt sich Ruby gegen Mittag zum Segelhafen. Irgendwie hat sie das Gefühl, dass sie diesen Amanaki noch mal treffen muss. Sie muss einfach mit ihm sprechen. Wer weiß denn, ob die Schublade, in die sie Amanaki eingeordnet hat, auch die richtige ist? Sie will es herausfinden. Sie will wissen, ob die Welt so ist, wie alle meinen, und ob ihre eigenen Urteile mehr als nur Kopien sind.

Leicht schwankend liegt der Katamaran dort im Wasser. Ruby fällt sofort auf, dass das ramponierte Segel entfernt wurde. Ohne ein Wort zu sagen steigt sie auf das Boot, um neugierig durch das Bullauge in die Kabine zu schauen. Amanaki ist nicht da. Kurzerhand legt sie sich an Deck, denn es gibt Schlimmeres, als im warmen Sonnenschein auf jemanden zu warten. Immerhin hat sie alle Zeit der Welt.

Kapitel 7

„Das wird aber sicher zwei bis drei Wochen dauern. Wir sind ziemlich im Produktionsverzug, und dein Segel ist ein Sondermodell."

Amanaki lächelt dem rundlichen Mann entspannt entgegen, der gemütlich an seiner Zigarette zieht.

„Das macht nichts, ich wollte sowieso die Umgebung erkunden. Ich schau dann in zwei Wochen wieder vorbei."

Er verabschiedet sich und verlässt die kleine Fertigungshalle. Zu seinem Pech befindet sich die Segelwerkstatt ein gutes Stück außerhalb der Stadt, so dass er für den Rückweg wieder einen Bus nehmen muss. Die Viertelstunde bis zum nächsten Bus wartet Amanaki allerdings gerne, denn es ist ein schöner, sonniger Tag. Ein Windstoß trägt klare Luft zu ihm herüber. Er nutzt die Zeit, um die gestrigen Erlebnisse in sein Reisetagebuch einzutragen. Aus purer Faulheit hat er es immer wieder aufgeschoben, und Augenblicke wie diese sind perfekt, um es nachzuholen. Als Amanaki schließlich fertig ist, kontrolliert er noch schnell seine Liste.

Die wichtigsten Einkäufe hat er bereits erledigt, und seine Vorräte sind weitestgehend aufgestockt. Lediglich leicht verderbliche Lebensmittel muss er noch besorgen, aber das hat Zeit bis zum Tag seiner Abreise, wann immer der auch sein mag. Die kommenden zwei Wochen könnte er also ohne Probleme nutzen, um Neuseeland ein wenig zu erkunden. Amanaki weiß aber nicht, wohin er eigentlich will ... doch das kann warten. Zunächst muss er zurück zum Boot.

Während der Busfahrt wandern Amanakis Augen an den zahllosen Einfamilienhäusern der Vororte vorbei. Irgendwie deprimieren sie ihn. Jedes seine eigene kleine

Welt, sorgfältig abgeschnitten vom Rest. Man denkt immer, dass man etwas Gemeinsames teilt, wenn man in derselben Umgebung wohnt. Letztlich sind die Lebenswirklichkeiten jedoch von Haus zu Haus so verschieden, wie nicht einmal zwischen Staaten. Was sie eint, ist das Schicksal, allein zu sein. Und so wohnen all diese unterschiedlichen Leben anonym nebeneinander, ohne das Verbindende zu sehen. Denn die Mauern der Vorgärten sind zu hoch, um sie zu überwinden und zu dick, um sie einzureißen.

Währenddessen schiebt sich die Skyline von Auckland immer weiter heran. Schließlich sind die Vororte mit ihren tausend Horizonten gänzlich hinter Amanaki verschwunden. Am Segelhafen steigt er aus.

Als sich Amanaki der Anlegestelle nähert, bemerkt er, dass jemand auf seinem Katamaran liegt. Zu seiner Überraschung erkennt er Ruby. Sie scheint eingenickt zu sein. Gestern noch hatte er beinahe schon Ehrfurcht vor dieser athletischen Frau mit den langen, bronzefarbenen Haaren, die einen halben Kopf größer ist als er. Allein ihre Betrunkenheit verhinderte allzu großen Respekt. Jetzt liegt Ruby friedlich da und wirkt beinahe verletzlich. Trotzdem traut Amanaki sich nicht, sie wachzurütteln. Aus seinen Fehlern hat er schließlich gelernt.

„Ruby? Was machst du denn hier?“, fragt er sie mit möglichst behutsamer Stimme aus sicherer Entfernung.

Sie zuckt zusammen und richtet sich auf.

„Oh, ich bin wohl eingeschlafen.“ Sie gähnt und steigt zu ihm auf den Steg. „Mein Kater ist echt der pure Horror.“

„Das glaube ich dir sofort.“ Als sie nicht von sich aus darauf eingeht, fragt Amanaki etwas verwirrt nach: „... und was machst du hier?“

Ruby gähnt ihn erneut an.

„Nun, ich wollte mit dir reden. Genau genommen wollte ich dich was fragen.“ Dann schaut sie sich um. „Wo ist eigentlich dein Vogel? Wieder unter dem Hut versteckt?“

„Ich habe Ari dieses Mal im Boot gelassen und wollte ihn gerade holen. Wolltest du mich das etwa fragen?“

„Nein, das nicht. Entschuldigung. Ich wollte fragen, was gestern eigentlich los war und wieso du mir geholfen hast.“

Amanaki ist von der Frage etwas überrascht. „Aber ich habe dir doch alles auf den Zettel geschrieben. Dir quoll der Alkohol fast schon aus den Augen. Ich wollte nur nett sein.“

„Wieso?“

„Wie wieso? Muss es dafür einen Grund geben?“

Ruby übergeht die Gegenfrage. „Wolltest du mit mir schlafen? Mich mit der Aktion und dem Essen beeindrucken, damit ich herkomme?“

„Um Gottes willen, nein! Kann ein Mann nicht einfach nett zu einer Frau sein, ohne gleich Hintergedanken zu haben?“

Ruby schaut ihn an, ohne irgendeinen Hinweis darauf zu geben, was sie eigentlich denkt.

Etwas hilflos versucht Amanaki, das Thema zu wechseln. „Kämpfst du immer mit offenem Visier?“

„Nein, eigentlich erst seit neuestem.“ Nun muss sie lächeln. „Es fällt halt schwer, deine nur aus Nettigkeit-These zu glauben, vor allem, weil du ein Fremder bist, der buchstäblich aus dem Nichts kam. Es ist schon ein wenig unheimlich, und dein französischer Akzent hilft nicht gerade dabei.“

Ihr sanftes Lächeln wandelt sich nun in ein deutliches Lachen. Endlich kann Amanaki so etwas wie einen Scherz erkennen.

„Tut mir leid, ich würde ihn ja ablegen, wenn ich könnte.“

„Ach nein, er ist irgendwie ziemlich witzig.“ Dann deutet sie mit ihrem Kopf auf den Segelmast. „Was ist damit passiert?“

Amanaki steigt auf den Katamaran und fährt mit seinen Fingern über das Aluminium.

„Ein Sturm hat das Segel zerrissen, weil ich es nicht rechtzeitig eingeholt habe. Ich lasse gerade in einer Werkstatt ein neues anfertigen.“

Rubys Augen weiten sich.

„Anfertigen? Das dauert doch sicher unglaublich lange, oder?“

„Zwei bis drei Wochen, aber ich wollte mich eh ein wenig umschauen, bevor es weitergeht.“

„Und wohin willst du?“, hakt Ruby nach.

„Meinst du hier in Neuseeland oder danach?“

„Beides.“

„Eigentlich hätte ich nicht nachzufragen brauchen.“ Amanaki muss lachen. „Ich habe nämlich sowohl als auch absolut keine Ahnung.“ Noch während er spricht, kommt ihm eine Idee. „Du hast nicht zufällig einen Tipp für mich?“

Ruby steigt nun ebenfalls wieder auf das Boot.

„Nun ja, Neuseeland hat viel Natur zu bieten, aber da du nicht so viel Zeit hast, solltest du dich auf die Nordinsel konzentrieren. Wenn du gerne wandern gehst, kann ich dir zum Beispiel Tongariro Crossing empfehlen.“

„Das hört sich gut an“, unterbricht Amanaki sie, doch Ruby redet einfach weiter.

„Du brauchst allerdings ein Auto, um dort hinzukommen. Auf dem Hin- und Rückweg kannst du noch Taupo, Rotorua, Tauranga, Coromandel, die Gloworm-Caves und

Hamilton besuchen. So hast du eine schöne und abwechslungsreiche, zweiwöchige Tour vor dir."

Amanaki findet sofort Gefallen an der Idee, aber etwas stört ihn daran.

„Gibt es denn gar keine öffentlichen Verkehrsmittel, die dorthin fahren? Der Preis wäre auch egal."

„Nein, nicht wirklich. Wenn du magst, kannst du aber mein Auto haben."

„Wie? Du willst mir dein Auto leihen? Aber wie kommst du dann zur Arbeit und so weiter?"

Doch Ruby winkt nur ab.

„Ich arbeite zurzeit nicht, und für meine Einkäufe brauche ich kein Auto. Du hast gestern Nacht sicher den riesigen Supermarkt bemerkt, der nur einen Block von mir entfernt die Umgebung verschandelt. Und für alles andere ist das Bussystem mehr als ausreichend."

Amanaki ist immer noch verblüfft.

„Aber ... wieso, wieso willst du mir denn dein Auto geben?"

Er kann sehen, dass sich Ruby ihre Antwort gut überlegt.

„*Kann man nicht mal nur nett sein, ohne gleich Hintergedanken zu haben?*"

Nun muss Amanaki lachen, was auch Ruby ansteckt. Selbstbewusst fährt sie fort: „Siehst du! Es ist komisch, oder? Man erwartet so ein Handeln einfach nicht von einer Fremden."

Amanaki muss ihr innerlich zustimmen. Ungewöhnlich ist ihr Verhalten schon, aber in einem Punkt irrt sie sich. So ungewöhnlich es auch ist, es ist nicht unheimlich, zumindest nicht für ihn. Ihn lässt es hoffen.

„Da magst du recht haben. Trotzdem finde ich dein Angebot sehr nett. Es ehrt mich sogar, aber ich bin kein guter Fahrer und mag es auch nicht besonders. Vor allem müsste ich mich erst mal an den Linksverkehr hier in Neuseeland gewöhnen. Darum habe ich sofort nach den öffentlichen Verkehrsmitteln gefragt, denn andernfalls hätte ich mir längst ein Auto gemietet." Er zuckt mit den Schultern. „Es ist aber nicht weiter schlimm. Ich werde die nächsten zwei Wochen schon genügend Dinge in der Umgebung finden, um mich zu beschäftigen."

Amanaki sieht sofort, dass Ruby mit dieser Antwort nicht zufrieden ist.

„Was? Nein! Du kannst doch nicht nach Neuseeland kommen und zwei Wochen nur in Auckland verbringen. Du musst wenigstens etwas von dem Land sehen!" Sie schüttelt den Kopf. „Nein, das geht absolut nicht. Wenn du willst, kann ich dich ja fahren, also mitkommen."

Amanaki ist mehr und mehr verblüfft von dieser Frau, die laut ihrem Personalausweis zehn Jahre älter ist als er. Seltsamerweise braucht er nicht lange, um eine Entscheidung zu fällen. Ist es nicht genau die Art von Spontanität und Offenheit, weswegen er Tahiti verlassen hat? Er wollte sehen, was das Leben ihm anbietet, wenn er den sicheren Pfad des Alltags verlässt und sich in den unbekannten Dschungel drumherum wagt. Es scheint, als wäre das die Möglichkeit, nach der er die ganze Zeit gesucht hat.

„Dein Ernst? Ich würde mich wirklich darüber freuen! Begleitung ist nie verkehrt, und als Einheimische kannst du mich sicher vor Touristenfallen bewahren. Aber nur, wenn es dir keine Umstände bereitet."

Ruby betrachtet ihn zufrieden.

„Es macht mir echt nichts aus. In Neuseeland ist zwar alles ziemlich touristisch, aber auf eine angenehme, überschaubare Art." Sie blickt kurz auf ihr Handy. „Heute ist Donnerstag ... wie wäre es, wenn wir am Montag losfahren? Ich muss nämlich noch einiges erledigen."

„Das passt mir perfekt“, antwortet Amanaki euphorisch und wundert sich darüber, dass Ruby nicht weiß, was für ein Tag heute ist.

„Super. Irgendwie freue ich mich ebenfalls darauf, aber jetzt muss ich los. Hier, ich gebe dir noch meine Telefonnummer.“

Nun muss Amanaki sie unterbrechen. „Ich habe leider kein Handy.“

Ohne darauf einzugehen, winkt Ruby ab. „Dann bin ich am Montag um neun Uhr morgens hier und hole dich ab. Du kannst dir sicher denken, was du alles für die Tour brauchen wirst. Geh ansonsten in ein Internetcafé und schau nach. Und falls etwas sein sollte, weißt du ja, wo ich wohne, du Freak.“

Ruby lacht ihn freundlich an, bevor sie umdreht und ohne Verabschiedung verschwindet. Lange schaut er ihr noch hinterher, mit einer Mischung aus Verwirrung und Vorfreude. Wie schnell das doch alles ging. Aber wie meinte der Alte noch? *Lache über die Verwirrung und lebe in die Welt hinein.*

Und genau das wird Amanaki tun, fest davon überzeugt, dass es am Ende auch Sinn ergibt. Er kann gar nicht anders, als diese seltsame Erfahrung in sein Reisetagebuch zu schreiben. Bisher war Ruby nur eine Anekdote seines Abenteuers, doch nun wird sie einen bedeutsamen Teil darin spielen. Eine Fremde, von der Amanaki nur weiß, dass er sie auf eine skurrile Art und Weise irgendwie sympathisch findet. Aber man muss auch nicht alles auf dieser Welt verstehen, um glücklich zu sein.

Am folgenden Tag ist Ruby zwar noch leicht angeschlagen, trotzdem macht sie sich selbstbewusst auf den Weg. Aus einer Laune heraus nimmt sie wieder den Bus und hängt während der Fahrt ihren Gedanken nach. So richtig kann sie nicht glauben, dass sie mit Amanaki diese Tour machen wird. Doch es ergibt alles Sinn.

Er weiß nichts von ihrer Krankheit und würde schnell wieder aus ihrem Leben treten, schneller als der Tod sie ereilen könnte. Er ist ihre Chance auf ein kleines Stück Befreiung. Ruby muss nicht fürchten, von ihm bemitleidet zu werden. Gleichzeitig wird er sie auch nicht, wie andere Fremde aus Auckland, mit Alltagsproblemen langweilen, weil sein Leben im Augenblick alles andere als alltäglich ist. Was sie anfangs für verrückt hielt, findet sie nun spannend, und Ruby brennt richtig darauf, diesen seltsamen Verstand zu ergründen. Zu verstehen, wie er tickt, denn gestern konnte sie sehen, dass Amanaki kein böser Mensch ist. Manchmal gibt es tatsächlich Situationen, in denen sie im Schimmern der Augen die Seele zu erkennen meint, so kitschig das auch klingt. Gestern war so ein Moment.

Nein, Amanaki ist nicht unheimlich. Er ist nur seltsam, atypisch. Sie glaubt sogar so atypisch, dass er in keine ihrer Schubladen passt – und das will sie herausfinden. Ob es Menschen gibt, die jedes Vorurteil sprengen. Ob Amanaki tatsächlich etwas Besonderes ist.

Der Bus hält an, und Ruby steigt nervös aus. Sie befindet sich in South Auckland, sozusagen dem Ghetto der Stadt, und das zu später Stunde. Früher wäre sie um diese Uhrzeit hier nie allein hingefahren, aber dieses Mal hat sie ein Anliegen.

Eine Zeitlang läuft Ruby durch die Straßen, bis sie auf einem kleinen Parkplatz eine männliche Gestalt in einer dunklen Ecke stehen sieht. Zielstrebig geht sie auf ihn zu, doch der Mann schaut sie nur an, ohne etwas zu sagen. Unter Anspannung ergreift Ruby deshalb das Wort.

„Hast du was?“

Der Mann schaut sich besorgt um.

„Ein Gramm, 13 Dollar."

„Gras?"

Der Kerl nickt etwas verwirrt, als wäre die Frage sehr ungewöhnlich.

„Das brauche ich nicht. Hast du auch LSD?"

Nun wirkt der Dealer überrascht, als würde er ihr nicht zutrauen, nach so etwas zu fragen.

„LSD? Jo, willst du mich verarschen? Bist du ein Cop, oder was?"

Sie versucht ihn zu beruhigen.

„Nein, wirklich nicht! Ich mache das nur zum ersten Mal. Bitte, ich brauch es!"

Der Dealer blickt erst misstrauisch, scheint ihr dann aber zu glauben. Auch er kann Rubys Elend erkennen, das wie ein dunkler Schatten über ihr hängt. Es ist jener Schatten, den seine Kunden in Scharen zu ihm tragen. Also holt er ein altes Handy hervor, um jemanden anzurufen. Nur fünf Minuten später taucht ein zweiter Dealer auf. Ohne zu zögern bezahlt Ruby die 25 Dollar und bekommt dafür ein kleines Plättchen mit einem Smiley darauf, das für einen Rausch reichen soll. Damit verschwindet Ruby so schnell sie kann aus dieser unheimlichen Gegend. Gegen Mitternacht ist sie wieder daheim.

Die Haustür fällt leise hinter ihr ins Schloss, doch in ihren Ohren hört es sich wie ein Donnerschlag an. Sie ist nervös und das nicht nur ein wenig. Ruby atmet einmal tief ein und schleicht so vorsichtig in ihr Wohnzimmer, als würde dort ein Feind lauern. Eine Weile steht sie wie festgewachsen, bevor sie schließlich auf ihrem alten Ledersofa Platz nimmt. Auf dem Rücken liegend starrt sie an die Decke, das LSD-Plättchen fest in der Hand. In ihrem gesamten Leben hat Ruby nie Drogen genommen, wenn man vom Alkohol absieht. Aber sie hat lange darüber nachgedacht und wird es tun. Sie wird LSD nehmen. Nichts, was einfach nur Glücksgefühle freisetzt, sie aufputscht oder beruhigt. Nein, es muss LSD sein, denn sie will neue Realitäten erleben. Sie will ihren Verstand auf eine Reise schicken, ganz gleich wie gefährlich es ist. Im besten Fall erweitert sie ihr Bewusstsein, im schlimmsten Fall püriert sie ihr Gehirn. Ein Risiko, das sie gewillt ist, einzugehen. Dann nimmt sie das Plättchen in den Mund, um fortan ruhig abzuwarten. Eine Zeitlang geschieht gar nichts. Ruby macht sich bereits Gedanken, als es plötzlich losgeht.

Erst ist es nur ein schummriges Gefühl, das sich langsam in verschiedene Halluzinationen ausweitet. Vor ihren Augen scheinen die Wände und das Sofa zu schmelzen, und bunte Farben pulsieren hektisch durch den Raum. Wenig später drehen all ihre Sinne völlig durch. Sie kann Farben hören, Töne sehen und Emotionen riechen. Freude wechselt sich mit Angst ab, Kälte mit Hitze.

Unfähig zu entscheiden, was Realität ist und was nicht, gleitet sie durch eine Zwischenwelt, bis sie von Panik ergriffen wird. Sie muss schreien, doch sie hört ihren Schrei nicht, sie riecht ihn, schmeckt ihn. Ihr Herz scheint zu zerspringen. Die Zeit ist nicht mehr vorhanden, während sich ihre Panik wieder in anderen Emotionen verliert. Es ist ein Karussell, dem sie nicht entkommen kann. Für Stunden ist es immer wieder das Gleiche. Sie will, dass es aufhört. Es soll aufhören. Es soll aufhören. ES SOLL AUFHÖREN!

Schlagartig herrscht Stille.

Die Farben schmiegen sie allmählich in ein behutsames Luftschloss. Sie wird eingehüllt von einem feinen Hauch des Friedens. Es trägt sie durch unbekannte Gärten und lässt ihre Konturen verwischen, solange, bis sie selbst zu den Farben wird. Doch wieder wird die Idylle gestört. Etwas zerrt an ihr.

Es reißt sie aus der Zwischenwelt in das Hier und Jetzt. Die Farben verblassen und verblassen und verblassen, bis nur noch Dunkelheit herrscht. Die tiefste Dunkelheit, die sie jemals spürte. Dunkelheit bis in alle Ewigkeit.

Langsam öffnen sich ihre Augen, während Ruby allmählich zu sich kommt. Beinahe schon schleichend, aber die Welt baut sich wieder vor ihr auf, bis auch ihre Sinne in die Realität zurückkehren.

„Ruby, meine Güte, wach auf!"

Es vergehen weitere Minuten, bis Ruby erkennen kann, dass Eleonore vor ihr steht.

„Eleonore ..."

Ruby kann kaum reden, so schwach ist sie. In dem Moment holt Eleonore aus, um ihr eine Ohrfeige zu geben.

„Bist du wahnsinnig geworden?! Ich dachte schon, du stirbst!"

Ruby begreift immer noch nicht, was vor sich geht, kann aber eine Frage über ihre Lippen zwingen.

„Was tust du hier?"

Erst jetzt bemerkt sie, dass Eleonore voller Erbrochenem ist.

„Es ist elf Uhr morgens, verdammt! Wir waren für zehn verabredet, aber du hast nicht aufgemacht und bist nicht ans Telefon gegangen, obwohl Licht brannte. Ich dachte, du hast einen Anfall! Zum Glück hatte ich den Zweitschlüssel dabei. Und dann sah ich dich hier liegen ... Zur Hölle, Ruby, was hast du nur genommen? Du hast geschrien und nicht auf mich reagiert ... mich angekotzt! Sowas habe ich noch nie erlebt! Was war los mit dir!?"

Eleonore muss plötzlich weinen.

„LSD", stöhnt Ruby leise.

„LSD ..." Eleonore schreit sie unter Tränen entsetzt an. „LSD!? Willst du mich verarschen!? Wieso tust du sowas, meine Güte!? Ich habe gesagt, du sollst dein restliches Leben genießen, nicht zerstören!"

Das Geschrei schmerzt in jeder Zelle von Rubys Körpers. Sie kann es nicht mehr ertragen und antwortet deshalb mit einem Flüstern.

„Das verstehst du nicht. Geh ..."

„Was?"

Das letzte Wort hatte Ruby nur in sich hinein gemurmelt.

„Verschwinde ..."

Eleonores Weinen verstärkt sich. Ruby kann nun auch ihr Schluchzen hören.

„Ich soll also verschwinden? Und das nach allem, was ich durchgemacht habe? Ist das dein Ernst!?"

Ruby hört Eleonore zwar, aber versteht kaum die Worte. „Geh ..."

Eleonore steht weinend auf und verlässt die Wohnung. Die Tür knallt zu, und Ruby fühlt sich augenblicklich schlecht. Nicht wegen der Nachwirkungen, sondern wegen ihres Gewissens, wegen Eleonore.

So gerne würde sie ihr alles erklären, doch Eleonore könnte es nicht verstehen. Sie würde nicht begreifen, dass das Leben zu genießen keinen Wert mehr für Ruby besitzt. Alles, was ihr noch bleibt, ist der Versuch, das Leben als solches zu verstehen. Die Suche nach den Zusammenhängen. Und dafür wird sie alles wagen.

Kapitel 8

Nervös läuft Isamu auf und ab und fasst immer wieder vorsichtig an die nässende Wunde seiner linken Hand. Er kann hören, dass drinnen gesprochen wird, aber nicht verstehen worüber. Seit einer halben Stunde ist er schon im Hauptquartier seines Klans, ohne zu wissen, ob seine Wiedergutmachung angenommen oder abgelehnt wurde. Aber ihm bleibt eh nichts anderes übrig, als auf sein Schicksal zu warten. Er würde es annehmen, ganz gleich wie es aussieht.

Dann öffnet sich die Schiebetür, und Isamu wird endlich von Yusuke hineingebeten. Am anderen Ende des Raumes sitzt sein Oyabun in einem Kimono auf einem kleinen Sitzkissen. Sofort kniet sich Isamu demütig vor ihn auf den Boden.

„Verzeiht mir, Oyabun. Ich habe versagt. Ich verdiene es nicht, in Euer Antlitz zu blicken."

Dabei presst Isamu sein Gesicht auf die Bambusmatte und legt die Hände flach daneben, bis er die Stimme seines Oyabuns erklingen hört.

„Isamu, erhebe dich."

Natürlich gehorcht er.

„Du hast das Yubitsume-Ritual zur Wiedergutmachung deiner Fehler durchgeführt. Ich akzeptiere es. Dir wird nichts geschehen, und du bleibst vorerst mein Kobun."

Isamu verbeugt sich mehrmals tief.

„Ich danke Euch, Oyabun."

Mit gesenktem Kopf starrt er weiterhin auf den Boden.

„Der Restaurantbesitzer konnte dich nicht erkennen, es ist also keine Bedrohung für unseren Klan entstanden. Und sein Blut ist reichlich geflossen; unsere Ehre ist genügend gerächt. Allerdings musst du mir deine Treue und Zuverlässigkeit erneut beweisen, Isamu."

„Alles, was Ihr verlangt, Oyabun."

Sein Oyabun erhebt sich und geht einen Schritt auf ihn zu. Er spürt, wie die alten Augen ihn mustern.

„Mitten in unserem Gebiet in Fukuoka hat eine neue Spielhalle eröffnet. Alle höflichen Anfragen für ein Gespräch wurden von dem Besitzer, Herrn Takawara, ignoriert. Schau dort vorbei und setze unsere Interessen durch. Kehre anschließend zu mir zurück. Dann werde ich endgültig entscheiden, was mit dir passiert."

Isamu verbeugt sich erneut.

„Ich danke Euch."

Er dreht sich um und verlässt zusammen mit Yusuke zügig den Raum, und hinter ihnen wird die Schiebetür wieder geschlossen. Mit einem Lachen im Gesicht tritt Isamu ins Freie, um Yusuke voller Dankbarkeit zu einem Sake einzuladen. Ihm wurde eine zweite Chance zuteil, und Isamu ist gewillt, sie auch zu nutzen.

Wenig später sitzen sie in einer Bar und reden im Dunst des Tabaks über die Arbeit.

„Und was gibt's Neues, Yusuke? Ich war ja ein paar Tage weg von der Bildfläche."

„Nicht viel." Yusuke ascht ab. „Einzig die chinesische Mafia macht uns in Fukuoka einige Gebiete streitig, aber die Verhandlungen laufen."

„Diese Wichser wissen einfach nicht, wo ihr Platz ist."

„Du sagst es." Yusuke hebt sein Glas, und zusammen trinken sie einen weiteren Sake. „Auch die Polizei will, dass wir die Angelegenheit mit den Chinesen klären. Wir haben also freie Hand."

Isamu lacht hämisch auf.

„Sehr gut, das macht es gleich viel leichter. Ich hatte schon lange nichts mehr mit den Chinesen zu tun. Meinst du ...", er hält inne, als sie vom Kellner unterbrochen werden,

„... meinst du, ich könnte bei dem nächsten Treffen mitkommen?"

„Natürlich, es kann nicht schaden, einen harten Knochen mit Erfahrung dabeizuhaben. Die Jüngeren sind doch nicht mehr zu gebrauchen. Alles, was die wollen, ist schnellen Profit. Im Zweifel würden die nicht mal jemanden töten oder gar ihr Leben opfern. Für mich sind das keine richtigen Yakuza."

Enttäuscht zischt Yusuke den letzten Satz durch seine Lippen, und Isamu stimmt ihm bitter zu. Sie plaudern eine Weile, und bald darauf lachen sie wieder lautstark. Stundenlang schwelgen sie in Erinnerungen und feiern Isamus Rehabilitation, bis er schließlich gut gelaunt mit einem Taxi nach Hause fährt. Es sind solche Abende, die es öfter geben müsste, denn er hat es vermisst: dieses Gefühl der guten, alten Zeit.

Am nächsten Nachmittag betritt er die besagte Spielhalle in Fukuoka. Auch um diese Zeit sind fast alle Automaten belegt, so dass das Getöse den ganzen Raum füllt. Zielstrebig geht Isamu an den Maschinen vorbei, bis er schließlich jemanden ausfindig macht, der wie der Manager aussieht.

„Guten Tag, werter Herr. Sind Sie Toshi Takawara?"

Er deutet eine kurze Verbeugung an.

„So ist es. Wie kann ich Ihnen helfen?", lacht ihn der Mann freundlich an.

„Mein Oyabun ist schwer enttäuscht von Ihnen."

Der Manager wird stutzig. „Ihr Oyabun?"

Isamu hebt nur die linke Hand, an der seine Verstümmelung gut sichtbar ist. Daraufhin scheinen beim Besitzer alle Dämme zu brechen. Dessen Pupillen weiten sich, und Isamu kann seine Angst förmlich riechen.

„Es tut mir leid, ich wollte niemanden beleidigen. Ich wusste nur nicht, wieso die Yakuza mich sprechen wollten."

Isamu zündet sich in aller Ruhe eine Zigarette an, auch wenn das Rauchen hier eigentlich verboten ist.

„Nun genau dafür sind Gespräche doch da. Gibt es hier ein Büro oder so?"

Der Mann bejaht, und zusammen gehen sie in ein kleines Hinterzimmer, wo sie niemand stören kann. Dort schweigt Isamu solange, bis Herr Takawara von sich aus zu reden beginnt. In der Zwischenzeit füllt sich der Raum mit feinem Tabakqualm.

„Darf ich fragen, weshalb genau Sie hier sind?"

Seine Stimme bebt, doch Isamu deutet nur mit seinem Kopf zur Tür.

„Ganz schön viele Leute da drinnen. Der Laden scheint ja gut zu laufen, dafür, dass Sie ihn gerade erst eröffnet haben." Der Mann nickt. „Aber Sie können doch nicht einfach eine Spielhalle mitten in unserem Gebiet betreiben, ohne eine Gebühr zu zahlen." Isamu legt eine Pause ein und spricht mit bedrohlichem Tonfall weiter. „100.000 Yen, monatlich."

Herr Takawara hebt vorsichtig die Hände über den Schreibtisch.

„Ich verstehe, ich verstehe. Ich werde zahlen, aber ich muss noch einige Kredite für die Automaten abbezahlen und ..."

Isamu zieht kurzerhand sein Messer und rammt es in den Laptop auf dem Schreibtisch. Voller Panik springt Herr Takawara auf und weicht einen Schritt zur Seite, um aus dem Raum zu stürmen. Doch Isamu packt ihn am Hals und drückt ihn dabei brachial gegen die Wand.

„Kein Aufschub. Scheißegal, ob du dabei bankrottgehst: du zahlst. Ansonsten verwandle ich den Laden hier persönlich in Kleinholz."

Nach Luft ringend willigt Herr Takawara ein, so dass Isamu seinen Würgegriff löst. Mit versteinerter Miene zieht er das Messer aus dem Laptop und deutet damit beiläufig auf einen kleinen Wandtresor.

„Öffnen!"

Herr Takawara gehorcht. Im Tresor liegen etwa 270.000 Yen, die Isamu komplett an sich nimmt. Als der Spielhallenbetreiber Protest anmelden will, drückt er ihm bedrohlich die Messerspitze unter das Kinn.

„Sieh es als Anzahlung und Wiedergutmachung für deine Unhöflichkeit an." Isamu übt etwas mehr Druck aus. „Du solltest es dir nicht mit mir verscherzen, Toshi, denn in Zukunft werde ich häufiger dein Gast sein."

Verängstigt nickt Herr Takawara, so dass Isamu zufrieden das Messer wegsteckt.

„Auf Wiedersehen."

Dann verlässt Isamu das Hinterzimmer und schreitet an den klirrenden Automaten vorbei nach draußen. 100.000 Yen behält er für sich, und den Rest wird er seinem Oyabun geben. Isamu ist mehr als zufrieden, denn er weiß, dass sein Oyabun es auch sein wird. Eine Zeitlang wird die Spielhalle noch gutes Geld einbringen und schließlich bankrottgehen. Das ist Isamu allerdings mehr als egal. Menschen kommen und gehen, doch das Geld bleibt.

Kapitel 9

Als Ruby am Montagmorgen beim Treffpunkt vorfährt, ist sie noch nicht erholt. Dieser LSD-Trip hat sie ziemlich fertiggemacht, aber eines hat er tatsächlich bewirkt: Sie nimmt ihre gesamte Umgebung anders wahr. Wie kann sie noch sicher sein, dass all das, was direkt vor ihr zu sein scheint, auch existiert? War in dieser Nacht für sie nicht alles genauso real wie zum Beispiel das Auto, in dem sie gerade sitzt? Was soll Ruby von dieser Wirklichkeit halten, die sie jetzt umgibt? Ist sie realer als ein Traum, als ein Rausch, nur weil man immer zu ihr zurückkehrt? Nur weil man sich dort die meiste Zeit aufhält? Seit dieser Nacht scheint Ruby in einem riesigen Film gefangen zu sein: einer Welt voller Requisiten und Statisten.

Dann sieht sie Amanaki kommen. Er trägt seinen alten Strohhut, und auf seiner Schulter hüpft Ari fröhlich hin und her. Zwar ist dieser Anblick immer noch gewöhnungsbedürftig, aber wenigstens wirkt er nicht wie ein Statist, denkt Ruby zufrieden. Nach einer kurzen Begrüßung verstaut Amanaki seine Tasche im Kofferraum und steigt ein.

Zunächst wollen sie nach Coromandel, wo Ruby eine kleine Ferienwohnung für zwei Nächte gebucht hat. Die dreistündige Autofahrt vergeht äußerst schleppend. Sie unterhalten sich kaum, und wenn sie es tun, sprechen sie nur über Banalitäten, was irgendwie erzwungen wirkt. Ruby kann sehen, dass sich Amanaki unwohl fühlt. Vielleicht war diese ganze Aktion doch einfach nur dumm? Er ist und bleibt ein Fremder. Und was soll diese Reise ihr eigentlich bringen? An den meisten Orten war sie bereits.

Eine Weile zweifelt Ruby so vor sich hin, bis sie irgendwann doch das Wort ergreift.

„Sag mal, Amanaki, wieso bist du eigentlich von Tahiti aufgebrochen? Wohl kaum aus Reiselust, oder? Ich meine, du weißt ja nicht mal, wohin du willst."

„Ich werde wegen eines Doppelmordes gesucht", grinst Amanaki und schneidet dabei die Grimasse eines Verrückten.

Ruby schmunzelt, auch wenn sie es eher unheimlich findet. Amanaki stützt daraufhin seinen Kopf ab und blickt verträumt aus dem Fenster. Ein paar Sekunden verstreichen, ehe er endlich ernsthaft antwortet.

„Wieso ist James Cook immer wieder losgesegelt, auch nachdem er bereits berühmt und reich war? Sicher nicht, weil es spaßig war, bei all dem Elend und den Gefahren auf diesen Touren." Er macht eine Pause und streichelt Ari behutsam. „Nein, er tat es aus dem Grund, aus dem überhaupt jemals etwas geschieht: Neugier. Er war neugierig auf die Welt da draußen. Und das bin ich auch. Zwar gibt es für mich keine neuen Länder oder Kulturen mehr zu entdecken, aber noch eine ganze Welt voller Menschen."

Ruby betrachtet ihn kurz über ihre Schulter und muss lächeln.

„Gute Antwort." Sie lässt einen Moment verstreichen, um die Wirkung nicht zu zerstören. „Auch wenn es keine Länder mehr zu entdecken gibt, kann dich immerhin noch ein wütender Mob Einfältiger lynchen. Genau wie bei James Cook."

„Immerhin", wiederholt Amanaki lachend.

Und dann weicht dem unangenehmen Schweigen endlich eine friedliche Stille. Sie reden zwar genauso wenig wie zuvor, aber nun wirkt das Wenige nicht mehr erzwungen, und Ruby meint auch bei Amanaki so etwas wie Erleichterung zu sehen. Es ist eine Fähigkeit, die meistens nur gute Freunde oder enge Paare entwickeln. Die Fähigkeit gemeinsam allein zu sein, ohne von dem ständigen Druck geplagt zu werden, reden zu müssen. Ruby ist überrascht, dass es bereits jetzt mit Amanaki so weit ist. Vielleicht lag sie mit ihrem Gefühl doch richtig.

Schließlich erreichen sie den kleinen Ort bei Coromandel. Als Erstes nehmen sie die Schlüssel zur Ferienwohnung entgegen, die zwei Schlafzimmer hat und praktischerweise nur drei Gehminuten vom Strand entfernt liegt. Ansonsten ist die gesamte Einrichtung schlicht und unauffällig gehalten, doch das interessiert weder Ruby noch Amanaki. Nachdem die beiden sich eingerichtet haben, beschließen sie, die restlichen Stunden bei Cathedral Cove zu verbringen, einer Strandhöhle, die nur bei Ebbe zugänglich ist.

Dieses Mal vergeht die Autofahrt schnell, und bereits der halbstündige Abstieg zum Strand bietet einen schönen Ausblick. Die meisten anderen Menschen starren wegen Ari eher Amanaki an, statt die Natur zu genießen, was ihm völlig egal zu sein scheint.

Sie durchqueren die Kalksteinhöhle mit ihrer spitzzulaufenden Decke, um sich schließlich auf der anderen Seite auf ein paar Steine zu setzen. Dabei fragen sie sich gegenseitig über ihre Leben aus, doch mit der Zeit wird das langweilig und auch anstrengend. Denn Ruby verschweigt natürlich, dass sie todkrank ist und muss deshalb bei vielen Fragen ausweichen. Also wechselt sie das Thema, während ihr Blick langsam über den blau-grünlichen Horizont schweift.

„Ist das hier überhaupt etwas Besonderes für dich?“

Amanaki schaut sie überrascht an.

„Weil ich aus Tahiti komme?“ Sie antwortet nicht, so dass Amanaki fortfährt. „Nun, natürlich bin ich, was Strand und Meer angehen, etwas verwöhnt. Aber trotzdem bleibt es ein schöner Ort.“ Er wirft einen Stein ins Wasser. „Außerdem liegt die wahre Schönheit eines Ortes doch letztlich in dem erlebten Moment, nicht?"

Ruby runzelt die Stirn.

„Wie meinst du das?"

„Nur im ersten Moment spielt es doch eine Rolle, ob ein Ort, wie heißt das Wort, ästhetisch ist." Sie stimmt ihm zu. „Sobald wir dort sind, laden wir den Ort mit Erfahrungen und Gefühlen auf, die wir dann für immer mit ihm verknüpfen. Wenn ich also irgendwo ankomme, kann ich zwar sagen, dass mir gefällt, was ich unmittelbar vor mir sehe, ich weiß aber noch nicht, ob es wirklich ein schöner Ort für mich sein wird. Denn eine schäbige Hütte kann das Paradies und ein geräumiges Schloss ein Gefängnis sein."

Ruby schaut ihn verblüfft an. Was ist nur verkehrt mit diesem Kerl? Sie meint das nicht mal böse, es ist nur so ungewöhnlich.

„Wie alt bist du noch gleich?"

„Neunzehn."

Lachend schüttelt sie den Kopf. „In deinem Alter hat mich nur interessiert, wo die nächste Party stattfindet." Sie erhebt sich. „Aber ich find's gut, dass du dir so viele Gedanken machst. Lass uns gehen. Die Flut kommt." Langsam marschieren sie los. „Aber nur fürs Protokoll: Letztlich unterscheidest du schlicht zwischen objektiver und subjektiver Schönheit."

Eigentlich will Ruby es dabei belassen, doch die komplette halbe Stunde, die sie für den Aufstieg zum Auto brauchen, diskutieren sie genau darüber. Amanaki bleibt hartnäckig, so dass Ruby es beinahe bereut, diesen Satz noch angehängt zu haben. Und zu allem Überfluss mutiert die Diskussion in so viele Unterthemen, bis die Anfangsfrage letztlich keine Rolle mehr spielt. Diese Debattenfreudigkeit hat sie Amanaki gar nicht zugetraut. Immer noch besser, als sich stundenlang anzuschweigen, und außerdem verfliegt so die Zeit. Es ist, als merke sie gar nicht, für wie absurd viele diese Situation halten würden. Doch warum in aller Welt sollte sie das noch kümmern?

Obwohl er am Abend zuvor erst spät im Bett war, wacht Amanaki bereits um fünf Uhr morgens auf. Ari hat beschlossen, dass es Zeit ist, aufzustehen und veranstaltet dementsprechend einen Höllenlärm. Müde murmelt Amanaki verzweifelte Worte in sein Kissen.

„Wie kann so ein kleiner Vogel nur so laut sein?"

Er starrt zu Ari, doch der legt nur seinen Kopf zur Seite und zwitschert weiter vor sich hin. Dann realisiert Amanaki, dass es die erste Nacht ist, die sie nicht auf dem Boot verbringen. Vielleicht hat Ari Angst? Müde steht er also auf, um Ari behutsam in seine Hände zu legen. Dort beruhigt sich sein kleiner Freund. Als sich Amanaki wieder hinlegen will, bemerkt er, dass es draußen zu dämmern beginnt. Nach kurzer Überlegung zieht er sich an.

Wenn er sowieso schon wach ist, kann er sich auch den Sonnenaufgang am Strand anschauen. Kurzerhand setzt er sich Ari auf die Schulter und schleicht leise hinaus, denn er will Ruby nicht wecken. Zur Sicherheit hinterlässt er einen Zettel. Nicht dass sie aufwacht und denkt, er wäre abgehauen.

Auf dem Weg zum Strand erfrischt ihn die angenehm kühle Luft, und dort angekommen, ist er froh, losgegangen zu sein. Denn ihn erwartet eine magische Szenerie, wie er sie noch nie zuvor gesehen hat. Sonnenaufgänge kennt er zwar zuhauf, aber hier liegt ein dichter Dunst über dem tosenden Meer, während eine tieforangene Sonne den Horizont durchbricht und alles in warme Rottöne taucht. Es ist beinahe mystisch, wie die kalten und warmen, wilden und ruhigen Elemente aufeinandertreffen. Ein Anblick, der frühere Völker wohl Naturgötter kreieren ließ. Amanaki dreht sich um und rennt zurück zur Ferienwohnung. Er platzt in Rubys Zimmer und schüttelt sie.

„Wach auf! Das musst du sehen!“

Ruby bekommt fast einen Herzinfarkt. Sichtlich verwirrt lässt sie sich überreden, um zehn Minuten später neben Amanaki am Strand zu stehen.

„Mann, das ist es wirklich wert“, staunt auch Ruby.

Zwei, drei Minuten stehen sie da und lassen die Natur auf sich wirken, bis sich Ruby plötzlich bis auf die Unterwäsche auszieht. Amanaki mustert ihre definierten Muskeln. Verwirrt blickt er sie an.

„Was zur Hölle machst du da?“

„Wonach sieht es denn aus?“

Sie wirft ihm ihr Shirt entgegen und rennt zum Wasser.

„Aber die Brandung ist viel zu stark, du wirst noch abgetrieben!“, ruft er ihr hinterher, doch es ist zwecklos.

„Mir egal“, ist alles, was er noch zu hören bekommt. Verzweifelt wischt er sich mit der Hand durchs Gesicht, lacht und zieht sich ebenfalls aus, bis sein schlanker, aber nahezu unmuskulöser Körper nur noch in Boxershorts steckt. Wieso eigentlich auch nicht? Bevor er auf das wütende Meer und den orangenen Horizont zuläuft, setzt er Ari auf dem Kleiderstapel ab und verdeckt ihn unter seinem Hut. Über Muschelreste rennt er ins kalte Wasser, während der dichte Dampf neben ihm von endlosen Sonnenstrahlen zerschnitten wird. Er springt hinein, so dass sich alle seine Körperzellen zusammenziehen, und als er auftaucht, nimmt Amanaki den wohltuendsten Atemzug seines Lebens. Nie war er so wach wie in diesem Moment.

„Ist es nicht wunderbar, Amanaki? Genieß es!“, schreit ihm Ruby aus einigen Metern Entfernung entgegen. Das tut er auch. In der Brandung der Wellen lässt Amanaki sich von den Elementen einlullen, doch so weit wie Ruby wagt er sich nicht hinaus. Währenddessen steigt die Sonne immer höher, so dass Blautöne langsam das satte Orange verdrängen.

Zurück am Strand, wartet er dann unruhig auf Ruby, die lange für den Rückweg braucht. So lange, dass Amanaki beginnt, sich Sorgen zu machen. Sichtlich kämpft sie gegen die Strömung an. Er selbst ist zwar ein guter Schwimmer, aber bei Weitem nicht stark genug, um einen erwachsenen Menschen zu retten. Nach endlosen Minuten erreicht sie endlich keuchend den Strand und bricht neben ihm zusammen. Schwer atmend liegt sie auf dem Rücken.

„Das war knapp.“ Nach Luft ringend, blickt sie zu Amanaki. „Du hattest recht, ich bin fast abgetrieben.“

Sie lacht, und Amanaki ist fassungslos. Seine Zähne klappern vor Kälte.

„Wie kannst du darüber lachen? Ich habe mir Sorgen gemacht!“

Ruby steht auf und beginnt sich mit ihrem Pullover abzutrocknen.

„Es war ja nur fast. Und du musst zugeben, es war ein unglaubliches Gefühl.“

„Ja, bis zu dem Zeitpunkt, als du gegen deinen Tod anschwimmen musstest!“

Doch seine Worte scheinen an Ruby abzuprallen.

„Auch das war irgendwie unglaublich. Es war meine erste Nahtoderfahrung. Bei vollem Bewusstsein dachte ich für einen Moment: Jetzt ist es vorbei. Ein total verrücktes Gefühl.“

Dann fangen auch Rubys Zähne zu klappern an. Eigentlich hätte Amanaki noch viel zu sagen, doch er entschließt sich, es dabei zu belassen. In dieser Kälte werden sie sich sonst den Tod holen.

„Komm, lass uns lieber gehen.“

Zügig sammeln sie ihre restlichen Sachen ein, und Amanaki trägt Ari im Hut mit sich. Nur in Unterwäsche laufen sie zurück zur Ferienwohnung, aber glücklicherweise ist noch niemand unterwegs, der diesen Anblick ertragen müsste.

Wieder im Warmen gehen sie nacheinander duschen, um sich anschließend ein sehr ausgiebiges Frühstück zu gönnen.

„Reichst du mir bitte die Butter?“

Beiläufig hält Ruby ihm den Teller mit der Butter hin, als Amanaki bemerkt, wie ihr sichtbar ein Schauer den Rücken runterläuft.

„Danke. Ist dir etwa auch so kalt?“

„Und wie! Du hast mir ja kein heißes Wasser übriggelassen“, lächelt sie ihn frech an.

„Bei mir gab es auch schon keins mehr!“

Ruby schaut ihn nur misstrauisch an.

„Wirklich! Es muss wohl an dem Boiler liegen ...“

Wieder schüttelt sie sich. „Na gut, ich glaube dir ausnahmsweise mal.“ Sie zwinkert ihm zu. „Sollen wir vielleicht zum Hot Water Beach fahren? Wenn wir Glück haben, können wir da die Kälte aus unseren Knochen vertreiben.“

„Von dem du mir gestern erzählt hast?“, fragt Amanaki, obwohl er die Antwort eigentlich kennt. Ruby nickt nur, während er erleichtert aufatmet. „Ja bitte, auf Tahiti bin ich so kaltes Wasser einfach nicht gewohnt.“

Ohne weitere Diskussion fahren sie nach dem Frühstück los und drehen die Autoheizung auf Maximum. Als sie schließlich am Hot Water Beach ankommen, buddeln sie mehrere Löcher in den Sand, bis sie endlich eine heiße Ader finden. Von unten steigt das Thermalwasser hoch und füllt allmählich die sandige Mulde, in der sie sitzen.

„Ahhh, das ist perfekt."

Amanaki genießt es sehr, denn heißes Wasser hat seine Haut lange nicht mehr spüren dürfen. Eine Zeitlang plaudern sie ein wenig, bis Amanaki ein kleines Mädchen auffällt. Seit unzähligen Minuten buddelt und buddelt und buddelt sie zusammen mit ihrem Vater, doch die beiden scheinen keine einzige heiße Ader zu finden. Irgendwann kann er es nicht mehr mit ansehen und ruft: „Entschuldigung, aber wenn Sie wollen, können Sie mit Ihrer Tochter zu uns kommen. Es gibt genügend Platz."

Daraufhin fängt er sich einen verwirrten Blick von Ruby ein. Vielleicht hätte er sie vorher fragen sollen. Erst zögert der Mann, wird dann aber von seiner Tochter solange angefleht, bis er schließlich nachgibt. Zögerlich steigen sie in die Heißwasser-Mulde, in der es nun ziemlich eng wird. Das Mädchen ist einfach nur glücklich, woraufhin sich der Vater, der sich etwas unwohl zu fühlen scheint, doch noch bedankt. Amanaki richtet sich etwas auf, um sich vernünftig vorzustellen.

„Ich heiße übrigens Amanaki. Freut mich, dich kennenzulernen."

Er reicht dem Mann die Hand, während Ruby sich ebenfalls vorstellt.

„Ich heiße Andrew." Zögerlich erwidert er den Handschlag. „Freut mich ebenfalls." Doch Amanaki spürt, dass es gelogen ist. Trotz seines Unwohlseins scheint Andrew aber gewillt, eine Frage zu stellen, sei es aus Neugier oder Pflichtgefühl. „Woher kommst du, Amanaki? Dein Akzent und dein Name klingen seltsam."

Amanaki lächelt freundlich.

„Aus Tahiti.“

Jetzt zeigt Andrew plötzlich etwas Interesse und fragt Amanaki eine Weile aus, während Ruby mit der Tochter spielt. Allmählich kommen sie richtig ins Gespräch, und als Ruby erzählt, wie sie sich kennengelernt haben und was sie machen, ist Andrews Interesse endgültig geweckt. Vor allem ist es ehrlich. Doch einen Trumpf hat Amanaki noch.

Vorsichtig hebt er seinen Strohhut an, unter dem er Ari versteckt hat. Mittlerweile weiß Ari nämlich, wie er sich zu verhalten hat, wenn es dunkel wird. Hätte er ihn wie sonst auf der Schulter getragen, wäre Andrew wohl nie bereit gewesen, sich zu ihnen zu setzen. Nun muss er herzhaft lachen, und seine Tochter ist ebenfalls begeistert von dem saphirblauen Federball. Ununterbrochen will sie ihn streicheln. So zieht die Zeit ins Land, und alle unterhalten sie sich gut, bis Andrew nach einer Weile aufsteht.

„Es war schön, euch kennenzulernen.“ Dieses Mal hört Amanaki die Aufrichtigkeit dieser Worte. „Doch wir müssen jetzt los. Meine Frau wartet bereits, und wir müssen noch einiges packen. In vier Tagen ziehen wir nämlich um.“

„Wo geht es denn hin?“, fragt Ruby freundlich.

„Nach Taupo. Wir sind schon ganz aufgeregt.“

Als Amanaki das hört, hat er sofort eine Idee.

„Nach Taupo?!“ Er macht einen halben Schritt auf Andrew zu. „Da wollten wir auch noch hin! Vielleicht können wir ja vorbeikommen und ein wenig helfen?“

Doch Andrew winkt ab.

„Ich würde mich zwar freuen, euch noch mal zu sehen, aber es ist nicht nötig. Ihr müsst uns nicht beim Umzug helfen.“

„Außerdem wollten wir schon in drei Tagen nach Taupo und auch nur für eine Nacht“, fügt Ruby hinzu.

Aber Amanaki will das nicht hinnehmen.

„Ach, wir kriegen uns schon beschäftigt. Ich würde euch wirklich gerne helfen!“

„Das kann ich doch nicht annehmen, auch wenn wir noch Hilfe brauchen könnten. Ich müsste meiner Frau erst mal erklären, warum in aller Welt zwei Fremde vom Strand beim Umzug helfen wollen“, würgt Andrew ihn erneut lachend ab.

„Nicht doch, kauf einfach Bier und was zu essen, dann brauchst du kein schlechtes Gewissen wegen uns zu haben. Und deine Frau wird sicher ja sagen, wenn du es ihr erklärst“, drängt Amanaki weiter.

Ein paarmal geht es auf diese Weise noch hin und her, bis Andrew schließlich einwilligt, auch dank der Quengelei seiner Tochter. Gemeinsam gehen sie zu seinem Auto, wo Ruby ihre Nummer in einem Notizbuch hinterlässt. Andrew will ihnen noch heute Bescheid geben, ob es auch tatsächlich in Ordnung geht. Nur vier Stunden später haben sie bereits die Antwort: Sie dürfen kommen.

Ruby wirkt von all dem ziemlich überrumpelt, aber eigentlich ist es doch nur fair, denkt Amanaki erheitert. Nach Rubys Aktion von heute Morgen, durfte er auch mal wieder etwas Seltsames tun. Er würde es zudem nicht mal so bezeichnen, da er ein gutes Gefühl bei der Sache hat. Denn manchmal muss man sich treiben lassen, um neue Ufer zu entdecken.

Kapitel 10

Vier Tage später steuern sie tatsächlich Taupo an. Während Ruby fährt, schreibt Amanaki an seinem Reisetagebuch weiter. Ihr Aufenthalt in Tauranga und die Gegend um Rotorua fand er sehr schön, besonders die ganzen Thermalgebiete und Geysire haben es ihm angetan. Ansonsten war es eine eher ereignislose Zeit. Seit ihrem Gespräch mit Andrew hat Amanaki beinahe ausschließlich mit Ruby gesprochen. Zwar verstehen sie sich mittlerweile bestens, aber trotzdem freut sich Amanaki darauf, wieder mit anderen Leuten ins Gespräch zu kommen. Neue Impulse können nie schaden.

„Ich denke, hier müssen wir abbiegen."

Er zeigt auf eine kleine Nebenstraße, und Ruby fährt hinein. Sie gähnt, weil es noch recht früh am Morgen ist. Schon seit längerer Zeit glitzert neben ihnen die Wasseroberfläche des riesigen Kratersees Taupos. Bis zum Horizont erstreckt er sich, und es fällt Amanaki schwer, sich vorzustellen, welche Macht in diesem Supervulkan verborgen liegt.

„Weißt du, wann der Vulkan das letzte Mal ausgebrochen ist, Ruby?"

„Ich glaube, so ungefähr vor zweitausend Jahren. Aber damals nur ein bisschen." Angestrengt sucht sie die richtige Straße. Dann blickt sie ihn lachend an. „Wieso, hast du etwa Angst?"

Müde betrachtet er die gigantische Caldera.

„Ein wenig, vielleicht. Aber es lohnt nicht, darüber nachzudenken."

Ruby lenkt hektisch hin und her, während sie lachend antwortet: „Nein, wirklich nicht. Wenn das Teil mal so richtig ausbricht, stürzt eh die ganze Welt ins Chaos, ähnlich wie bei Yellowstone." Dann deutet sie auf eine Parklücke. „Schau mal, da ist noch was frei! Steigst du aus und gibst mir Zeichen? Sieht verdammt eng aus."

Wenig später stehen sie vor Andrews neuem Haus, das sie unschwer an dem Umzugslaster davor erkennen können. Amanaki klingelt. Es dauert eine knappe Minute, bis Andrew ihnen die Tür öffnet. Überraschend freudig begrüßt er sie und weist anschließend nach oben.

„Kommt nur herein, wir sind gerade dabei, Schränke und Regale aufzubauen, damit wir den ganzen Kleinkram verstauen können." Er greift in einen im Flur stehenden Kasten und hält ihnen zwei Flaschen hin. „Bier?"

Dankend nehmen Amanaki und Ruby es entgegen. Dann lernen sie Andrews Frau und zwei gute Freunde kennen, die ebenfalls beim Umzug helfen. Erst wirken diese genauso skeptisch wie Andrew vor ein paar Tagen, doch nachdem sie zusammen etliche Möbel aufgebaut oder ins Haus getragen haben, finden sie immer mehr zusammen. Mit der Zeit fängt es an, Spaß zu machen.

Als Amanaki später mit einem Karton Geschirr in der Küche ankommt, reißt der Karton auf. Vor versammelter Mannschaft zerbricht der gesamte Inhalt auf dem Laminat, bis auf zwei Teller, die zeitversetzt einzeln zu Boden fallen und die peinliche Stille erschüttern. Amanaki kann nur ahnen, wie das ausgesehen haben muss, doch anscheinend war es urkomisch, denn alle fangen laut zu lachen an. Er selbst schämt sich hingegen und kann deshalb nicht mitlachen. Als Andrews Frau das sieht, fasst sie ihm kurz behutsam an die Schulter.

„Keine Sorge. War alles nur billige Massenware."

Das beruhigt ihn tatsächlich etwas. Immer noch grinsend versucht auch Andrew ihn zu beruhigen, während Ruby ihn weiterhin auslacht.

„Tut mir leid, dass wir so lachen. Aber das war einfach zu viel: Du mit deinem Strohhut, den panisch geweiteten Augen, und dann noch mit Ari auf der Schulter, der dich völlig entsetzt anstarrt, während diese zwei Teller langsam aus dem Karton kullern. Eine Szene wie aus einem Comic."

Nun muss Amanaki schmunzeln. Daran hat er gar nicht gedacht. Trotzdem entschuldigt er sich noch mal für das Missgeschick und bietet an, die Sachen zu bezahlen, was Andrew und seine Frau jedoch entschieden ablehnen. Also machen sie weiter.

Daraufhin vergeht der restliche Tag wie im Flug. Die Laune ist gut, es wird Pizza bestellt, und allmählich leert sich auch das Bier. Gegen achtzehn Uhr ist das Gröbste geschafft. Den Rest wird Andrew mit seiner Frau alleine erledigen können. Trotzdem will noch niemand gehen. Alle sind ein wenig angetrunken, dass sie sich entschließen, später ein Taxi nach Hause zu nehmen.

Während sie sich ausgelassen über das jüngste Rugby-Spiel unterhalten, wird Amanaki von Andrew freundlich angestoßen.

„Komm, ich will dir was zeigen."

Zusammen gehen sie nach oben, und Andrew öffnet einen Karton, der zuvor nicht durch Amanakis Hände gewandert ist.

„Was hältst du davon?"

Andrew breitet einen Stapel großer Fotografien auf dem Boden aus, die die unterschiedlichsten Motive zeigen. Allen wohnt jedoch etwas Verspieltes, fast schon Kindliches inne.

„Wow", staunt Amanaki leise und hebt dabei ein Bild auf, das ihn besonders anspricht. „Hast du die alle gemacht?"

„Ja, gefallen sie dir?"

Amanaki fährt mit seinen Fingern über die Fotografie.

„Sie sind beeindruckend. Einen derartigen Stil habe ich bisher noch nicht gesehen.“

Daraufhin muss Andrew lächeln.

„Danke, ich gebe mein Bestes. Ist ein kleines Hobby von mir.“ Er holt seine Spiegelreflexkamera hervor. „Aber ich wollte dich eigentlich fragen, ob ich vielleicht ein Foto von dir und Ari schießen darf. Dein ganzes Auftreten ist so ungewöhnlich, so exotisch, und deine Augen strahlen eine unglaubliche Wärme aus. Das möchte ich festhalten, wenn es dir nichts ausmacht.“

Amanaki zögert nicht einen Moment.

„Natürlich, das mache ich sogar gerne. Aber doch nicht jetzt, oder? So verschwitzt wie ich bin?“

„Doch jetzt“, lacht Andrew. „Die Sonne geht langsam unter. Es ist das perfekte Licht für ein Portrait. Glaub mir, gerade jetzt, in dieser Situation, wird das Bild unglaublich wirken. Ich habe mir was dabei gedacht, also vertrau mir einfach.“

Andrew gibt ihm einen Knuff gegen die Schulter, was irgendwie unpassend wirkt. Amanaki hat dem nichts mehr hinzuzufügen. Während die anderen noch im Wohnzimmer sitzen und er Rubys lautstarkes Lachen hören kann, folgt er Andrew nach draußen.

„Hier, lehn dich so an das Auto. Ich stelle noch ein paar Kartons dazu und fotografiere dich den Hang hinunter. So ist auch der See im Hintergrund zu sehen.“

Amanaki versucht zwar, Andrew so gut er kann zufriedenzustellen, aber der ist wirklich perfektionistisch. Mehrmals muss er eine andere Haltung einnehmen, bis die Position endlich optimal ist. Ab dann geht es ganz schnell. Andrew schießt nur zwölf Fotos, und nach dem letzten lächelt er sanft. Es ist ein Lächeln, das sehr große Freude erkennen lässt.

„Perfekt.“ Er winkt Amanaki herbei. „Komm, schau es dir an.“

Amanaki ist begeistert. Nicht weil er besonders gut auf dem Bild getroffen ist oder dergleichen. Nein, weil er unglaublich natürlich und lebendig aussieht. Als hätte Andrew die Essenz seines Lebens eingefangen.

„Darf ich es behalten?“, reißt Andrew ihn aus seinen Gedanken.

Amanaki staunt noch immer mit offenem Mund.

„Nein“, flüstert er fast schon. „Nein, denn du sollst es verwenden! Ein kleines Hobby von dir? Ernsthaft? Andrew, du hast Talent! Du solltest dich bei Zeitschriften oder so bewerben!“

Andrew schaltet die Kamera aus und hängt sie sich um den Hals.

„Natürlich habe ich schon mal darüber nachgedacht, aber was bringt es mir? Ich werde eh abgelehnt. Es gibt viel zu viel Konkurrenz, und ich bin bereits zu alt, da bin ich realistisch.“

Amanaki schüttelt den Kopf.

„Andrew, entweder man glaubt an einen guten Ausgang oder eben an einen schlechten. Das sind die Optionen. Du spinnst dir nur Argumente für einen schlechten Ausgang herbei, an den du in der Folge auch glaubst. Letztlich bist du dann immer noch pessimistisch.“ Er legt ihm die Hand auf die Schulter. „Und eine negative Einstellung hat noch nie zu einem positiven Leben geführt.“

Sie diskutieren etwas, aber schließlich kann Amanaki ihn überzeugen, es wenigstens zu versuchen. Für einen Moment beobachten sie noch die untergehende Sonne, ehe sie zu den anderen ins Wohnzimmer gehen.

Dort vergessen dann alle die Zeit. Es wird gelacht, getrunken, und einige Spiele stehen auf dem Programm. Zum

Glück schläft die Tochter bei einer Freundin, denkt Amanaki, denn spätestens jetzt sind sie viel zu betrunken, um ernsthaft auf ein Kind aufzupassen. Irgendwann wird es so spät, dass Ruby vorschlägt, nicht mehr in ihre Unterkunft zu fahren, was ihm und den anderen auch ziemlich gut gefällt. Er würde sowieso bereits im Auto einschlafen. Stattdessen machen sie es sich auf den Sofas und Sitzsäcken bequem. Bei Amanaki dauert es nur wenige Sekunden, bis seine Augen träge werden und sich die Nacht friedlich über ihn legt. Sicher geht es den anderen ebenso. Wer könnte nach so einem Abend nicht in Frieden einschlafen?

Am nächsten Tag wacht Ruby verwirrt auf einem Sitzsack auf. Sie hat leichte Kopfschmerzen und muss sich erst einmal orientieren, doch schnell erinnert sie sich an alles. Nach und nach stehen auch die anderen auf, und obwohl es bereits halb eins ist, frühstücken sie erst jetzt gemeinsam in aller Ruhe Rühreier mit Speck. Andrews Frau schießt zwei Fotos von Andrew und Amanaki mit dessen Sofortbildkamera. Als die beiden Bilder entwickelt sind und sowohl Andrew als auch Amanaki jeweils eins an sich genommen haben, verabschieden sie sich herzlich.

Amanaki und Ruby brechen in Richtung Tongariro auf, dem Hauptziel ihrer Reise. Zwar stehen ihnen nur anderthalb Stunden Fahrt bevor, aber am Ziel müssen sie noch einkaufen, Wanderschuhe für Amanaki ausleihen und ein Shuttle buchen, das sie zum Routenanfang fährt und am Ende auch wieder abholt. Als das erledigt ist, haben sie noch genug Zeit, um sich zu erholen. Immerhin wartet morgen eine anstrengende, achtstündige Wanderung über einen Gebirgskamm auf sie. Und nach der letzten Nacht ist Ruby froh, früh in ein normales Bett krabbeln zu können.

Morgens geht dann alles ganz schnell: Um fünf Uhr stehen sie auf, und noch in der Dämmerung werden sie zum Nationalpark gefahren. Es ist schon am Startpunkt so kalt, dass sich Ruby kaum ausdenken will, wie sehr Amanaki frieren muss. Wenigstens scheint die Sonne am tiefblauen Himmel, was sie euphorisch werden lässt. Als sie das erste Mal hier war, war das Wetter eine Katastrophe. Eigentlich ist Tongariro sogar für schlechtes Wetter bekannt.

So laufen sie frierend, aber fröhlich durch die flache Vulkanlandschaft und spielen dabei *Wer bin ich?*, bis sie auf den ersten steilen Anstieg treffen. Fünfhundert Höhenmeter gilt es zu überwinden, und Ruby keucht schwer, als sie oben ankommt. Die Kälte ist verflogen, und kurze Zeit später passieren sie auch schon die Emerald Lakes. Die drei smaragdgrünen und schwefeligen Seen liegen friedlich in der kargen Landschaft, und ein paar Wanderer machen hier eine längere Pause. Amanaki und Ruby laufen jedoch weiter, bis sie hinter einem anderen Bergsee, dessen Umgebung genauso karg ist, einen ruhigen Aussichtspunkt finden. Hier werden sie ihre Mittagspause einlegen. Es ist so unglaublich friedlich, dass Ruby eindösen könnte. Doch Amanaki nervt sie plötzlich mit zwei bunt angemalten Steinen, die er kurz zuvor aus einem Geröllhaufen hervorgezogen hat.

„Schau mal! Verrückt, oder?“

Ruby kann wenig damit anfangen.

„Joa, schon.“

„Was, denkst du, bedeutet das? Was für einen Sinn haben die Steine?“

Lustlos beißt Ruby in ihr Sandwich und antwortet noch beim Kauen: „Keine Ahnung. Keinen?“

Amanaki betrachtet die Steine im Sonnenlicht.

„Das glaube ich nicht. Überleg wenigstens mal.“

Ruby isst einfach weiter.

„Was macht dich so sicher, dass es da einen verborgenen Sinn gibt?“

Er breitet die Steine vor ihr aus.

„Diese Bemalung hier, an diesem Ort ... das muss einen Sinn haben. Niemand schafft sowas, ohne etwas bezwecken zu wollen.“

Ruby zuckt nur mit den Schultern.

„Ganz ehrlich, Amanaki, ich glaube, dass jemand Langeweile hatte oder die Steine weggeworfen hat, weil er sie nicht tragen wollte.“

„Nein, dann wäre es ja Zufall. Das kann nicht sein“, erwidert Amanaki energisch.

Nun muss sie lachen.

„Es kann nicht sein? Was ist los mit dir? Kannst du nicht ertragen, dass diese bemalten Steine keinen tieferen Sinn haben?“

Amanaki will sich von ihrem Lachen scheinbar nicht anstecken lassen. Im Gegenteil, plötzlich wird er bitterernst, wie sie es noch nie bei ihm erlebt hat.

„Und du?“ Amanaki blickt sie so streng an, dass es ihr unheimlich wird. „Könntest du die Anwesenheit von Sinn ertragen, wenn dir die Erkenntnis darüber verborgen bleibt? Ich glaube nicht. Die Ungewissheit würde dich zerschmettern. Es ist einfacher, zu behaupten, es gäbe keinen Sinn, als nach dem wahren Sinn zu suchen, wenn er unmöglich zu finden scheint.“

Ruby ist wie paralysiert von diesem Stimmungswechsel. Zum Glück erlöst Amanaki sie, indem er seinen Rucksack überwirft und aufsteht.

„Lass uns weitergehen.“

Zwar löst sich ihre Starre, aber sie laufen die nächsten Minuten nur schweigend nebeneinander her. Mit der Zeit legt sich allerdings auch das, und irgendwann genießen sie wieder das wunderschöne Weltnaturerbe.

Beide sind froh, sich für diese Wanderung entschieden zu haben, und nach etwas mehr als acht Stunden erreichen sie das Ende, wo das Shuttle wartet. Beinahe traurig darüber, dass es vorbei ist, fahren sie zurück zum Hostel. Dort duschen und essen sie nur noch, um gegen zehn Uhr erschöpft ins Bett zu fallen. Ruby kann trotzdem nicht einschlafen. Amanakis Worte hallen zu stark in ihr nach. Es ist, als wüsste Amanaki, dass sie sterben wird und deshalb kaum noch Sinn für sich finden kann. Hat sie vielleicht doch nur Angst? Nicht vor ihrem Tod, sondern vor der Ungewissheit über das Leben? Macht sie es sich vielleicht zu einfach?

Bisher wollte sie nur die Welt verstehen, in der festen Überzeugung, dass sie selbst nichts weiter als eine verblassende Beobachterin ist. Könnte ihr kurzes Restleben vielleicht doch noch einen Sinn haben, auch wenn sie ihn nicht erkennen kann? Lange Zeit ringt sie mit ihren Gedanken, bis sie irgendwann einschläft.

Spät stehen sie am nächsten Vormittag auf und frühstücken in aller Ruhe. Heute steht nur die Glowworm Cave auf dem Programm. Es reicht also, wenn sie gegen Nachmittag aufbrechen. Abends, nach dem Besuch, müssen sie bloß zur kleinen Ferienwohnung, die sie bereits gebucht haben. Ruby freut sich ganz besonders auf die Glowworm Cave, denn dort war sie tatsächlich noch nie. Zwar ist es eine sehr bekannte Attraktion, doch Schönheit, die direkt vor einem liegt, sieht man leider am seltensten.

Als sie nach einer zweistündigen Autofahrt die Höhle erreichen, bekommen sie sogar noch die letzte Führung für den heutigen Tag.

Auf einem kleinen Schlauchboot werden sie bei völliger Stille und Dunkelheit durch die geflutete Höhle gezogen. Sprechen, fotografieren und jedes künstliche Licht ist strikt verboten. Denn an der Höhlendecke wartet nur zwei Armlängen von ihren Köpfen entfernt ein Wunder der Natur: Millionen kleiner Würmchen fluoreszieren in der Dunkelheit und erzeugen einen gigantischen Sternenhimmel. So gleiten sie durch greifbare Galaxien in fremde Welten. Es ist beinahe, als schwebe ihr Boot über den schmalen Rand zwischen Himmel und Unterwelt. Die Lichter mögen einzeln noch so schwach sein, doch zusammen erleuchten sie die Dunkelheit der Höhle. Sie erleuchten die Finsternis in ihrem Herzen, und zum allerersten Mal fühlt sich Ruby nicht allein. Sie spürt, dass dort draußen etwas ist und auf sie wartet. Dass es dort draußen Sinn gibt und die Nacht erleuchtet. Nein, sie ist nicht allein. Niemand ist jemals allein.

Unter Tränen gelangt Ruby mit den anderen langsam zum Ausgang, doch ihr gelingt es, sich zu beruhigen, ehe Amanaki sie so aufgewühlt sehen kann. Es war ein Moment, der für immer ihr gehören soll. Sie fühlt sich nicht in der Lage, ihn zu teilen, dafür war er zu persönlich, ganz gleich, wie sehr sie Amanaki mag. Draußen reden sie trotzdem eine Weile über die Schönheit dieses Ortes, denn auch Amanaki ist begeistert. So tiefe Spuren wie bei ihr kann er jedoch nicht hinterlassen haben, das kann sie sich beim besten Willen nicht vorstellen.

Nach einer kurzen Kaffeepause fahren sie los. Die Sonne geht bereits unter, und dieses Mal liegt das Haus relativ weit ab vom Schuss. Auf den abgelegenen Landstraßen verfahren sie sich immer wieder, so dass es irgendwann stockdunkel ist.

„Ah, ich hab's jetzt. Wir sind vorhin bei der alten Farm falsch abgebogen."

Amanaki zeigt auf die Karte, woraufhin Ruby das Auto wendet. Dann fahren sie eine Weile nur geradeaus. Eigentlich kein Problem, bis Ruby plötzlich starke Kopfschmerzen bekommt ... zu plötzlich ... und zu stark.

Sie wird von den Schmerzen überwältigt. Ihre Muskeln verkrampfen, und kein Wort bringt sie mehr über die Lippen. Lediglich ein Gedanke dringt noch zu ihr durch: der Schrei des Selbsthasses. Während sie ohnmächtig wird, kommt der Wagen von der Fahrbahn ab. Nie wird sie sich das verzeihen.

Das Auto kracht seitwärts gegen einen Baum. Die Wucht des Aufpralls löst zwar die Airbags aus, doch ein brutaler Schmerz folgt trotzdem augenblicklich.

„Fuuuuuuuuuuuuuuuuck!"

Amanaki schaut an sich herab. Sein Bein ist eingeklemmt. Er kann deutlich spüren, wie sich der zerstörte Knochen in sein Fleisch bohrt. Zudem hat er eine tiefe Platzwunde am Kopf und einige Schnittwunden. Eine Rippe scheint auch gebrochen zu sein.

Stöhnend versucht er sich zu bewegen, doch es geht nicht. Seine ganze linke Hälfte ist eingequetscht. Er kann sich keinen Millimeter rühren. Dann schaut er entsetzt zu Ruby. Sie scheint äußerlich unverletzt zu sein, ist aber ohnmächtig. Anschließend fällt sein Blick auf Ari, der zwar munter neben ihm auf der Mittelkonsole sitzt, aber besorgt vor sich hin piepst.

Eine Welle des Schmerzes durchfährt Amanaki. Er schreit aus voller Kehle, während blutige Tränen seine Wangen hinablaufen. Minutenlang kämpft er dagegen an. Dann schaut er sich panisch um. Niemand war mit ihnen auf der Straße unterwegs, und er kann nicht einschätzen, wann das nächste Auto vorbeikommt. Er muss also irgendwie Hilfe holen. Verzweifelt streckt sich Amanaki, um an Rubys Hosentasche zu gelangen, doch es ist zwecklos. Er kann ihr Handy nicht erreichen. Wimmernd schließt er seine Augen. Er ist selbst schuld. Warum in aller Welt hat er sich auch einem Handy verweigert? Er hätte sich längst ein neues besorgen können, denn die Nummern seiner Familie kennt er sowieso nicht auswendig.

Über eine Stunde vergeht, ohne dass sich ein Auto nähert. Amanaki spürt, dass er schwächer wird, als schließlich ein Lichtkegel am Horizont auftaucht. Er schöpft neue Kraft, doch das Auto fährt vorbei. Wie kann es nur!? Wie in aller Welt kann man das nicht sehen?

Amanaki fängt hemmungslos zu weinen an. Quälende Minuten ziehen ins Land, ohne dass sich ein weiteres Licht nähert. Im Gegenteil: Es wird immer dunkler und dunkler um ihn, aber auch wärmer. Sein Schmerz beginnt zu verfliegen. Ganz langsam scheint er aus seinem Körper zu gleiten, der ihn doch so quält. Es wäre so leicht. Loslassen. Er muss einfach nur loslassen.

Plötzlich weckt ihn ein lautes Piepsen. Amanaki kehrt in die Welt zurück. Verschwommen erkennt er Ari, der einen Flügel ausbreitet und am Verband des anderen knabbert. In Trance hebt Amanaki seine freie Hand und löst den Verband, ohne zu wissen wieso. Ari beginnt sofort mit den Flügeln zu schlagen und hebt nach mehreren glücklosen Versuchen langsam im Wagen ab. Es ist ein Kampf, das kann Amanaki trotz allem noch deutlich erkennen, doch Ari fliegt. Unter Schmerzen fliegt er aus dem zerstörten Fenster und dreht eine sehr kleine Runde vor dem Auto, bevor er nach wenigen Sekunden vor lauter Anstrengung auf der ramponierten Motorhaube landet. Durch die

Windschutzscheibe blickt er Amanaki direkt ins Gesicht, so dass sich bei ihm erneut Tränen lösen, doch dieses Mal rühren sie nicht aus Schmerz. Er kann nicht glauben, was er da gerade gesehen hat. Nein, er wird nicht loslassen. Langsam kämpft Amanaki sich in diese Welt zurück, womit auch der Schmerz zurückkehrt, doch er wird durchhalten. Er muss durchhalten.

Nach einer gefühlten Ewigkeit nähert sich wieder ein Licht am Horizont, aber dieses Mal rast es nicht vorbei, sondern strahlt ihm beinahe ins Gesicht. Ein älteres Ehepaar steigt aufgeregt aus dem Wagen. Sofort rufen sie einen Notarzt, reden auf ihn ein und tun alles Erdenkliche, um zu helfen, doch vor Amanaki verwischen die Konturen in der tiefen Dunkelheit. Mit letzter Kraft zeigt er auf Ari.

„Vo... Vo..." Er hustet Blut. Die Frau blickt ihn besorgt an, scheint ihn aber nicht zu verstehen. Erneut bäumt sich Amanaki auf. „Mei... Mein ...Vo... Vo... Vogel!"

Die Frau schaut zu Ari, und Amanakis Arm sinkt in die Tiefe. Geschafft. Sie haben Ari gesehen. Auch ihn werden sie retten. Er hat es geschafft. Dann erlischt die Welt.

Kapitel 11

Benommen öffnet Ruby die Augen. Es ist früh am Morgen, und die sterile Umgebung eines Krankenhauses baut sich langsam vor ihr auf. Dieser trostlose Anblick wirkt mittlerweile so vertraut, dass Ruby nicht mal mehr in Panik gerät. Wahrscheinlich hatte sie wieder einen Anfall. Zwei Sekunden lang sucht sie Halt in ihrer Erinnerung, ehe der erste klare Gedanke wie ein brennender Pfeil durch ihren Kopf schießt. Sein Feuer entzündet Schuldgefühle, die wild flackernd bis in die letzte Zelle ihres Körpers vordringen.

Was hat sie nur getan? Das ist alles ihre Schuld! Angestrengt versucht Ruby sich aufzurichten. Ihre Muskeln kollabieren sofort unter der Belastung, so dass ihr erschöpfter Körper zurück in das Bett fällt. Wenn Amanaki etwas zugestoßen ist, könnte sie sich das niemals verzeihen. Ruby muss sofort herausfinden, wie es ihm geht. Ihr schlechtes Gewissen wird sie sonst noch in den Wahnsinn treiben.

Statt Kraft zum Aufstehen zu finden, plagen Ruby Kopfschmerzen. Das Pochen wird so heftig, dass sich ihre Finger vor Verzweiflung in die Matratze krallen. Leidend schaut sie sich um.

Niemand ist im Zimmer, so dass sie hilflos in Richtung der Tür wimmert. Rubys schwache Stimme verhallt jedoch an den grauen Wänden. Das Stechen wird schlimmer. Unruhig wälzt sie sich hin und her, bis ihr irgendwann der Notrufknopf am Bett auffällt. Ruby drückt ihn mehrmals hektisch. Auch wenn in Wahrheit vermutlich nicht viel Zeit vergeht, kommt es ihr wie eine Ewigkeit vor, bis Schritte auf dem Gang ertönen.

„Sie ist aufgewacht“, hört sie jemanden rufen. Doch Ruby kann sich nicht mehr konzentrieren. Unter dröhnenden Schmerzen kneift sie ihre Augen zusammen. Der Druck in ihrem Schädel steigt immer weiter an, als würde ihn jemand aufpumpen. Sie fleht beinahe, dass er aufplatzen möge.

Es dauert, bis sie endlich Medikamente bekommt, und es dauert noch länger, bis sie wirken. Selbst bei geschlossenen Augen schießen die Lichter wie Blitze in ihr Gehirn, und jedes Geräusch gleicht einem Trommelfeuer. Dabei will sie doch nur nach Amanaki fragen!

Erst nach einer halben Stunde kann Ruby wieder klar denken und fragt deshalb ungeduldig eine junge Ärztin, die gerade ihr Zimmer betritt: „Wissen Sie, wie es meinem Beifahrer geht?“

Diese widmet sich routiniert ihrer Arbeit und antwortet beinahe schon beiläufig.

„Keine Sorge, Frau Reynolds. Er liegt zwar noch auf der Intensivstation, aber seine Lage ist stabil. Er wird es schaffen. Wir warten darauf, dass er aufwacht, um ihn dann auf ein normales Zimmer zu verlegen.“

Schockiert und erleichtert zugleich atmet Ruby auf. Eigentlich hatte sie gehofft, dass auch Amanaki weitestgehend unverletzt ist. Sie selbst hat bis auf ein paar Kratzer so gut wie nichts abbekommen. Aber er lebt ... wenigstens lebt er.

Nachdem die Ärztin die Untersuchung abgeschlossen hat, ist Ruby endlich in der Lage aufzustehen. Noch etwas schwach auf den Beinen, wirft sie sich eine Jacke über und eilt zur Intensivstation. Als sie Amanakis Zimmer schließlich erreicht, beginnt sie zu weinen. Er sieht schrecklich aus. Sein linkes Bein steckt in einer Schiene, und auf dem Oberschenkel klebt ein circa fünfzehn Zentimeter langes Druckpflaster. Auf Nachfrage erfährt sie von einer Krankenschwester, dass der Oberschenkelknochen gebrochen ist. Die Bruchstücke mussten mit Platten, Schrauben und einem Marknagel wieder aneinander befestigt werden.

Zudem verdecken Verbandspflaster frische Nähte am Hals, und eine kahlrasierte Stelle am Kopf weist auf eine Platzwunde hin. Allein das wäre mehr als genug, doch Amanaki leidet auch noch unter inneren Blutungen und zwei gebrochenen Rippen.

Ruby schlägt die Hände vors Gesicht. Sie kann den Schmerz der vergangenen Stunden deutlich an Amanakis dunkel unterlaufenen Augen erkennen. Vorsichtig nimmt sie auf dem Krankenbett Platz und streichelt minutenlang seinen Handrücken. Tränen laufen ihre Wangen hinab und landen auf dem weißen Laken. Was hat sie ihm nur angetan? Eine Weile sitzt Ruby an seiner Seite, bis ihr ein Gedanke durch den Kopf schießt: Ari!

Sie springt auf und fragt auf dem Gang mehrere Personen nach dem kleinen Vogel, aber die meisten blicken sie nur stirnrunzelnd an. So dauert es, bis Ruby jemanden findet, der weiß, was in aller Welt sie eigentlich will.

„Ja, ich habe davon gehört. Die Sanitäter haben ihn zum Hausmeister gebracht. Er passt auf solche Fälle auf, soweit ich weiß. Sein Raum befindet sich im Erdgeschoss des Westflügels."

Ruby bedankt sich und macht sich zügig auf den Weg. Sie ist heilfroh, dass Ari bei dem Unfall nicht verloren ging und anscheinend auch nicht verletzt wurde. So kann sie Amanaki beim Aufwachen wenigstens eine gute Nachricht überbringen.

Die Hausmeisterkammer findet sie ohne Probleme. Der kleine untersetzte Mann, der dort gerade einen Tisch repariert, ist sehr freundlich. Ohne zu zögern reicht er ihr einen alten und ziemlich trostlosen Käfig, in dem Ari fröhlich piepst, als wäre überhaupt nichts passiert. Ruby kann ihr Glück nicht fassen und bedankt sich immer wieder bei dem Hausmeister, bevor sie mit dem Käfig losmarschiert.

Kurz vor Amanakis Zimmer wird sie jedoch von einem Arzt aufgehalten, der ihr ziemlich deutlich erklärt, dass sie nicht mit einem Vogel auf die Intensivstation kann. Auch nicht, wenn dieser in einem Käfig sitzt. Ruby versucht gar nicht erst, ihn zu überreden, denn schon beim Umdrehen kommt ihr eine Idee.

In einer stillen Ecke holt sie Ari vorsichtig aus dem Käfig, um ihn heimlich in ihre Jackentasche zu setzen. Obwohl Ari nur geradeso hineinpasst, beschwert er sich glücklicherweise nicht. Nun kann sie auf die Intensivstation, ohne Verdacht zu erregen. Ari gibt keinen Ton von sich, so dass sie Amanakis Zimmer ohne Probleme erreicht, in dem er friedlich schläft. Wenn er aufwacht, will Ruby bei ihm sein und ihn mit Ari überraschen. Es ist das Mindeste, was sie nach all dem tun kann.

Mit einem kleinen Stuhl nimmt sie auf der Tür abgewandten Seite des Bettes Platz, so dass sie Ari neben Amanaki absetzen kann. Auf diese Weise ist er vor den Blicken der Ärzte geschützt, falls sie unerwartet hereinplatzen sollten. Wartend verbringt Ruby zwei Stunden, und hin und wieder betritt eine Krankenschwester das Zimmer, um kurz nach Amanaki zu schauen.

Als sich die Tür irgendwann erneut öffnet, schafft sie es nicht, Ari rechtzeitig zu verbergen. Panisch blickt Ruby auf und rechnet bereits mit dem Schlimmsten, doch es ist keine Krankenschwester, die das Zimmer betritt. Es ist Eleonore.

Ein vertrautes Knabbern holt ihn langsam aus seiner tiefen Ohnmacht. Noch im Halbschlaf versucht Amanaki sich auf die Seite zu drehen, aber es gelingt ihm nicht. Ein Widerstand blockiert seine Drehung, und ein stechender Schmerz fährt durch seine Brust. Ein Beben, das sich durch seinen ganzen Körper frisst. Panisch reißt Amanaki die Augen auf und spuckt sofort etwas Blut. Was zur Hölle ist nur passiert?

Benommen schaut er sich um. Er befindet sich in einem Krankenhaus, und es scheint früh am Abend zu sein. Neben ihm sitzt Ruby mit einer anderen Frau, während Ari an seinen Haaren knabbert. Erst jetzt kehren seine Erinnerungen zurück. Als Amanaki etwas sagen will, wird er bereits von Ruby vorsichtig umarmt.

„Es tut mir so leid, Amanaki! Es ist alles meine Schuld. Ich hätte niemals fahren dürfen!"

Für einen Augenblick vergräbt Ruby weinend ihr Gesicht hinter seinen Ohren, aber Amanaki ist ihr nicht böse und zwingt sich deshalb zu einem Lächeln.

„*Es war meine erste Nahtoderfahrung. Bei vollem Bewusstsein dachte ich wirklich: Jetzt ist es vorbei. Ein total verrücktes Gefühl, irgendwie unglaublich.*"

Ruby weint zwar noch, aber sie lächelt nun. Erneut nimmt sie Amanaki in den Arm.

„Werde ja nicht zu so einem Dummkopf wie ich."

„Dafür ist es, glaube ich, zu spät."

Amanaki versucht zu lachen, doch sein Versuch wandelt sich schnell in ein blutiges Husten. Er krümmt sich vor Schmerz.

„Du musst stillhalten. Sonst bohren sich deine gebrochenen Rippen noch in deine Lunge." Mittlerweile hat Ruby sich wieder unter Kontrolle. „Kann ich irgendetwas für dich tun?"

Als sich der Schmerz langsam legt, nimmt Amanaki Ari in die Hand und streichelt ihn. Kurzatmig antwortet er: „Ja, wo ist mein Hut, und wer ist sie?" Er deutet zu der anderen Frau, die still im Hintergrund sitzt. „Und wieso ist es alles deine Schuld? Was ist passiert?"

Die Fremde steht auf und stellt sich ebenfalls neben das Bett, während Ruby seine Frage beantwortet.

„Dein Strohhut liegt gleich hier neben dem Bett, siehst du? Er hat den Unfall überraschend gut überstanden." Amanaki nickt erleichtert, als er ihn erblickt. „Und das ist Eleonore." Eine ungewöhnlich lange Pause verstreicht. „Sie ist meine beste Freundin."

Eleonore gibt ihm freundlich die Hand.

„Auch wenn es zu so einem schrecklichen Zeitpunkt sein muss: Es freut mich sehr, dich kennenzulernen, Amanaki."

Sie klingt ernsthaft besorgt.

Dann spricht Ruby weiter: „Ich habe dir von ihr bisher nichts erzählt, weil wir ... weil wir Krach hatten." Schon wieder so eine seltsame Pause. „Aber Eleonore ist mein Notfallkontakt, und heute Morgen ist sie extra von Auckland bis nach Hamilton gefahren, nur um bei mir zu sein. Sie ist schon seit fünf Stunden hier. In der Zwischenzeit konnten wir reden und einiges klären." Ruby atmet einmal schwer ein, bevor sie betrübt fortfährt. „Es gibt da etwas, was du wissen musst, Amanaki. Ich bin Epileptikerin." Sie schluckt einmal. „Ich habe dir nichts davon erzählt, weil ich es nicht gerne zugebe. Ich hasse es, wenn die Menschen anfangen, mich deswegen in einem anderen Licht zu sehen. Sie sollen kein Mitleid mit mir haben. Deshalb bin ich deinen Fragen so oft ausgewichen, weil ich fürchtete, dass du mich ebenfalls anders behandeln würdest. Aber wie verantwortungslos kann ein Mensch bitte sein, dich deshalb in solch eine Gefahr zu bringen? Wie egoistisch muss man sein?" Erneut bricht Ruby in Tränen aus, während Eleonore betrübt neben ihr steht. „Wenn ich es doch nur rückgängig machen oder deine Verletzungen auf mich nehmen könnte. Es tut mir so unendlich leid!"

Amanaki ist überwältigt und versucht verzweifelt, sie zu beruhigen.

„Ruby, es ist okay. Ich weiß doch, dass es ein Unfall und keine Absicht war. Außerdem bin ich ja noch da. Was sind schon ein gebrochenes Bein und ein paar Platzwunden?“

„Nein, es ist nicht okay! Es ist unverzeihlich!“

Die Tränen fließen weiter, und Amanaki schaut an sich hinab. Keine Floskel würde Ruby jetzt beruhigen. Also streichelt Amanaki Ari weiter, solange, bis er selbst vor Rührung weinen muss.

„Ist dir eigentlich aufgefallen, dass Aris Verband ab ist?“

Ruby wischt sich durch das Gesicht.

„Ja. Ich dachte, die Sanitäter hätten ihn abgemacht.“

„Nein, sie waren es nicht. Ich war es.“ Ruby blickt ihn verwundert an, während Amanaki unter seinen Tränen lächelt. „Als ich dort in der Dunkelheit eingequetscht im Wagen lag, ohne Hoffnung, rechtzeitig gefunden zu werden, konnte ich spüren, wie ich sterbe, Ruby. Ich konnte spüren, wie ich Minute für Minute, Stück für Stück schwächer wurde. Wie das Leben voller Dankbarkeit aus meinem Körper glitt. Allmählich wich die Kälte einer seltsamen Wärme, und ich war kurz davor, loszulassen. Doch dann tauchte Ari vor mir auf und streckte mir den bandagierten Flügel ins Gesicht. Mit letzter Kraft konnte ich den Verband lösen, ohne zu wissen, wieso ich es überhaupt tue. Es hatte sich einfach richtig angefühlt. Als es mir endlich gelang, fing Ari an, mit den Flügeln zu schlagen. Vor meinen Augen hob er ab und flog eine kleine Runde vor der Windschutzscheibe, obwohl er das nie wieder können sollte, obwohl ich ihm seine Schmerzen ansah. Es ... es war unglaublich. Es gab mir wahnsinnig viel Kraft, denn es konnte kein

Zufall sein, Ruby. Solche Dinge passieren nicht ohne Bedeutung." Er wischt sich die Tränen aus dem Gesicht und hebt Ari vor seine Augen. „Du hast mich gerettet, kleiner Freund, so wie ich dich gerettet habe. Aber du hast mich nicht nur vor dem Tod bewahrt, sondern mir gleich ein neues Leben geschenkt."

„Das ist unglaublich", staunt Eleonore.

Ruby schweigt. Sie schweigt zwar, aber ihre Augen schreien Amanaki förmlich an, weiterzusprechen. Dabei bebt seine Stimme noch immer.

„Wenn Ari, als kleiner unbedeutender Vogel, schon so große Auswirkungen auf mein Leben hat, verdammt noch mal, welchen Einfluss habe ich dann, hm? Müsste mein Fußabdruck nicht riesig, geradezu gigantisch sein?" Er richtet sich etwas weiter auf und deutet aus dem Fenster. „Nicht wir leben in der Welt, sondern die Welt lebt in uns ... durch uns! Und verdammt, ich bin noch nicht fertig mit ihr!"

Zweieinhalb Wochen später fährt Ruby zusammen mit Eleonore und Ari zum Krankenhaus nach Hamilton. Heute wird Amanaki entlassen. Zwar wird er sich noch Wochen schonen müssen, aber Ruby hat sich fest vorgenommen, Amanaki daheim gesund zu pflegen.

An einer Ampel spricht Eleonore sie an.

„Wirst du ihm jemals sagen, dass du ... vermutlich bald stirbst?"

„Ich weiß es nicht. Ich weiß es wirklich nicht." Ruby lässt ihren Blick über die Häuserfassaden schweifen. „Aber noch mal danke, dass du ihm nichts verraten hast ... und dass du mir verzeihst."

„Ich werde nie verstehen können, was in deinem Kopf vorgeht, aber wie könnte ich das auch? Außerdem spielt es eh keine Rolle. Ich bin deine Freundin. Ich will nur, dass du glücklich bist ... solange wie möglich.“ Ruby merkt, wie schwer es Eleonore fällt, über ihren Tod zu sprechen. „Und ich kann sehen, dass Amanaki dir guttut. Dass er irgendwie ein Stück deiner Last auf sich nimmt, ohne es zu wissen. Vielleicht liegt es ja genau daran. Vielleicht weiß ich zu viel, um dir helfen zu können. Aber das ist nicht von Belang, denn immerhin warst du endlich aufrichtig zu mir. Das ist das Einzige, was zählt.“

Eleonore lächelt, und Ruby erwidert das Lächeln erschöpft.

„Danke, das werde ich dir nie vergessen, Eleonore. Ich weiß, was ich vorhabe, wird nicht einfach für dich sein. Vielleicht ist es sogar egoistisch von mir. Aber in den letzten Tagen habe ich mehr gelebt, mehr gespürt als in meinem ganzen bisherigen Leben. Und ich will nicht, dass es aufhört. Noch nicht.“ Dann murmelt sie nur noch. „Nein, noch nicht.“

Kurz darauf erreichen sie das Krankenhaus und holen Amanaki ab, der sofort enthusiastisch von Ari begrüßt wird. Auch wenn dieser sich bereits an Ruby gewöhnt hat, fielen ihm die letzten Tage ohne Amanaki schwer.

Zusammen fahren sie zurück nach Auckland, wo Ruby Amanaki von nun an pflegt. Auch Eleonore kommt immer wieder vorbei und hilft hier und da, so dass sich Amanaki mit ihr anfreundet. Bald schon kann er mit Krücken so weit laufen, dass er beinahe selbstständig ist. Die Wochen seiner Heilung vergehen in einer seltsamen Harmonie. Obwohl sie eigentlich nichts tun, genießt Ruby diese Zeit. Mitten im Sommer hangeln sie sich von Filmabend zu Filmabend und von Mahlzeit zu Mahlzeit. Amanaki nimmt dabei einige Kilo zu, worüber er sich zu freuen scheint. Irgendwann ist der Moment jedoch gekommen, in dem sie selbst diese Routine durchbrechen muss.

Mit einem Gemälde geht sie zu Amanaki, der gerade eine Dokumentation schaut. Es ist jenes Gemälde, das sie vor einigen Monaten mit sich in die Tiefe riss, als sie den heftigen epileptischen Anfall im Atelier hatte. Als Amanaki es sieht, reagiert er enthusiastisch.

„Ist das von dir? Ich wusste gar nicht, dass du malst! Zeig doch mal her!“

Ruby dreht das Gemälde um, aus der Hand gibt sie es aber nicht.

„Das sieht ja beinahe wie eine Fotografie aus! Hast du das gemalt?“

Ruby beachtet das Kompliment gar nicht.

„Ich mochte die japanischen Kirschblüten schon immer. Sie stehen für Aufbruch und Schönheit, aber auch für Vergänglichkeit. Bereits als kleines Kind haben mich diese Blüten fasziniert, wenn ich sie im Fernsehen sah. In echt sind sie sicher noch viel schöner.“ Sie streicht kurz über das Gemälde. „Ich würde gerne anders malen, als ich es derzeit tue.“ Dann legt sie es auf die Seite. „Als wir uns kennenlernten, hast du mich gefragt, ob ich Ideen hätte, wohin deine Reise gehen soll. Ich habe dir aber nur Orte in Neuseeland genannt. Das will ich jetzt ändern.“

„Du empfiehlst mir also Japan?“

„Nein, uns.“

Amanaki schaut sie mit riesigen Augen an. Erwartungsvoll schaltet er den Fernseher aus.

Ruby hat geahnt, dass er so reagieren würde. „Ich möchte mitkommen. Bitte nimm mich mit auf dein Abenteuer! Dieses Land zu bereisen, die Kirschblüten und Mount Fuji zu sehen ... das alles war schon immer ein großer Traum von mir. Zwar könnte ich auch selbst dorthin fliegen, aber ich will mit dir nach Japan! Denn du hast einen Blick auf die Welt, den ich faszinierend finde. Denk doch nur mal an die Geschichte mit Andrew! In meinem eigenen Land hast du mich den Menschen nähergebracht als irgendjemand jemals zuvor!“ Sie wartet auf Amanakis Antwort, doch der ist immer noch sprachlos. „Wenn ich allein gehe, werde ich nur Tourist sein, aber mit dir ... mit dir werde ich wirklich dort sein!“

Nun steht Amanaki auf und geht vorsichtig zu ihr, ohne sein linkes Bein zu sehr zu belasten. Lächelnd legt er seine Hände auf ihre Schultern und blickt ihr in die Augen.

„Ich dachte schon, du fragst nie.“

Kapitel 12

Als Isamu gegen zehn Uhr morgens die Türklingel hört, weiß er bereits, dass Yusuke draußen wartet. Hektisch greift er nach seinem kleinen Koffer und verlässt das Haus, ohne sich zu verabschieden. Bei leichtem Schneefall steigt er nervös zu Yusuke in den Wagen. Sie begrüßen sich kurz und fahren unter Anspannung los. Die chinesische Mafia war nie gut darin, Grenzen zu akzeptieren. Auch dieses Mal würden die Verhandlungen sicher schwierig werden. Um göttlichen Beistand für das Treffen zu erbitten, halten sie zunächst noch beim örtlichen Schrein. Erst danach werden sie nach Fukuoka aufbrechen.

So laufen sie ehrfürchtig an den Komainu-Wächtern vorbei, durch das große Shinto-Tor, dem Torii, in das Reich der Götter. An einer kleinen Wasserstelle füllt Isamu eine der Kellen mit dem reinigenden Wasser und wäscht damit erst seine linke Hand, dann seine rechte, um anschließend mit der linken Hand seinen Mund auszuwaschen. Penibel tut es Yusuke ihm gleich, und zum Schluss reinigen beide erneut ihre linke Hand gründlich. Jetzt können sie es wagen, sich mit ihren Gebeten an die Götter zu wenden. Beide werfen sie jeweils eine Fünf-Yen-Münze in die Spendenkiste, bevor sie die Glocken des Schreins dreimal läuten, um die Aufmerksamkeit der Götter zu erregen. Ein leichter Wind weht, und Isamu meint, ihre Anwesenheit überall zu spüren. Gänsehaut breitet sich auf seinem Körper aus. In größtmöglicher Ehrerbietung verbeugt er sich zweimal, um anschließend genauso oft in die Hände zu klatschen. Dann trägt er in Gedanken sein Gebet vor: Dass die Götter ihm den Weg weisen sollen. Dass sie ihn schützen und seine Feinde strafen mögen an diesem schicksalhaften Tag. Als er fertig ist, verbeugt er sich erneut tief, bevor er sich in stiller Einkehr vom Schrein entfernt. Wenig später steht auch Yusuke wieder neben ihm, und gemeinsam verlassen sie die Anlage und somit das Reich der Götter, um zu ihrem Wagen zurückzukehren.

Die Fahrt nach Fukuoka zieht sich ungewöhnlich lang, was Yusuke zum Anlass nimmt, persönlich zu werden. Statt über die Arbeit zu reden oder schlichtweg zu schweigen, nervt er mit belanglosen Fragen.

„Wie geht es deiner Familie, Isamu? Du hast lange nichts mehr von ihr erzählt."

„Ach, die ..."

Isamus Stimme nimmt einen grimmigen Ton an. Er schlägt eine Schachtel Zigaretten gegen seinen Handballen. „Darf ich?" Als Yusuke es bejaht, zündet er sich die Zigarette an und nimmt zwei genüssliche Züge. Geladen spricht er weiter. „Meine Frau lässt sich mehr und mehr gehen, und das Haus sieht aus wie Sau. Ich muss sie immer öfter zurechtweisen, sonst würde gar nichts mehr passieren. Und meine Tochter gibt sich rebellisch. Letztens hat sie sich doch tatsächlich eine blonde Strähne machen lassen, kannst du das glauben? Als wäre sie eine dieser verzogenen Gören." Er schaut zu Yusuke, der nur den Kopf schüttelt, aber nichts sagt. „Ich kann nicht verstehen, wieso man als Vater so etwas durchgehen lassen sollte. Wie kann man nur so ehrlos sein?"

Nun zündet sich auch Yusuke eine Zigarette an, und während er einen Laster überholt, geht er auf Isamus Frage ein.

„Es ist wirklich eine Schande. Ich habe aber aufgehört, mich über solche Dinge aufzuregen, denn es ist zwecklos. Die Zeiten haben sich eben geändert. Unsere Traditionen, unsere Kultur, all das, was Japan einst großgemacht hat, wird von der Jugend lachend zu Grabe getragen. Du wirst es nicht verhindern können, Isamu, und auch deine Tochter wird Teil davon sein."

Wütend schlägt Isamu gegen das Handschuhfach.

„Was fällt dir ein? Niemals! Das werde ich nicht akzeptieren!"

Nun muss Yusuke trotzig lachen.

„Du wirst es nie lernen. Aber glaub mir: Es ist zwecklos. Deine Tochter ist nur das Symptom eines sich ändernden japanischen Geistes. Wir sind die letzte Generation, die noch zur Yakuza taugen."

Doch Isamu ist nicht zum Lachen zumute. Stattdessen brüllt er hemmungslos: „Gerade deshalb müssen wir die Traditionen ehren, selbst wenn die kommenden Jahrzehnte düster scheinen! Damit unsere Nachkommen irgendwann voller Stolz auf uns Ahnen blicken können. Damit sie in unserem Namen die japanische Sonne zum erneuten Erwachen geleiten!"

Es verstreichen stille Momente, denn Yusuke lässt die Aussage im Raum stehen. Schließlich zitiert er mit einem weisen Tonfall ein Gedicht:

„*Es gibt ein Bleiben im Gehen, ein Gewinnen im Verlieren und im Ende einen Neuanfang.*"

Isamu schüttelt nur den Kopf.

„Nein, manchmal ist ein Ende auch wirklich *das Ende*."

Dann schweigen sie wieder.

Als sie endlich in Fukuoka ankommen, beziehen sie ihre Unterkunft und bereiten sich den restlichen Tag auf das Treffen vor. Irgendwann finden sich auch die zwei anderen Mitglieder ihres Klans ein, und gegen Abend ist es dann endlich so weit. Zusammen fahren sie zum Treffpunkt: ein kleines traditionelles Restaurant in einem abgelegenen Vorstadtviertel, das sie immer für solche Anlässe aufsuchen. Die vier nehmen in einem separaten Raum an einem geräumigen Tisch Platz. Hier werden sie ungestört reden können.

Mit einer Viertelstunde Verspätung treffen drei Chinesen ein. Alle im Raum begrüßen sich respektvoll, bevor sie mit dem Essen beginnen. Eine gefühlte Ewigkeit werden nur Floskeln ausgetauscht, die in einer Wolke der Anspannung schweben. Zu gerne würde Isamu loslegen, aber Yusuke ist ihr Verhandlungsführer, und so muss er sich zähneknirschend zurückhalten. Weitere Minuten vergehen, bis Yusuke endlich auf das eigentliche Thema zu sprechen kommt.

„Noch einmal danke, dass wir dieses Treffen arrangieren konnten. Es ist nicht immer ganz einfach zwischen uns, aber sicher ist es im beiderseitigen Interesse, wenn wir unsere Differenzen friedlich beilegen können. Wir haben gehört, dass Sie Interesse an einem Teil unseres Gebietes haben, hier in Fukuoka? Wir sind bereit, darüber zu verhandeln und die Angelegenheit zu klären, wenn denn das Angebot stimmt."

Der mittlere der drei Chinesen, der offensichtlich das Sagen hat, trinkt in aller Ruhe einen Schluck Reiswein, bevor er das Wort ergreift.

„Ich glaube, es gibt da ein Missverständnis. Wir sind nicht hier, um über ein Teilgebiet in Fukuoka zu verhandeln. Und wir sind weit davon entfernt, eurem lächerlichen Klan ein Angebot zu unterbreiten."

Unter dem Tisch ballt Isamu die Hand zur Faust. Wie kann der es wagen, so mit ihnen zu reden, denkt er, doch er beherrscht sich und überlässt es Yusuke.

„Weshalb seid ihr dann hier?" Yusuke wird unhöflich im Ton, was Isamu gefällt. „Wenn ihr nicht verhandeln wollt?"

„Wir sind hier, um eine Botschaft zu übermitteln.“ Der Chinese lehnt sich etwas nach vorne und starrt Yusuke tief in die Augen. „Unser Boss will, dass ihr uns das gesamte Gebiet in Fukuoka überlasst, ganz offiziell. Wir kontrollieren ohnehin bereits die Hälfte eures Gebietes, und das weiß euer Oyabun auch.“

Yusuke starrt kalt zurück.

„Und wenn wir das nicht wollen?“

„Dann gibt es Krieg. Dann holen wir uns mehr als nur Fukuoka. So habt ihr wenigstens noch ein paar gute Jahre, in denen wir in aller Ruhe unser Standbein in Japan ausbauen können.“

Wutentbrannt haut Isamu auf den Tisch. Er kann sich nicht mehr beherrschen und brüllt mit rauer Stimme: „Wie könnt ihr es wagen, so mit uns zu sprechen? Uns leere Drohungen an den Kopf zu werfen? Und das in unserem eigenen Gebiet?!“

Doch der Chinese ist unbeeindruckt.

„Leere Drohungen? Leere Drohungen?!“ Er lacht laut. „Glaubt mir, wir scheuen keinen Krieg. Wir könnten euch sofort aus Fukuoka verdrängen, und in einigen Jahren wäre euer jämmerlicher Klan vollständig ausradiert. Was glaubt ihr also, wer ihr seid? Nicht mehr als ein Relikt aus einer vergangenen Zeit. Ein Mythos, den die japanische Gesellschaft immer weniger toleriert und dessen Ideale die Jugend nicht mehr interessieren. Denkt ihr wirklich, wir wüssten nicht Bescheid? Die Gesetze werden härter, die Polizei mutiger, und allmählich werdet ihr ganz in die Illegalität gedrängt. Ein Feld, das ihr auf eure Art nicht bespielen könnt, wo ihr keine Chance habt.“

Der Chinese lacht hämisch, während Isamu vor Wut überschäumt. Yusuke will ihn noch beruhigen, aber es ist zwecklos.

„Halt dein Maul, du weißt nichts!“

„Oh doch, ich weiß genug. Ihr könnt gerade so eure Gebiete halten und wollt dann einen Krieg mit uns riskieren? Das würdet ihr nicht überleben. Die Yakuza, die *Wertlosen*, sind alte zahnlose Drachen. Zum ersten Mal in der Geschichte ist euer Name ein Spiegel der Wirklichkeit: Ihr seid *wertlos*. Niemand interessiert sich noch für euch. Niemand zittert mehr bei eurem Anblick, und kleine Klans, wie der eure, werden bald schon vom Antlitz dieser Welt getilgt.“

„Du sollst dein Maul halten!“

„Ihr werdet verbannt, eure Gräber geschändet und schließlich vergessen, während wir das stolze Japan niederwerfen und für Jahrhunderte beherrschen. Als jämmerlicher Abschaum werdet ihr ehrlos im Boden verrotten, während ...“

„Halt gefälligst dein verdammtes Maul!“

Isamu springt auf, zieht seine Pistole aus dem Hosenbund und feuert einen Schuss ab. Die Kugel durchlöchert den Hals des Chinesen und löst eine Blutfontäne aus. Röchelnd fällt dieser nach hinten und presst dabei panisch seine Hände auf die Wunde. In der Zwischenzeit haben alle Yakuza wie auch die verbleibenden Chinesen ihre Waffen gezogen. Statt jedoch zu schießen, verharren sie einen Moment, in dem die beiden anderen Chinesen wohl ihre ausweglose Situation erkennen. Blitzartig hechten sie zur Seite, um Hals über Kopf aus dem Restaurant zu stürmen, doch einer von ihnen wird tödlich im Kugelhagel getroffen.

Dem Letzten gelingt die Flucht nach draußen, wo er nur von Yusuke verfolgt wird, da er als Einziger schnell genug reagiert. Und Isamu hört tatsächlich noch, wie mehrere Schüsse abgefeuert werden, gefolgt von einem Schrei und dem Geräusch einer zerberstenden Autoscheibe. Letztlich verrät das grelle Quietschen der Reifen sein Entkommen. Entsetzt kehrt Yusuke zurück. Alles ging so unglaublich schnell.

„Ich habe ihn noch erwischt, aber er wird's packen", keucht er ihnen entgegen. Als das qualvolle Gurgeln des ersten Chinesen verstummt, schlägt Yusuke verzweifelt seine Hände vors Gesicht. Er sinkt neben dem Toten auf die Knie. „Auch wenn ich selbst kurz davor war, ihm seine unverschämte Fresse wegzuschießen ... Scheiße, Isamu, das war unglaublich dumm von dir! Wir sind nicht in der Lage, einen Krieg zu führen! Wir hätten verhandeln sollen, um uns Zeit zu kaufen, um Verbündete aufzutreiben, um uns vorzubereiten! Und vielleicht war das alles auch nur ein Bluff. Wie sollen wir das bitte unserem Oyabun erklären?"

Doch Isamu sieht das anders. Voller Befriedung und Stolz betrachtet er die Leichen. Es musste getan werden.

„Ein Krieg war sowieso unausweichlich." Isamu hilft Yusuke wieder auf. „Und ob du eilst oder langsam gehst: Der Weg vor dir bleibt immer derselbe."

Kapitel 13

Mitte Februar ist es endlich so weit. Amanaki kann sein Bein wieder belasten, und in Neuseeland geht der Sommer langsam zu Ende. Dafür werden in Japan die Kirschblüten bald in der Frühlingsonne erblühen. In den letzten Wochen haben Ruby und er alles sorgsam vorbereitet, die nötigen Visa besorgt und auch das neue Segel abgeholt, das eine gefühlte Ewigkeit im Lager der Werkstatt lag. Nun ist es an der Zeit, in See zu stechen.

Zuversichtlich lächelt Amanaki dem Horizont entgegen, während Ari auf seiner Schulter sitzt. Seit dem Unfall hat sein kleiner Freund zu keinem einzigen Flügelschlag mehr angesetzt, aber das muss er auch nie mehr, denn Amanaki wird sich bis zum letzten Tag um ihn kümmern. Um Ruby muss er sich glücklicherweise genauso wenig Sorgen machen: In all den Wochen hatte sie keinen einzigen Anfall, und da sie nur für vier Wochen durch Japan reisen wollen, wird sicher alles gutgehen. Selbst wenn Ruby einen Anfall bekommen sollte, würde man ihr in Japan zu helfen wissen. Die etwa zehntägige Überfahrt ist deshalb die einzige Unsicherheit für Amanaki.

Sie könnten es vermutlich schneller nach Japan schaffen, aber die beiden wollen sich Zeit lassen und mehrere Inseln ansteuern. In der Kabine wird es nämlich eng werden, und Amanaki weiß nicht, ob sie sich nach mehreren Tagen auf See auch noch so gut verstehen wie bislang. Da er bei einem Streit mit Sicherheit unterliegen und im Meer landen würde, hat Amanaki letztlich auf Pausen bestanden. Auf diese Weise würde es wenigstens ab und zu die Möglichkeit geben, sich aus dem Weg zu gehen. Ruby scheint es seltsamerweise recht eilig zu haben, was wohl schlicht Ausdruck ihrer Vorfreude ist.

„Und du bist sicher, dass du das willst? Letzte Chance, noch kannst du umkehren."

Amanaki steht auf dem Bug und hilft Ruby, die mit den Einkäufen entschlossen auf den Katamaran klettert.

„Ja, verdammt." Sie lächelt ihn an. „Manchmal habe ich das Gefühl, du willst mich doch nicht dabeihaben, so oft wie du mich das fragst."

Zufrieden setzt Amanaki den Strohhut auf und beginnt mit einem Grinsen die Taue vom Steg zu lösen.

„Ich will nur nicht mitten auf dem Meer umkehren müssen, weil du heiß duschen möchtest."

Daraufhin bewirft Ruby ihn mit einer Packung Chips.

„Aua!"

Sie lachen sich gegenseitig an.

„Ernsthaft? Und ich bin hier das Sensibelchen, das ne heiße Dusche braucht?!"

„Also, die Tatsache, dass ich jeden Morgen eine Stunde auf warmes Wasser warten musste ..."

Doch an der Stelle geht Amanaki bereits in einem Lebensmittelhagel unter. Sie lachen lautstark, und erst als Ari aus Versehen getroffen wird, hören sie auf. Mehrmals entschuldigt sich Ruby, aber Ari scheint ihr weder den Treffer übelzunehmen noch sich für die Entschuldigungen in irgendeiner Form zu interessieren.

Eine halbe Stunde später schippern sie dann in aller Ruhe los. Einmal dreht Amanaki sich noch um und blickt wehmütig auf die Skyline von Auckland. Auch wenn er seine Zeit hier genossen hat, würde er nicht mehr zurückkehren. Irgendetwas in Amanaki schreit, Neuseeland hinter sich zu lassen. Aus diesem Grund hat er für Ruby bereits einen Rückflug gebucht, statt sie wie geplant mit dem Boot zurück nach Auckland zu bringen. Es wird ihr nicht gefallen, aber es muss sein.

Verraten will er es ihr allerdings erst am Ende ihrer Reise, um unnötigen Streit zu vermeiden.

So vergehen die ersten Stunden, ohne dass irgendetwas Besonderes passiert. Hier und da muss er Ruby noch einige Handgriffe erklären, denn obwohl sie in Auckland lebt, der „City of Sails", musste Amanaki bereits vor einigen Wochen entsetzt feststellen, dass Ruby absolut keine Ahnung vom Segeln hat. Seitdem konnten sie aber viel üben, und mittlerweile ist Ruby eine echte Hilfe. In vielen Dingen ist sie sogar besser als er, weshalb die erste viertägige Etappe bis zu den Salomon-Inseln ein Klacks werden wird. Danach folgen noch zwei Tage bis nach Mikronesien und schließlich weitere vier bis nach Kagoshima, ihrem Ziel in Japan. Er kann es kaum erwarten.

Als es allmählich Abend wird, finden sie ohne Probleme einen guten Ankerplatz. Nachdem sie eine Tomatensuppe mit Brot gegessen haben, spielt Ruby draußen mit Ari. Amanaki schreibt währenddessen an seinem Reisetagebuch. Auch wenn er die letzten Wochen meistens nur wenig eingetragen hat, ist der Platz nun endgültig aufgebraucht. Zum Glück hat er bereits in Neuseeland ein neues Buch besorgt, das sich perfekt eignet. Ab heute würde er die Erfahrungen und Gedanken, die im zweiten Teil seiner Reise auf ihn warten, dort eintragen. Lächelnd klebt er ein Foto von sich und Ruby ein, auf dem sie beide nebeneinander vor dem Boot stehen. Nicht einen Moment hinterfragt Amanaki, was er hier eigentlich macht. Wie könnte er das auch?

Er ist einfach nur glücklich.

Dann klappt Amanaki das Buch zu und geht an Deck. Statt mit Ari zu spielen, streichelt Ruby ihn nur noch mit einem Hauch von Melancholie im Gesicht, während die Sonne allmählich hinter dem Horizont verschwindet. Das ganze Boot und auch Ruby werden dadurch in ein warmes rötliches Licht getaucht. Vorsichtig nimmt Amanaki neben ihr Platz und setzt ihr dabei seinen Strohhut etwas schief auf, in der Hoffnung, sie so aufzuheitern.

„Was ist los, Ruby? Du wirkst so bedrückt."

Sie wendet den Blick von ihm ab.

„Ach nichts, es geht schon. Ich habe nur manchmal so Momente."

„Wegen deiner Krankheit?" Ruby antwortet nicht. „Oder wegen deinen Eltern?"

„Nein, es ist nur ..." Ruby beißt sich auf die Lippe. „Ach, es ist nichts ... Vergiss es." Sie drückt ihm den Strohhut wieder in die Hand. Hektisch steht sie auf und will mit Ari hineingehen, doch Amanaki hält sie am Arm fest, um so mitfühlend wie nur möglich auf sie einzureden.

„Es ist ein Boot, Ruby. Du kannst nicht weglaufen." Er macht eine Pause. „Du musst mir nicht sagen, was los ist. Ich verstehe das, aber bleib doch bitte wenigstens bei mir."

Amanaki kann deutlich erkennen, wie es in Ruby rumort. So verletzlich wie jetzt wirkte sie bisher noch nie auf ihn. Schließlich setzt sich Ruby wieder neben ihn, ohne irgendetwas zu sagen. Stattdessen legt sie ihren Kopf an seine Schulter. Während das Boot leicht im Wellengang schaukelt, schauen sie zusammen schweigend dem Sonnenuntergang zu. Amanaki lauscht dabei gebannt dem Rauschen des Meeres.

Und dann passiert es plötzlich: Ruby weint. Es sind leise Tränen, aber Amanaki bemerkt sie. Statt nachzufragen, statt sie mit Worten zu quälen, nimmt er sie in den Arm. Minuten vergehen, in denen sich seine Gedanken überschlagen, in denen er in Sorge ertrinkt, in denen er so gerne helfen würde, aber nicht weiß, wie. Also hält er Ruby fest, ohne zu wissen, was sie so quält, und so lange, bis die

Nacht ihre Tränen schließlich verbirgt. Bis all ihr Leid tropfend im tiefen Meer versinkt.

Es ist noch stockdunkel, als Amanaki von einem lauten Platschen geweckt wird. Müde öffnet er seine Augen und bemerkt sofort, dass Ruby nicht mehr in der anderen Schlafnische liegt. Es ist gerade einmal halb vier. Warum in aller Welt ist Ruby um diese Uhrzeit schon wach? Ob das etwa an gestern Abend liegt? Immerhin hat er Ruby noch nie so verletzlich erlebt. Ein schrecklicher Gedanke schießt in sein Bewusstsein. Sie wird doch nicht ...

Amanaki bekommt Panik. Sofort steht er auf und tastet sich zügig zum Ausgang, um nach ihr zu schauen. Doch als er die Kabine verlassen will, sieht er durch das Bullauge, wie sich Rubys nackter Körper im schwachen Mondlicht an der Reling hochzieht. Wie gebannt bleibt er stehen, unfähig, sich auch nur ein Stück weit zu bewegen.

Während Ruby sich in aller Ruhe abtrocknet, wandern seine Augen allmählich von ihrem athletischen Körper hin zu ihrem Gesicht. Und was Amanaki dann sieht, lässt ihn alles andere vergessen: Ruby lächelt.

Nein, sie strahlt sogar.

In diesem einen Moment strahlt sie, wie er es noch nie zuvor bei ihr gesehen hat. Trotz des vergangenen Abends, trotz dieser offensichtlichen Qual in ihr. Seine Panik wandelt sich nun in ein warmes Glücksgefühl, und auch wenn sie nackt dort steht, starrt er nur ihr Lächeln an, bis es leise verschwindet.

Erleichtert kriecht Amanaki zurück in seine Schlafnische. Als Ruby kurze Zeit später angezogen und mit einem Handtuch um den Kopf die Kabine betritt, liegt er dort, als würde er tief und fest schlafen. Von Ruby unbemerkt, strahlt nun er in sein Kissen, um hoffnungsvoll auf das Morgengrauen zu warten. Egal, was Ruby plagt, er wird ihr helfen. Er wird alles dafür tun. Gestern Abend mag er vielleicht für einen Moment daran gezweifelt haben, aber es gibt Hoffnung. Solange auch nur ein Mensch daran glaubt, gibt es immer Hoffnung.

„Haben wir auch wirklich alles?“, fragt Amanaki zum zweiten Mal.

Genervt schaut Ruby in die übervollen Tüten, bis ihr schließlich auffällt, dass sie tatsächlich etwas vergessen haben.

„Ach, Scheiße. Nein, Babynahrung fehlt noch. Für Ari – oder eigentlich ja hauptsächlich für dich.“

Amanaki lacht nur.

Ohne darauf einzugehen, drückt sie ihm die Tüten in die Hand und geht zurück in den Supermarkt.

Da es der größte der Insel ist, braucht sie lange, um die Gläschen zu finden, und eigentlich ist sie überrascht, dass man überhaupt Babynahrung auf Mikronesien kaufen kann. Mit vier Gläsern begibt sie sich zur Kasse, wo noch drei andere Kunden vor ihr anstehen. Ungeduldig lässt Ruby ihren Blick schweifen und folgt aus Langeweile notgedrungen dem Geschehen vor ihr.

Die Kassiererin begrüßt jeden Kunden freundlich, aber statt zurückzugrüßen, beschränken alle die Kommunikation mit ihr auf ein paar stumpfe Handzeichen, die Eingabebefehlen an Robotern gleichen. Ruby empfindet die Szene plötzlich als unglaublich abstoßend. Als würde man die Person hinter dem Tresen auf einen Automaten reduzieren. Nur Sekunden später muss sie allerdings bitter schlucken. Allein die Tatsache, dass Ruby in der Frau eben selbst nur eine Kassiererin sah, stößt sie von ihrem hohen Ross. Bisher hat sie noch nie darauf geachtet, aber geht sie nicht selbst so mit den Menschen um? Als wären sie nicht mehr als die Rolle, die sie gerade erfüllen? Und ging man nicht auch mit ihr so um, sobald sie hinter der Bar stand? Sofort muss sie wieder an ihren eigenen Eindruck denken, den sie damals nach ihrem LSD-Trip hatte: *eine Welt voller Schausteller und Requisiten.*

Dann ist Ruby auch schon an der Reihe. Demonstrativ spricht sie die Frau mit Namen an, der gut sichtbar auf dem kleinen Namenschild an ihrer Bluse prangt. Dann bedankt sie sich äußerst freundlich und wünscht der Frau zu guter Letzt einen schönen Tag. Beim Verlassen des Supermarktes fühlt sie sich ungewöhnlich gut.

Draußen trifft Ruby auf Amanaki, und zusammen bringen sie die Einkäufe zum Boot. Da es bisher keinerlei Komplikationen gab, werden sich die beiden heute größtenteils erholen, um morgen früh zur letzten viertägigen Etappe nach Japan aufzubrechen.

Die Szene im Supermarkt geht ihr allerdings nicht mehr aus dem Kopf. Als sie später zusammen mit Amanaki auf dem Boot zu Abend isst, kann Ruby gar nicht anders, als ihn damit zu konfrontieren. Skeptisch hört er ihr zu, scheint dann aber intensiv darüber nachzudenken. Also fährt Ruby fort, während Ari ausnahmsweise mal an ihren Haaren knabbert.

„Im Alltag verhalte ich mich doch meistens so, wie meine Umwelt es von mir erwartet, oder nicht? Ist meine Persönlichkeit also nur eine komische Mischung aus all den vorgegebenen Rollen, die mir aufgedrängt werden? Was bleibt also von mir übrig, wenn ich all diese Rollen von mir abziehe?“

Ein wenig irritiert blickt Amanaki sie an.

„Himmel, Ruby, wie soll ich das bitte beantworten? Ich glaube aber nicht, dass all meine Handlungen von der Gesellschaft vorbestimmt sind, falls dir das hilft.“

Sie denkt einen Augenblick darüber nach.

„Nein, das reicht mir nicht. Dann tu es jetzt. Bitte, wir haben doch Zeit.“

„Wirklich?“

Sie nickt nur.

Amanaki lässt einen Schwung Luft angestrengt aus seinen Lungen entweichen. „Na gut, wenn du es unbedingt willst.“ Müde steht er auf, um sich ein Bier aus dem Kühlschrank zu nehmen. Dann wendet er sich zur Kabinentür. „Aber du wirst mir auch Zeit zum Nachdenken geben müssen.“

Mit geweiteten Augen sieht Ruby zu, wie Amanaki nach draußen tritt. Durch das Bullauge kann sie erkennen, dass er sich mit dem Bier an Deck setzt, um in die Ferne zu schauen. Sie muss lachen und schüttelt ungläubig den Kopf. Ihr erscheint es absurd, dass Amanaki extra rausgeht, um nachzudenken. Aber so ist er halt. Schulterzuckend isst sie weiter. Nach circa zehn Minuten klopft Amanaki an die Tür und winkt sie zu sich. Draußen wird Ruby von einem angenehm kühlen Wind empfangen. Neugierig stellt sie sich neben ihn.

„Hast du die ganze Zeit etwa nur nachgedacht?“

Amanaki übergeht die Frage und steigt stattdessen direkt ins Thema ein.

„Also, ich glaube, du siehst das zu negativ, Ruby. Auch wenn diese Rollen nach deiner Ansicht vorgegeben sind, bleibt dir doch eines: die entscheidende Wahl. Du kannst dir bestimmte Rollen, also deinen Weg, entweder aufgrund deiner Persönlichkeit aussuchen, oder du lässt bestimmte Rollen zwanghaft zu deiner Persönlichkeit werden. Für mich ist es also ein Unterschied, ob du aus Überzeugung die Rolle der Künstlerin einnimmst oder aus Zwang.“ Sanft streicht Amanaki über die Reling. „Denn wenn man all das abzieht, was du eben beschrieben hast, all diese Rollen und all diese Erwartungen, die daran hängen, bleibt für mich nur noch der nackte, wahre Mensch, eben so was wie die Seele übrig. Und die Seele, die aus Überzeugung das wurde, was sie zuvor war, wird wieder erblühen. Sie kann sich eine neue Rolle suchen, die zu ihr passt. Aber die Seele, die sich extra und nur für eine Rolle umgebildet hat, die sich in der Rolle verliert, bleibt entkernt zurück und wird verkümmern."

Ruby blickt auf die Wellen. Zwar versucht Amanaki noch, eine seiner Aussagen genauer zu erklären, doch sie hört gar nicht mehr richtig hin. Dann sagt sie: „Du redest gerade ziemlich wirr, weißt du das? Aber ich glaube, ich habe verstanden, was du sagen willst: Du bist davon überzeugt, dass jeder Mensch tief in sich etwas Eigenes mitbringt? Etwas, das ihn als das definiert, was er eigentlich ist? Etwas, das nicht nur Ergebnis seiner Umwelt ist?"

Amanaki schweigt einen Moment. „Ja, bin ich. Wie könnte sich sonst jemals etwas ändern auf dieser Welt?" Er macht eine Pause. „Aber auch das, was tief in dir steckt, kann sich ändern, zumindest glaube ich das. Auch wenn ich nicht weiß, wie, kann es natürlich wachsen. Druck und Zwang töten es jedoch." Nun blickt Amanaki ihr in die Augen. „Und ich habe dir schon mal gesagt, Ruby: Die Welt mag uns vielleicht prägen, aber wir, wir erschaffen die Welt."

Ruby lächelt ihn an.

„Das stimmt wohl ..." Sie lässt ein paar Sekunden verstreichen. „Amanaki ... was bedeutet dein Name eigentlich?"

Er schaut sie kurz an, ehe seine Augen über den fernen Horizont wandern.

„Hoffnung."

Kapitel 14

Nervös rutscht Isamu hin und her, während er das allenfalls durchschnittliche Sushi isst. Er kann sie nicht mehr ertragen, diese Ungewissheit. Wochen sind vergangen, seitdem er diesen Bastard abgeknallt hat. Bis auf ein paar Handgreiflichkeiten ist aber nichts passiert. Die Chinesen bleiben still, und sein Oyabun tut nichts weiter, als sich für den bedauerlichen Vorfall, wie er es nennt, zu entschuldigen.

Isamu muss seinem Oyabun dienen, das hat er geschworen, und seine Strafe ertrug er, wie man es von ihm verlangte. Aber diese abwartende Haltung kann Isamu nicht verstehen. Sie treibt ihn fast in den Wahnsinn. Sein Oyabun sollte endlich den Befehl zum Angriff erteilen, solange sie noch zuschlagen können, denn sicherlich plant die chinesische Mafia bereits den entscheidenden Schlag gegen ihren Klan. Bald wird es vermutlich zu spät sein.

„Schmeckt es dir, Isamu?", wird er von Yusukes Frau aus den Gedanken gerissen.

Er lächelt sie freundlich an. „Es ist wirklich köstlich."

Gelangweilt sitzt er bei ihnen im Speisezimmer. Während sie zu dritt noch essen, toben Yusukes Kinder bereits herum und spielen Fangen. Obwohl Yusuke zwei Jahre älter ist als Isamu, ist dessen Sohn gerade mal acht Jahre alt. Ein hübscher Bursche, aber ein zu weiches Kind, zumindest für seinen Geschmack. Ganz nebenbei findet er es auch unerhört, dass Yusuke ein so unhöfliches Verhalten überhaupt toleriert. Selbst wenn es Kinder sind, stört es beim Essen.

„Bist du noch bei uns, Isamu?", lacht ihn nun Yusuke an. Anscheinend ist er wieder in seinen Gedanken abgedriftet.

„Entschuldigung." Isamu trinkt etwas Reiswein. „Ich bin in diesen Tagen nicht ganz bei der Sache."

„Ist etwas passiert? Möchtest du noch etwas Sake?“, fragt ihn Yusukes Frau höflich.

„Vielen Dank, ich nehme gerne einen.“ Bevor er antwortet, trinkt er einen Schluck. „Mich treibt nur die ganze Sache mit den Chinesen um. Ich frage mich, wieso sie nicht angreifen.“

Plötzlich schüttelt Yusuke mit schockierter Miene den Kopf, als seine Frau schon nervös nachhakt.

„Angreifen? Gibt es etwa einen Krieg?“

Doch bevor Isamu irgendetwas sagen kann, funkt Yusuke ihm mit einem falschen Lachen dazwischen.

„Nein, es gibt keinen Krieg. Es wird auch keinen geben, jedenfalls nicht so, wie du denkst, mein Schatz. Was Isamu meint, ist ein Handelskrieg, nichts weiter.“

Dann starrt Yusuke kalt zu Isamu, der nun versteht. Er soll darüber schweigen. Also isst er weiter, ohne etwas zu sagen, bis Yusukes Frau ihn erneut anspricht.

„Ich habe gehört, dass du eine neue Tätowierung bekommen hast, Isamu?“

„So ist es“, entgegnet er knapp.

„Und was hast du bekommen?“

Bevor er antwortet, schaut er zu Yusuke, der ihm nickend die Erlaubnis erteilt. Daraufhin entblößt er den Bereich über seiner linken Niere.

„Der Oyabun hat diese Geisha für mich ausgesucht. Er meinte, ich sei zu ungestüm und aggressiv, weshalb die Tätowierung beruhigend auf mich wirken soll. Sie soll die Balance in meiner Persönlichkeit wiederherstellen.“

Noch bevor Yusukes Frau darauf antworten kann, stürzt der Sohn beim Toben und fängt lautstark an zu weinen. Sofort geht Yusuke besorgt zu ihm.

„Oh, nein. Wo hast du dich verletzt?“ Der Junge zeigt unter Tränen auf seinen Hinterkopf. „Das tut sicher weh und wird wahrscheinlich eine Beule geben, aber der Schmerz wird vergehen, mein Sohn.“ Yusuke nimmt ihn in den Arm und pustet einmal gegen die Stelle. Dann wickelt er einen Kühlakku in ein Handtuch und drückt ihn gegen die entstehende Beule. Nach einer gefühlten Ewigkeit hört der Junge endlich zu weinen auf.

„Besser?“

Der Junge nickt nur und läuft kurze Zeit später davon, um weiter mit seiner älteren Schwester zu spielen.

Isamu kann nicht fassen, was er gerade mitansehen musste. Statt seinen Sohn zu ermahnen, weil er wegen einer solchen Kleinigkeit weint, tröstet Yusuke ihn. Als wäre es normal für einen Jungen, in diesem Alter noch zu weinen. Selbst Yusuke versagt also bei der Erziehung der neuen Generation. Kein Wunder, dass Japan am Abgrund steht. Angewidert lässt Isamu mehr Sushi-Stücke liegen, als es sich normalerweise gehört und steht auf.

„Es war sehr köstlich, aber ich glaube, ich muss jetzt los. Wenn du also kommen könntest, Yusuke, wäre ich sehr dankbar. Daheim warten noch Aufgaben auf mich.“

„Es freut mich, dass es dir geschmeckt hat. Komm uns gerne wieder besuchen“, bedankt sich Yusukes Frau freundlich und aufrichtig, doch dafür hat er kein Ohr.

Isamu will nur hier raus, aber zu seinem Pech muss er auf Yusuke warten. Vorhin wurde Isamu wegen eines anderen Termins von ihm abgeholt, so dass Yusuke ihn nun nach Hause fahren muss. Dieser kümmert sich lieber seelenruhig um seinen Sohn, da das Handtuch wohl zu dick ist, um genug Kälte durchzulassen. Enttäuscht schüttelt Isamu den Kopf, denn der Junge wird ein weiches Kind bleiben.

Dann ist Yusuke endlich fertig, und gemeinsam verlassen sie die Wohnung. Auf dem Hausflur stellt Isamu ihm eine Frage: „Wieso wolltest du nicht über die Situation mit der chinesischen Mafia reden? Darf deine Frau davon nichts wissen?"

„Nein, sie soll nichts erfahren."

Die Antwort genügt Isamu noch nicht.

„Ich könnte verstehen, wenn du ihr keine Details erzählen willst, aber an und für sich ist doch noch nichts dabei."

Grob haut Yusuke auf die Schaltfläche, um den Aufzug herbeizurufen. Einige Sekunden später ist er bereits da, und sie steigen ein.

„Nichts dabei? Akuma wurde krankenhausreif geschlagen!"

„Was ist das schon?", zischt Isamu lachend durch seine Zähne, doch Yusuke bleibt kalt.

„Wenn es dich getroffen hätte, würdest du vermutlich schon deren Köpfe fordern."

Isamu hebt vorsichtig die Hände, denn Yusuke scheint schlecht gelaunt zu sein. Währenddessen setzt sich der Aufzug in Bewegung.

„Schon gut, schon gut. Es hat mich nur interessiert."

Nun atmet Yusuke einmal angestrengt aus. Scheinbar beruhigt er sich etwas.

„Ich will meiner Frau und meinen Kindern keine Angst einjagen. Sie sollen in mir nur einen etwas anderen Geschäftsmann sehen und nicht den Yakuza-Krieger, der Leute erpresst, zusammenschlägt oder gar tötet. Es reicht, wenn ich mich damit rumschlage."

Isamu holt eine Zigarette hervor, um sie draußen zu rauchen.

„Du stellst es dar, als wären wir gewöhnliche, ehrlose Verbrecher. Als würdest du plötzlich alles bereuen."

Wieder braust Yusuke auf.

„Nein, Yakuza zu sein ist alles, was ich je wollte, alles, was ich je konnte! Aber es ist mein Leben, nicht ihres!" Er zeigt nach oben in Richtung seiner Wohnung. „Ich habe mir dieses Leben ausgesucht. Ich allein! Und so sollen meine Kinder auch ihren eigenen Weg wählen, denn zum Yakuza wird man geboren! Es zu erzwingen ist zwecklos.“

Isamu nickt nur, auch wenn er gerne etwas erwidern würde. Dann verlassen sie das Gebäude. Während sie in den Wagen einsteigen, zünden sie ihre Zigaretten an, und im Tabakdunst fahren sie los.

Eigentlich könnte Isamu die zwanzig Minuten schweigen, doch die Szene von vorhin nagt noch an ihm. Statt sich friedlich nach Hause fahren zu lassen, konfrontiert er Yusuke mit seinen Gedanken.

„Du hast recht, nicht jeder kann Yakuza werden. Das können nur besondere, starke Männer voller Ehrgefühl. Aber, Yusuke, so wie du deinen Sohn erziehst, wird er nicht nur kein Yakuza, sondern nicht mal ein Mann.“

Yusuke wirft ihm einen eiskalten Blick zu und drückt anschließend seine Zigarette auf der Sonnenblende aus. Dunkel zischt er Isamu an: „Was fällt dir ein, meine Erziehung zu hinterfragen?“

„Ich meine ja nur. Du bist zu nachsichtig mit ihm. Du verweichlichst ihn.“

Ohne Ankündigung fährt Yusuke in eine Seitenstraße und hält an.

„Denkst du wirklich, ich wüsste das nicht, Isamu? Denkst du wirklich, ich hätte keine Gründe dafür? Ich weiß, was du dir unter Erziehung vorstellst! Mein Vater hat mich genauso erzogen, wie du deine Tochter erziehst. Und ja, aus mir ist tatsächlich ein stolzer Mann geworden, sogar ein Yakuza. Aber genau deshalb kann ich meinen Sohn und auch meine Tochter nicht so erziehen, wie du es gerne hättest oder wie mein Vater es einst tat! Denn ich will nicht, dass meine Kinder so werden wie ich! Wie könnte ich das auch wollen? Zwar liebe ich das Yakuza-Leben, aber ich sehe keine Zukunft für unsere Lebensart, für unsere Welt! Was für ein Vater wäre ich also, sie auf diesen Pfad zu schicken? Nur um sie als alter Mann untergehen zu sehen?“ Er richtet seine Augen wieder auf die Straße und fährt los. „Nein, das kann ich nicht wollen. Niemand kann das wollen. Also erspar mir deine Belehrungen.“

Isamu raucht nur lächelnd weiter. Er ist noch nicht fertig mit Yusuke, aber heute ist nicht der Tag, um diese Diskussion zu entscheiden. Später, wenn der Moment günstig ist, würde er darauf zurückkommen, denn Yusuke ist ein guter, ehrbarer Mann. Eines Tages würde er es schon einsehen. Das Einzige, was ihm fehlt, ist etwas Vertrauen in die Zukunft, denn die Yakuza werden sicherlich niemals untergehen.

Als sie dann endlich in seine Straße einfahren, traut er seinen Augen nicht. Eine dunkelgraue Rauchwolke hüllt seine Nachbarschaft ein, und überall stehen Gaffer und Feuerwehrmänner. Entsetzt steigt er aus und rennt zu einem der Feuerwehrleute, die seinen lichterloh brennenden Wagen löschen.

„Was ist hier los?“

„Gehen Sie zur Seite!“

„Das ist mein Wagen, verdammt!“

Genervt windet sich der Feuerwehrmann an ihm vorbei und antwortet nur knapp, um sich in Ruhe seiner Arbeit widmen zu können.

„Vermutlich Brandstiftung.“

Isamu begafft fassungslos die Löscharbeiten, bis Minuten später nur noch das Gerippe seines Wagens auf dem Asphalt liegt. Daraufhin reicht ihm Yusuke eine neue Zigarette. Statt weiterhin entsetzt zu sein, breitet sich langsam ein Lächeln auf Isamus Gesicht aus. Ruhig kommentiert er den Zwischenfall: „Es beginnt also.“

Als Yusuke darauf antwortet, meint Isamu einen Schimmer der Aufregung in dessen Augen zu erkennen.

„Da hast du wohl recht.“ Yusuke spuckt zur Seite. „Wir müssen unseren Oyabun warnen.“

Doch Isamu bleibt entspannt. Er ist geradezu euphorisch, denn endlich ist es so weit.

Endlich gibt es Krieg.

Kapitel 15

„Laaaaaaand in Siiiiichhhht! Captain, Captain, wir haben es geschafft! Endlich haben wir den Seeweg nach Indien gefunden!“

Als Amanaki Ruby derart schreien hört, muss er lachen. Gut gelaunt steigt er aus der Kabine und sieht, wie Ruby am Mast lehnend und mit Ari auf ihrer Schulter Richtung Norden zeigt. Tatsächlich ist am Horizont eine Landmasse zu erkennen, die nur Japan sein kann. Sie haben es also geschafft. Endlich sind sie am Ziel.

Ihr Zeitplan ist perfekt aufgegangen, und während der gesamten Überfahrt gab es zwischen ihnen nie ernsthaften Streit. Wenn die nächsten Wochen so weitergehen, wird es ein magischer Aufenthalt. Und je näher sie Japan kommen, desto mehr steigert sich auch Amanakis Vorfreude. Er kann es gar nicht mehr erwarten, dieses Land zu betreten.

Allerdings dauert es noch gut zwei Stunden, bis sie endlich in einen kleinen Hafen nahe Kagoshima einfahren können, wo sie von zwei Beamten abgefangen werden. Aufgrund ihrer ungewöhnlichen Überfahrt sind die beiden Japaner sehr skeptisch und beobachten sie deshalb nur misstrauisch. Zunächst nerven Amanaki die vielen Rückfragen, aber schließlich kann er die Beamten irgendwie verstehen. Er und Ruby sehen zugegebenermaßen ziemlich heruntergekommen aus. Dank der Visa dürfen sie das Land schließlich betreten.

Bevor sie eilig ihre Reise fortsetzen, verzurren sie noch den Katamaran sorgfältig am vorgesehenen Ankerplatz. Zwar wird ihnen Mount Fuji nicht davonlaufen, aber die Kirschblüten werden dafür bald in voller Pracht stehen. Ruby hat Amanaki eingetrichtert, dass sie die Blüte auf keinen Fall auslassen dürfen. Manchmal klang sie dabei flehend, manchmal klang es aber auch wie eine Drohung, weshalb Amanaki sicher nicht riskieren wird, die Kirschblüten zu verpassen. In erster Linie will er Ruby aber nicht enttäuschen.

Ein paar Wochen später würde Amanaki allerdings allein zurückkehren, um sein Abenteuer fortzusetzen, ohne zu wissen, wohin es ihn führen mag. Um bis dahin kein Misstrauen zu erregen, erlaubt er Ruby, ein paar ihrer Sachen im Boot zu lassen, denn im Zweifel kann er sie vor seiner Abfahrt per Post nach Neuseeland schicken.

Als ihre Rucksäcke schließlich gepackt sind, brechen sie auf. Dafür setzt Amanaki Ari ausnahmsweise in einen kleinen Käfig, den er an seinen Rucksack schnallt. Vermutlich wird er Ari in Japan selten einfach so herumtragen können, ohne immense Aufmerksamkeit zu erregen, und unter seinem Hut kann er Ari auch nur für kurze Zeit verstecken. So wird es schon irgendwie gehen.

Voller Vorfreude steigen sie in eine Straßenbahn, und neugierig widmet Amanaki sich der unbekannten Umgebung. Kagoshima ist mit seinen knapp 600.000 Einwohnern für japanische Verhältnisse zwar eine Kleinstadt, aber das Leben ist bereits hier so quirlig und exotisch, wie Amanaki es sich erhofft hatte. Die ersten Eindrücke überwältigen ihn geradezu, und letztlich wollen sie hier ja nur eine Nacht verbringen. Es ist also egal, wenn es nicht ganz so viel zu sehen geben sollte, wobei er das nicht mal glaubt. Denn bisher hatte jeder Ort, den er bereiste, seine ganz eigene Magie. Egal wie groß oder klein er auch war.

Zufrieden wandern Amanakis Augen den Betonfassaden der Häuser hinterher, während sich die Straßenbahn langsam ihrem Ziel nähert. Besonders die Schüler, die wegen der hohen Aktivität des nahen Vulkans alle Helme auf dem Schulweg tragen, faszinieren Amanaki. Selbst Ascheregen ist hier anscheinend eine Alltäglichkeit, zumindest laut Reiseführer.

Morgen werden sie dann mit ihrem *Japanese Rail Pass*, den sie bereits in Neuseeland besorgen mussten, Richtung Fukuoka aufbrechen. Dank des Tickets werden sie kein Auto benötigen, denn so gut wie alles scheint in Japan mit dem Zug erreichbar zu sein.

Wenig später steigen sie aus und stehen plötzlich mitten in Kagoshimas Zentrum. Bevor die beiden allerdings die Stadt erkunden, checken sie in ihrer Unterkunft ein, die ein wahres Highlight ist. Während ihres Aufenthaltes auf den Salomon-Inseln haben sie zwei Betten in einem dieser kultigen Kapsel-Hotels reserviert, weil sie es unbedingt ausprobieren wollten. Deren „Zimmer“ bestehen letztlich nur aus Bettluken, die drei Reihen hoch in der Wand eingelassen sind und erklettert werden müssen. Er und Ruby inspizieren kopfschüttelnd ihre Wandlöcher.

„Ist doch geräumig!“, hallt es aus Rubys Kapsel.

Lachend antwortet Amanaki ihr. „Also, ganz ehrlich, ich habe es mir schlimmer vorgestellt. Man kann hier drin ja noch halbwegs sitzen.“ Er drückt einen Knopf, der das Licht in der Kapsel ein- und ausschaltet. „Und im Boot haben wir auch nicht mehr Platz.“

„Da hast du wohl recht.“

Er hört einen dumpfen Aufprall. Ruby ist aus ihrer Kapsel gesprungen, also klettert er ebenfalls vorsichtig zu ihr hinunter. Als Ruby ihn zur Tür winkt, füttert er noch schnell Ari.

„Komm, lass uns auch etwas essen gehen. Ich kriege langsam Hunger ...“ Sie wirft sich ihren Rucksack über und geht hinaus. Etwas gestresst setzt Amanaki Ari zurück in seinen Käfig. Dann packt er seine Sachen ein, um ihr zügig hinterher zu traben. „Und ich will noch so vieles entdecken, *so vieles verstehen*, bevor ich diesen Ort verlasse.“

Ohne Rücksicht auf die Schönheit des Moments rast die Welt in Windeseile an ihr vorbei. Ruby sitzt neben Amanaki in einem der bequemen Shinkansen, und vor ihr wandelt sich der Anblick so schnell, dass sie gar meint über die Schienen zu fliegen. Als gäbe es keinen Widerstand, nähert sich unaufhaltsam die Endstation, ohne Möglichkeit, die Wunder des Weges zu bestaunen.

Verzweifelt drückt sie ihre Hand gegen die kühle Glasscheibe und versucht die Welt anzuhalten, denn zum ersten Mal verspürt Ruby Hektik. Sie fühlt sich getrieben. Lange konnte sie es unterdrücken, aber zu viel ist geschehen, als dass sie es jetzt noch weiter verdrängen könnte.

Unruhig beißt Ruby sich auf die Lippe und denkt wehmütig an den Anfang zurück: Eine Zeit, in der sie noch das Ende ihrer Irrfahrt durch diese unbekannte Welt herbeisehnte. Nun fürchtet sie sich. Sie hat Angst davor, anzukommen, ohne zu verstehen, wo sie zuvor war und was sie dort sollte. Doch ist es das? Eine Endstation?

In Fukuoka endet nur der erste Abschnitt eines weit verzweigten Schienennetzes. Es ist nicht mehr als eine Teilstrecke, doch niemand kann ihr sagen, wo sie umsteigen soll oder wohin sie fährt. Alles, was ihr also bleibt, ist die Hoffnung auf einen neuen Abschnitt. Einen Weg, den sie selbst finden muss.

Nach einer Weile wendet Ruby ihre Augen ab, denn vom Anblick der vorbeirauschenden Welt bekommt sie Kopfschmerzen. Natürlich weiß sie, dass es nicht nur daran liegt. Aber Ruby hat geschworen, sich nichts anmerken zu lassen, auch wenn die Kopfschmerzen in der letzten Zeit immer häufiger und schlimmer wurden. Erst wenn sich ihr Weg von Amanaki trennt, wird sie damit aufhören. Dann wird sie noch genug Zeit haben, um zu leiden. Immerhin kann sie froh sein, bisher von weiteren Anfällen verschont geblieben zu sein. Denn die könnte Ruby nicht vor ihm verbergen.

Zu ihrer Überraschung fährt der Zug in Hakata ein, dem Shinkansen-Bahnhof bei Fukuoka, der außerhalb der eigentlichen Stadt liegt. Die Endstation ist also eine andere als gedacht, bemerkt Ruby lächelnd.

„Warum grinst du so?“, fragt Amanaki.

Sie winkt ab. „Ach nichts.“

Amanaki zieht nur ungläubig eine Augenbraue hoch. Da ihr Bus jeden Moment kommen soll und sie zunächst die Haltstelle finden und den Ticketkauf beim Busfahrer meistern müssen, fragt er nicht weiter nach. Glücklicherweise gelingt es ihnen ohne Probleme, so dass sie nach einer kurzen Busfahrt im sehr lebhaften Fukuoka stehen, der boomenden Stadt der Kyūshū-Region.

Obwohl in ihrem Reiseführer steht, dass Fukuoka eine eher schmucklose Stadt sei, sind die beiden sehr angetan von den zahlreichen Park- und Tempelanlagen, wie auch von den grauen Häuserfassaden, die sich eng, aber irgendwie charmant an die Wasserläufe schmiegen. So verbringen sie die ersten Stunden nur damit, die Umgebung zu erkunden. Erst als sich ihre Bäuche vor Hunger melden, gehen sie in einen Convenience Store, wo hunderte Fertiggerichte angeboten werden, die tatsächlich ziemlich lecker aussehen. Nach langem Debattieren entscheiden sie sich für eine Packung Gyoza, die Maultaschen sehr ähneln, und essen sie draußen auf einer Mauer.

Sie sind beinahe fertig, als Amanaki auf einen Mann zeigt, der mit einem dampfenden Reisdreieck den Laden verlässt.

„Schau mal, anscheinend kann man sich dort die Sachen auch warm machen lassen!“

Ruby zuckt nur mit den Schultern und tunkt mit ihren Stäbchen eine Gyoza-Tasche in die Soße.

„Mir schmecken sie auch kalt sehr gut, dir nicht?“

Amanaki stimmt ihr zu.

Da die Abenddämmerung mittlerweile anbricht, spazieren sie anschließend nur noch durch eine Gegend, die eine Mischung aus Einkaufs- und Unterhaltungsviertel zu sein scheint. Überall warten Läden, Restaurants, Spielhallen und allerlei andere Vergnügungen darauf, entdeckt zu werden. Lange treibt Ruby durch dieses Meer der immer neuen Eindrücke, bis Amanaki sie irgendwann aufgewühlt anstupst.

„Siehst du den Mann dahinten? Auf der Bank?“

Ihre Augen wandern orientierungslos die Szenerie ab. Schließlich entdeckt Ruby den Mann, der etwas abseits auf einer Bank sitzt, während zahllose Menschen an ihm vorbeilaufen.

„Ja, ich sehe ihn. Der Arme weint ja.“

Amanaki nickt traurig.

„Wenn jemand in aller Öffentlichkeit so weint, muss etwas Schlimmes passiert sein. Besonders hier in Japan.“ Dann setzt er sich in Bewegung, und Ruby ahnt bereits, worauf es hinausläuft. „Komm, wir gehen zu ihm.“

Vor ein paar Monaten hätte Ruby sicher noch Protest angemeldet, doch jetzt lächelt sie nur und lässt Amanaki einfach Amanaki sein. Auf dem Weg hält er noch mal an, um in ihrem Reiseführer zu blättern, wo auch einige japanische Phrasen und Wörter erklärt werden. Daraus bastelt er sich einen provisorischen Satz zusammen und sagt ihn zweimal vor Ruby auf. Als sie den Mann erreichen, reagiert dieser nicht. Also legt Amanaki in seinem gebrochenen Japanisch los: „Hallo, ich Amanaki und das Ruby. Sprechen Englisch? Wir wollen helfen.“

Sicherlich ist die Aussprache grauenhaft, doch der Mann scheint sie zu verstehen. In etwas holprigem, aber völlig ausreichendem Englisch antwortet er.

„Ja, ich spreche Englisch. Aber ich brauchen keinen Hilfe. Lass Sie mich bitte allein."

Dann senkt der Mann wieder sein Haupt. Amanaki starrt Ruby an, als würde er etwas von ihr erwarten. Aber was kann sie schon tun? Ein paar Sekunden verstreichen, die sich wie eine Ewigkeit anfühlen, dann hat Ruby eine Idee.

Entschlossen zeigt sie auf den Käfig an Amanakis Tagesrucksack. Zum Glück haben sie Ari dabei, und Amanaki weiß anscheinend gleich, worauf sie hinauswill. Behutsam nimmt er auf der Bank Platz, holt Ari hervor und setzt ihn auf dem Bein des Mannes ab. Und natürlich hüpft Ari sofort fröhlich hin und her, wie er es immer tut, wenn er den Miniaturkäfig verlassen darf.

Die staunenden Augen des Japaners weinen noch, aber dafür wandelt sich dessen Mund zu einem zaghaften Lächeln. Mit seinen Händen formt er einen Kelch, in den Ari hineinspringt, und Sekunden später hebt der Mann ihn vor sein Gesicht. Während er ein paar Worte spricht, die sie nicht verstehen, streichelt er Ari mit solch einer Hingabe, dass Ruby beinahe auch die Tränen kommen. Es scheint, als würde dieser kleine saphirblaue Vogel tatsächlich seinen Schmerz lindern. So bleiben sie zwei, drei Minuten schweigend neben ihm sitzen, bevor er sich an sie wendet.

„Ein sehr schönes Vogel. Ich habe noch nie so ein Vogel gesehen."

„Das ist ein Saphirlori aus Tahiti. Sein Name ist Ari, und er ist mein kleiner Freund."

Die Augen des Mannes weiten sich.

„Tahiti? Kommst du auch aus Tahiti?"

„Ja, komme ich."

Amanaki strahlt den Mann freundlich an. Dann zeigt der Japaner auf Ruby.

„Aber du nicht, oder?“

„Nein, ich komme aus Neuseeland.“ Auch Ruby versucht so freundlich zu lächeln, wie es nur geht, denn tatsächlich scheinen die Tränen des Mannes langsam zu versiegen. „Aber wie heißen Sie denn?“

Der Mann nickt sie freundlich an. Vielleicht deutet er aber auch eine Verbeugung an, so genau kann Ruby das nicht unterscheiden.

„Ich heiße Toshi Takawara.“

Dann herrscht für einen Moment Stille, in der Toshi nur Ari streichelt, bis Amanaki wieder das Wort ergreift.

„Was ist passiert, Herr Takawara? Warum sitzen Sie hier und weinen?“

Kaum hat Amanaki das gefragt, baut Toshi wieder einen Schutzwall um sich herum auf und wehrt die Frage entschieden ab. Er scheint wirklich nicht gewillt zu sein, ihnen etwas zu verraten, weshalb Ruby sich flüsternd an Amanaki wendet.

„Ich glaube, so kommen wir nicht weiter.“

„Da gebe ich dir recht“, brummt Amanaki leise.

Sie überlegen kurz, ehe Ruby vor Toshi in die Hocke geht, um ihm in die Augen zu schauen.

„Dürfen wir Sie denn wenigstens auf ein Getränk einladen?“

Auch das lehnt Toshi, beinahe schon beleidigt, ab.

Nun ist der Punkt erreicht, an dem Ruby aufgeben würde, doch Amanaki lässt nicht locker. Sie hat es fast erwartet, wenngleich Amanakis Verhalten Ruby immer wieder überrascht.

„Herr Takawara, in unserer Kultur ist es Brauch, einen weinenden Fremden auf ein Getränk einzuladen. Sie würden uns kränken, wenn Sie es ablehnen."

Nun schaut Toshi entsetzt auf. Nachdenklich streichelt er Ari ein letztes Mal, bevor er ihn an Amanaki zurückreicht.

„Ist das so?" Er schaut zu Ruby, die diese Notlüge bejaht. Daraufhin atmet Toshi einmal angestrengt aus. „Sie sind Gast in Japan, ich will Sie nicht beleidigen."

„Dann zeigen Sie uns doch eine Bar oder ein Restaurant in der Nähe, das Ihnen gefällt", sagt Ruby vorsichtig und achtet dabei penibel auf ihre Aussprache, damit Toshi sie auch versteht. Zum Glück scheint das der Fall zu sein. Wieder nickt oder verbeugt sich Toshi, bevor er aufsteht und die Straße hinaufweist.

„Ich kennen schönes Restaurant, nicht weit von hier. Ich führen euch."

Dann setzt sich Toshi in Bewegung, und sie folgen ihm in gemächlichem Tempo. Obwohl sie nur fünf Minuten unterwegs sind, fühlt sich der Weg lang und irgendwie auch seltsam an, was selbst Amanaki zugibt. Vermutlich weil Toshi schweigend vor ihnen herläuft, als würde er sie zum Henker führen. Trotzdem bleibt Amanaki optimistisch.

„Warte ab, wir werden es nicht bereuen."

Ruby glaubt es ihm nur zu gerne, denn bisher hatte Amanaki in solchen Situationen immer recht.

In dem kleinen Restaurant setzt sie sich mit Toshi an einen runden Tisch, während Amanaki für alle drei Bier und Sake holt. So gut Ruby Schmerzen verbergen kann, so wenig kann sie den Ekel vor dem Reisschnaps unterdrücken. Während der Sake faulig ihren Rachen runterläuft, erbricht sie beinahe auf den Tisch. Auch Amanaki würgt ihn augenscheinlich eher hinunter, als ihn zu genießen. Wie kann man so etwas nur trinken!?

Als Toshi ihren Kampf mit dem Sake bemerkt, muss er schmunzeln, was Ruby etwas Hoffnung gibt. Und tatsächlich erzählt er ihnen etwas: Wie man Sake herstellt.

Zugegeben, es ist nicht das, was sie erwartet hatten, aber irgendwie freut sich Ruby, dass Toshi nun abgelenkt ist. Dabei scheint er seine Traurigkeit mit jedem Satz etwas mehr abzuschütteln, so dass sie fleißig weiter nachfragt. Als nach zehn Minuten Toshis Monolog endet, bestellt dieser gleich drei neue Sake. Einen besseren, wie er ihnen, nur noch leicht betrübt, verspricht.

Zwar will sie erst Protest einlegen, doch ein schulterzuckender, lächelnder Blick seitens Amanaki stimmt sie um. Wenn dies das Opfer ist, das sie erbringen müssen, dann soll es eben so sein. Und der neue, bessere Sake ekelt sie tatsächlich nicht ganz so sehr. Mit der Zeit wird Toshi immer gesprächiger, woraufhin sie auch über ihre Leben reden und erklären müssen, was genau sie eigentlich in Japan tun. Davon ist Toshi so beeindruckt, dass er ihnen sofort Reiseempfehlungen für Japan gibt und mehr erfahren möchte.

Nach etwas mehr als einer Stunde sind alle gut gelaunt, und mittlerweile findet Ruby Toshi sympathisch. Der Alkohol hilft nicht nur seiner Laune, sondern auch seinen Englischkenntnissen, weshalb es nun einfach ist, sich mit ihm zu unterhalten. Und dann, eine weitere Stunde später, als alle die seltsame Art ihres Zusammenkommens schon vergessen haben, merkt Ruby, dass für Amanaki der Punkt erreicht ist. Jetzt wird er Toshi erneut fragen, was ihn so plagt. Zu ihrer Überraschung kommt es jedoch anders.

„Es war ein schöner Abend, und es hat mich gefreut, dich kennenzulernen, aber wir müssen langsam los. Können wir noch ein Foto mit dir schießen, Toshi?“

„Selbstverständlich, es würden mich freuen!“

Daraufhin rufen sie einen Kellner herbei, der das Foto mit Amanakis Sofortbildkamera knipst. Außerdem bittet Amanaki ihn, noch ein weiteres zu machen. Ruby ist verblüfft, denn sie hätte schwören können, dass Amanaki versuchen würde, herauszubekommen, was mit Toshi los ist. Stattdessen steckt er eins der Fotos ein und kritzelt etwas auf die Rückseite des anderen. Es ist die Nummer des Handys, das er sich nach dem Unfall in Neuseeland zugelegt hat. Dann steht Amanaki auf und reicht Toshi das Foto.

„Du bist mir sehr sympathisch, und auch wenn ich nicht weiß, wieso du geweint hast, will ich dir das geben. Niemand sollte ein schlimmes Schicksal allein tragen müssen.“ Berührt hört Ruby ihm zu. „Auch wenn man von Menschen umgeben ist, kann man sich einsam fühlen. Als müsste man allein all den Ballast dieser Welt tragen. Ich kenne das Gefühl nur zu gut, denn es hat auch mich die letzten Jahre begleitet. Aber dem ist nicht so. Es gibt immer Menschen, die dir zuhören, dich verstehen und dir aufhelfen.“ Rubys Herzschlag beschleunigt sich. Spricht Amanaki vielleicht sie und nicht Toshi an? „Es ist vielleicht ungewöhnlich, aber falls es niemanden gibt, dem du dein Problem mitteilen kannst, höre ich dir gerne zu und helfe, wo ich kann. Denn manchmal bewirkt ein fremdes Wort mehr als tausend alte Weisheiten.“

Daraufhin zahlt Amanaki die Rechnung und verschwindet nach draußen. Ruby und auch Toshi scheinen beide wie paralysiert, doch schließlich verabschiedet sie sich und folgt Amanaki. Den ganzen Weg bis zu ihrer Unterkunft ist sie in Gedanken versunken, obwohl Amanaki zwischendurch immer wieder versucht, mit ihr zu sprechen. Als sie später in ihren Betten liegen, hört Ruby, dass Amanakis Handy vibriert. Neugierig blickt sie auf. Durch das Halbdunkel des Raumes sieht sie ihn lächeln.

„Es ist Toshi."

Doch dann verdunkelt sich Amanakis Miene. Er setzt sich auf die Bettkante, legt das Handy zur Seite und reibt sich durchs Gesicht.

„Was ist los?", hakt sie besorgt nach. Vor Anspannung beschleunigt sich ihr Herzschlag.

„Die Yakuza haben ihn in den finanziellen Ruin getrieben. Er hat alles verloren. Seine Spielhalle, sein Auto, seine Wohnung ..." Amanakis Stimme fängt zu beben an. „... seine Frau und seinen Lebenswillen."

Immer wieder wandern Amanakis Gedanken zurück zu jenem Abend vor drei Tagen, an dem er Toshi seine Nummer gab. Seitdem hat Amanaki in Rubys Beisein jeden Abend mindestens eine Stunde mit ihm geschrieben. Zwar hätten sie sich gerne noch mal mit ihm getroffen, aber Toshi wollte es so. Es scheint, als würde ihn die Distanz einer geschriebenen Nachricht befreien. Als könnte er in Texten all das ausdrücken, was gesprochene Worte nicht vermögen. Und so schreiben sie mit ihm, ohne zu wissen, ob ihr Versuch, Toshi wieder aufzubauen auch Früchte tragen wird.

Amanaki hat ihm längst Geld angeboten, damit er wenigstens seine Schulden begleichen kann, doch das lehnt Toshi strikt ab, egal, wie sehr Amanaki ihn auch anfleht. Er will selbst wieder auf die Beine kommen, koste es, was es wolle. Vermutlich sind die richtigen Worte für Toshi nun wichtiger als das Geld. Denn wer mit seinem Reichtum auch seinen Lebenswillen verliert, ist zum Unglück geradezu verdammt. Also wägt er jedes Wort ab, so sehr er nur kann, und hofft, dass es irgendetwas bringen möge. Und solange Amanaki meint, dass es Toshi helfen kann, wird er auch niemals damit aufhören.

„Kommst du, Amanaki? Es dämmert bereits.“

Ruby reißt ihn aus seinen Gedanken. Die ganze Zeit hat er die Flamme im Friedenspark von Hiroshima angestarrt, die erst erlöschen soll, wenn alle Atomwaffen dieser Erde vernichtet sind.

„Ja, ich komme sofort.“

Dann löst er seinen Blick, und zusammen wandern sie durch den Friedenspark bis zum Atombombendom, den sie in der letzten Zeit schon öfter passiert haben. In diesem rötlichen Abendlicht wirkt der halbzerstörte Kuppelbau, dessen Gemäuer die Atombombe von Hiroshima wie durch ein Wunder überlebten, besonders bedrohlich. Auf dem Gerippe der zerstörten Kuppel haben sich einige Krähen versammelt, die mit ihrem Krächzen die unheimliche Stille durchbrechen. Amanaki meint, die Schreie der Menschen zu hören, die hier binnen Sekunden verdampften. Als wäre der Feuersturm erst vor wenigen Augenblicken vorbeigezogen.

Ein kalter Schauder läuft seinen Rücken runter, so dass Amanaki sich schüttelt. Er blickt zu Ruby, die plötzlich hemmungslos weint. Amanaki war so in Gedanken versunken, dass er es nicht bemerkt hat.

„Meine Güte, was ist los?“

Sie wischt sich ihre Tränen aus dem Gesicht.

„Amanaki, ich kann es dir nicht mehr verheimlichen! Ich muss es dir einfach erzählen!“

Er fasst sie bei den Armen.

„Was ist es, Ruby? Du kannst mir alles erzählen. Lass mich dir helfen!“

Sofort muss er an jenen Abend auf dem Boot denken, an dem Ruby genauso hemmungslos vor ihm weinte.

„Du kannst mir nicht helfen." Als Amanaki das hört, fängt sein Herz bereits zu rasen an. Dann fährt Ruby mit bebender Stimme fort: „Ich bin keine Epileptikerin, Amanaki. Mein Anfall wurde von einem Gehirntumor ausgelöst. Es gibt keine Hoffnung auf Heilung."

Übelkeit schießt in ihm hoch.

„Ich werde sterben, Amanaki! Laut Prognose bleiben mir allenfalls noch ein paar Wochen."

Schwindel ergreift ihn, während Ruby in Tränen ertrinkt.

„Verstehst du jetzt, wieso ich so bin, wie ich bin? Wieso ich all das tue? An dem Tag, an dem wir uns kennenlernten, wollte ich mich noch umbringen! Doch dank dir dachte ich für einen Moment, dass ich es schaffe. Dass ich meinen Frieden mit dieser Welt schließen könnte, bevor ich sie verlasse. Aber mir gelingt es nicht alleine! Ich brauche dich dafür! Ohne es zu wissen, hast du bereits so viel für mich getan." Wimmernd schlägt sie ihre Hände vors Gesicht. „Bitte sag mir, dass du mich verstehst. Dass du mir nicht böse bist, weil ich es dir verheimlicht habe. Ich kann diese Last einfach nicht mehr allein tragen!"

Ein Windzug weht über den Platz.

Alles versteht er. Alles ergibt nun Sinn. Wie blind konnte er nur sein? Doch Amanaki bleibt keine Zeit mehr, ihr das zu sagen: Der Schock übermannt ihn. Regungslos fällt er in sich zusammen, während die Dämmerung einer tiefen Finsternis weicht.

Kapitel 16

„Und du bist dir sicher?“

Isamu schüttelt schweigend den Kopf, während Yusuke das Gespräch mit dem Informanten führt. Sichtlich nervös antwortet dieser auf die Frage.

„Ja, in drei Tagen werden die Chinesen euer Hauptquartier angreifen. Ich habe selbst gehört, wie sie es geplant haben. Sie wollen nicht weniger als den Kopf eures Oyabun. Es soll ein Exempel statuiert werden.“

„Verdammte Scheiße!“ Yusuke schlägt so heftig auf den Kofferraum ein, dass er anschließend seine Hand vor Schmerz ausschütteln muss. Schnell beruhigt er sich wieder. „Isamu, gib ihm sein Geld.“

Ohne Widerrede holt Isamu einen Rucksack aus Yusukes Wagen hervor, in dem mehrere Geldbündel liegen. Bevor der Informant den Rucksack über seine Schultern streift, kontrolliert er noch lächelnd den Betrag. Isamu wirft ihm dabei einen grimmigen Blick zu, denn dieser Kerl soll bloß nicht vergessen, wer hier eigentlich das Sagen hat.

„Ich begebe mich wieder auf meinen Posten. Ich lasse euch wissen, wenn etwas passiert“, verabschiedet sich der Informant hektisch. In der nächsten Sekunde wendet er sich ab, um in der Dunkelheit der Tiefgarage zu verschwinden. Wenig später grollt auch schon der Motor seines Wagens.

Sie sind wieder allein. Nachdenklich fragt Yusuke: „Was hältst du davon?“

Isamu überlegt kurz und zündet sich eine Zigarette an, dabei den Blick fest auf den Ausgang der Tiefgarage gerichtet.

„Er ist ein guter Informant.“ Er lässt den Qualm aus seiner Lunge entweichen. „Bisher haben seine Berichte immer gestimmt, und der Oyabun vertraut ihm.“

„Eigentlich sehe ich das auch so, aber irgendwie kam er mir heute besonders nervös vor. Noch mehr als sonst." Yusuke zeigt auf die Zigarette. „Gibst du mir auch eine?"

„Natürlich." Isamu greift in seinen Mantel und reicht ihm die Schachtel. „Der Mann ist gerade Vater geworden, vermutlich hat er deshalb mehr Schiss als üblich."

Eine Weile rauchen sie schweigend, bis Yusuke resigniert das Wort ergreift: „So oder so, wir müssen es unserem Oyabun erzählen und uns für alles wappnen. Ganz gleich, ob es stimmt oder nicht."

Daran hat Isamu nichts auszusetzen, so dass sie nach der Zigarette zu ihrem Hauptquartier fahren, um ihrem Oyabun von der bevorstehenden Attacke zu berichten.

Wie erwartet glaubt dieser dem Bericht des Informanten. Wutentbrannt läuft er auf und ab und brüllt dabei dutzende Befehle. Nach einer Weile ebbt die Wut des Oyabuns ab und wandelt sich allmählich in eine Art Zuversicht. Plötzlich sieht er eine Chance.

Immerhin können sie sich auf den Angriff vorbereiten und die Chinesen ins Messer laufen lassen. Auch wenn sie ihr Gebiet in Fukuoka bereits vor zwei Wochen vollständig verloren haben, neben der chinesischen Mafia noch andere Yakuza-Klans in ihr Gebiet eindringen und auch sonst die Front überall brennt, könnte eine derartige Falle letztlich dazu führen, diesen Krieg noch zu ihren Gunsten zu entscheiden. Denn egal, wie mächtig die chinesische Mafia auch ist: Wenn die Kosten des Krieges größer werden als der voraussichtliche Profit, werden sie die Waffen niederlegen. Immerhin sind die Chinesen nicht so sehr auf den japanischen Markt angewiesen wie die Yakuza. Sie brauchen also gar nicht zu gewinnen, sondern müssen diesem Pack nur einen empfindlichen Schlag versetzen. Einen Schlag, der wie ein Feuersturm alle Angreifer verschlingt.

Am nächsten Morgen sitzen Isamu und Yusuke früh in einem Café und besprechen lange die anstehenden Schritte zur Ausarbeitung der Falle. Es gibt viel für die beiden zu tun. Auch die anderen Yakuza ihres Klans sind derzeit auf den Beinen und treffen überall Vorbereitungen für diesen schicksalhaften Tag, der sich hinter dem Horizont bereits bedrohlich vor ihnen aufbaut. Bevor sie endgültig aufbrechen, wechselt Yusuke das Thema.

„Ich habe vorsichtshalber meine Familie über das Wochenende zu Verwandten geschickt, mit der Behauptung, ich wäre geschäftlich nicht in der Stadt. Ich will nicht, dass sie auf irgendeine Weise ins Kreuzfeuer geraten."

Gelangweilt rührt Isamu in seinem Kaffee und schaut dabei Yusuke fragend an.

„Wieso erzählst du mir das?"

Nun ist es Yusuke, der ihn kurz mit einem Hauch von Unsicherheit ansieht.

„Ach, ich weiß auch nicht." Dann fällt er in die harte Selbstsicherheit zurück, die Isamu so sehr an ihm schätzt. „Vermutlich ist es nur die Aufregung. Ich fürchte weder Kampf noch Tod, aber diese Warterei treibt mich in den Wahnsinn."

Nun muss Isamu lachen.

„*Geduld ist eben die Kunst, nur langsam wütend zu werden.*" Er klopft Yusuke auf die Schulter. „Du wirst schon noch beweisen können, was für ein tapferer Krieger du bist."

Doch Yusuke winkt nur ab.

„Ein Kampf lohnt sich nur, solange der Krieg noch nicht verloren ist. Der Moment ist entscheidend. Ich will nicht wie ein Onoda Hirō enden."

„Wieso nicht? Ganz Japan bewundert diesen ehrbaren Mann!“, platzt es aus Isamu heraus, aber Yusuke keift ebenso laut zurück.

„Ich weiß nicht, was ehrbar daran sein soll, die Realität nicht einzusehen! Onoda Hirō wusste sicherlich, dass der Zweite Weltkrieg längst verloren war, und trotzdem kämpfte er dreißig Jahre lang versteckt im Dschungel weiter. Alle meinen, Mut und Treue hätten ihn dazu bewegt, aber ich denke, ihn trieb Angst. Die Angst, sich nicht anpassen zu können. Bestimmt fürchtete er sich davor, dass die neue Welt ihn einfach verschlingen würde.“ Er macht eine Pause und zeigt auf sein Herz. „Solange meine Sache noch eine Chance hat, werde ich dafür kämpfen und auch mein Leben geben. Ich werde mich aber nicht vor dem Tag danach fürchten.“

Isamu lehnt sich in seinem Stuhl zurück und blickt ihn neugierig an.

„Große Worte, doch was willst du mir damit sagen, Yusuke?“

Yusuke ascht seine Zigarette ab.

„Dass wir alle wie Onoda Hirō enden, wenn wir übermorgen keinen Erfolg haben.“

Isamu nickt nur und blickt nachdenklich durch die riesige Fensterscheibe, an der sie sitzen. Lediglich ein paar andere Gäste betreten so früh das Café, um sich auf einen langen Arbeitstag vorzubereiten. Es ist die Stunde vor dem allmorgendlichen Ansturm, in der man noch etwas Ruhe finden kann. Entspannt trinken sie ihren Kaffee aus und reden dabei über das letzte Baseballspiel. Schließlich erhebt sich Isamu und geht zu den Toiletten.

Als er zurückkehrt, sitzt Yusuke unverändert am Tisch und blickt versunken auf sein Handy. Dann bemerkt Isamu draußen ein Motorrad, auf dem zwei Männer sitzen.

Ohne erkennbaren Grund hält es vor dem Fenster des Cafés. Als der hintere Mann in eine Seitentasche des Motorrads greift, wird Isamu sofort misstrauisch.

„Yusuke, pass auf!“

Doch der Mann zieht bereits seine Maschinenpistole und eröffnet das Feuer. Panisch wirft sich Isamu auf den Boden, während die Kugeln die Glasscheibe zersprengen und mit den Splittern unkontrolliert durch den Raum zischen. Im Geschrei der Menschen sucht er kriechend nach Deckung. Unzählige Schüsse zersieben die gesamte Einrichtung. Als das Motorrad schließlich laut grollend verschwindet, wagt es Isamu, seinen Kopf zu heben.

„Yusuke?“

Er bekommt keine Antwort. Hilflos steht Isamu auf. Yusuke liegt von mehreren Kugeln durchlöchert röchelnd auf der Tischplatte. Aus seiner Halsschlagader pulsiert dunkles Blut. Es strömt über den ganzen Tisch und rinnt von dort auf den von Glassplittern bedeckten Boden. In Yusukes angsterfüllten Augen meint Isamu noch zu erkennen, dass er etwas sagen will. Bereits Sekunden später verstummt dessen blutiges Gurgeln jedoch. Dann herrscht eine schreckliche Stille.

Isamu lässt sich wieder auf den Boden sinken, um von Yusuke wegzurutschen, bis er mit dem Rücken an die hölzerne Bar stößt. Dort sitzt Isamu minutenlang. Sein Herz rast vor Aufregung.

Als sein Handy klingelt, ignoriert er es und blickt stattdessen in die toten Augen seines Freundes. Doch er kann diesen vorwurfsvollen Blick nicht länger ertragen, so dass er sich abwendet. Verzweifelt versucht er die Tränen zu unterdrücken, bis Yusukes Handy plötzlich klingelt und Sekunden später wieder verstummt. Isamu kann nicht fassen, was gerade geschehen ist. Es darf nicht sein! Yusuke darf nicht tot sein!

Isamu wimmert, bis sein Handy erneut klingelt. Dieses Mal geht er mit bebender Stimme ran.

„Ja?“

„Bei allen Göttern, zum Glück lebst du! Wir wurden angegriffen! Überall haben die Chinesen zugeschlagen! Sie haben mehr als ein Dutzend unserer Leute getötet, und noch mehr wurden schwer verwundet! Es ist das reinste Chaos!“

Das war also der eigentliche Angriff. Er hätte es ahnen, nein, wissen müssen. Man konnte den Verrat doch in den Augen des Informanten sehen! Vor lauter Wut und Verzweiflung stottert er: „Yusuke ... er ist ... ihn hat es ...“

Ohne den Satz zu beenden, legt er auf.

Betrunken sucht Isamu mitten in der Nacht vor seiner Haustür nach seinen Schlüsseln. Eine Woche ist es her, dass Yusuke getötet wurde, wie so viele andere seiner einstigen Kameraden. Nach diesem verheerenden Schlag musste sein Oyabun kapitulieren und dreimal so viel Gebiet aufgeben, wie sie damals bei dem Essen in Fukuoka verloren hätten. Damit ist das Schicksal ihres Klans besiegelt; denn sein Oyabun ist nunmehr ein Nichts und wird sich nicht mehr lange halten können. Das alles wäre ihm egal, wenn nur Yusuke zurückkehren würde ... Wenigstens ist er einen Heldentod gestorben.

Leidend vergräbt Isamu sein Gesicht in den Händen, um dann wütend gegen die Tür zu hämmern.

„Mach auf, verdammte Scheiße!“

Und nicht nur das: Er, Isamu, wurde von den Yakuza verstoßen. Sein Oyabun hat ihn hinausgeworfen. IHN! Eines Tages würde sein Oyabun das bereuen. Sie alle würden es bereuen. Wieder schlägt er heftig gegen die Tür.

„Mach endlich diese beschissene Tür auf!"

Es dauert noch ein paar Minuten, bis seine Frau ihn hereinlässt. Zum Dank begrüßt er sie mit einer schallenden Ohrpfeife.

„Wieso in aller Welt hat das solange gedauert?"

Als seine Frau sich rechtfertigen will, schlägt er sie erneut. Sie schreit auf und droht jammernd damit, die Polizei zu rufen. Dabei heizt der Alkohol Isamus Wut noch weiter an und lässt ihn toben. „So, willst du mich etwa auch rauswerfen, hm? Willst du mich also auch verlassen? Und meine Autorität untergraben?" Er schlägt sie wieder. „Überall lauern nur ehrlose Verräter!"

Seine Frau versucht sich zu wehren, doch er schlägt sie mit all seiner Kraft zu Boden. Von dem Krach geweckt, kommt seine Tochter weinend aus ihrem Zimmer.

„Lass gefälligst Mama in Ruhe, sie hat dir nichts getan!"

Isamu schäumt über vor Zorn.

„Du hältst gefälligst dein freches Maul!" Als er auf sie zugeht, bemerkt Isamu, dass seine Tochter ein Messer in der Hand hält. „Oh, willst du mich etwa abstechen? Deinen eigenen Vater? Wo sind nur die alten Werte geblieben?!"

Er stürmt auf sie zu, um sie mit einem gekonnten Handgriff zu entwaffnen. Trotzdem gelingt es ihr, ihm eine Schnittwunde am Arm zuzufügen.

„Verdammte Scheiße! Wie kannst du es wagen!?" Dann schlägt er auch sie unter qualvollen Schreien. „Das ist alles deine Schuld! Du und deine ganze verzogene Generation bringen nichts als Schande! Wenn es euch nicht gäbe, wäre Japan noch das, was es einmal war!"

Immer wieder holt er aus. Er ist in einem Rausch. Seine Tochter wehrt sich längst nicht mehr, doch er schlägt weiter auf sie ein.

Erst als Isamu einen dumpfen Schmerz am Hinterkopf spürt und seine Beine zusammenklappen, lässt er notgedrungen von ihr ab. Im Fallen sieht Isamu noch verschwommen, wie seine Frau den Reiskocher in den Händen hält. Du verlogene Schlampe!, denkt er. Dann wird es schwarz um ihn, und nur Sekunden später fällt er in eine tiefe Ohnmacht.

Als Isamu am nächsten Morgen vor Kopfschmerzen stöhnend auf dem Fußboden erwacht, ist er allein. Niemand ist mehr da. Nur er und die Trümmer seiner Taten.

Kapitel 17

Schweißgebadet erwacht Amanaki und fasst sich unter Herzklopfen an die Brust. Er hatte einen Albtraum, wieder einmal. Seit er vor einigen Tagen in Hiroshima von Rubys Gehirntumor erfahren hat, konnte er keine Nacht mehr durchschlafen, denn er fürchtet sich vor der Dunkelheit, die erbarmungslos seinen Blick verhüllt. Tagsüber, wenn er Ruby sieht und mit ihr sprechen kann, ist es oft so, als wäre rein gar nichts passiert. Trotz allem lachen sie noch und entdecken voller Tatendrang die vielen Wunder Japans. Sobald er sie aber aus den Augen verliert, suchen ihn unerbittlich seine Ängste heim. In jeder stillen Minute jagen sie ihn, gnadenlos und unersättlich.

Verzweifelt kramt Amanaki nach seiner Wasserflasche und trinkt. Es war nur ein Traum. Doch egal, wie sehr er auch versucht, sich zu beruhigen, er bleibt rastlos und wird nicht mehr einschlafen können. Also steht er auf, um an Rubys Bett zu schleichen, die dort so friedlich schläft. Amanaki weiß ganz genau, dass der Anblick täuscht. Mittlerweile sind Rubys Schmerzen besonders spätabends so massiv, dass sie in Okayama stärkere Schmerzmittel und Schlaftabletten für sie kaufen mussten. Es ist also ein erzwungener, chemischer Schlaf, der all ihre körperlichen und seelischen Schmerzen nur überdeckt.

Er kann es nicht fassen, dass sie bald sterben wird. Er versucht, es zu verdrängen, um Ruby weiterhin in demselben Licht zu sehen, als der faszinierende und starke Mensch, der sie eigentlich ist. Aber ihm gelingt der Spagat zwischen Fürsorge in den schlechten und Alltäglichkeit in den guten Momenten nicht mehr. Das Wissen über ihr Schicksal schwingt in all seinen Taten und in jedem seiner Worte mit. Unvermeidbar wird es Amanaki bis zu jenem

Ende begleiten, vor dem er sich so fürchtet. Jenem Ende, das schon so nahe scheint.

Eine Weile beobachtet er, wie sich Rubys Brustkorb ganz sachte hebt und senkt. Seine Aufregung legt sich allmählich. Dann blickt er traurig auf sein Handy. Es ist gerade einmal 4:40 Uhr. Vielleicht sollte er versuchen, noch etwas zu schlafen. Denn in ein paar Stunden würden sie bereits Kobe erkunden, ihre letzte Station vor Kyoto, wo sie die Kirschblüten bestaunen wollen.

Bevor er sich hinlegt, kramt Amanaki das Foto aus seiner Tasche, das ihn mit seiner Schwester Tahiri zeigt. Seitdem er von Rubys schwerer Krankheit erfahren hat, betrachtet er es regelmäßig. Es gibt ihm Halt. Es beruhigt ihn, zu wissen, dass die Menschen, die er liebt, irgendwo da draußen sind, auch wenn er sie nicht sehen kann. Ob das bei Ruby ebenfalls so sein wird? Mittlerweile bereut Amanaki, dass er keine Fotos seiner restlichen Familie mitgenommen hat. Gerade jetzt würden sie ihm unheimlich helfen. Aber wer konnte ahnen, dass seine Irrfahrt so lange dauern würde? Eines Tages, wenn die Zeit reif ist, wird er seine Schwestern, Freunde und Eltern wieder in die Arme schließen. Doch wann ist die Zeit reif? Amanaki blickt erneut besorgt zu Ruby. Noch nicht ... Nein, noch lange nicht. Dann küsst er das Foto und murmelt leise in sich hinein: „Bitte verzeih mir, Tahiri. Wenn ich es je verstehen sollte, dann wirst du es sicherlich auch irgendwann."

Er steckt das Foto ein und kriecht in sein Bett. Es dauert lange, bis Amanaki einschläft. Wenigstens ist er halbwegs erholt, als sie morgens aufbrechen, die alte Handelsstadt zu erkunden. Durch die engen Straßen laufen sie zunächst in das chinesische und dann durch das europäische Viertel, die allerdings beide eher kitschig als authentisch wirken.

Danach besuchen sie den etwas versteckten Nunobiki Wasserfall und einige Tempel und Schreine, ehe sie gegen Mittag schließlich Hunger bekommen.

„Wir könnten noch mal Ramen essen gehen. Oder hast du vielleicht Lust, das berühmte Kobe Beef zu probieren, Ruby?"

Sie zuckt nur mit den Schultern.

„Ehrlich gesagt, mache ich mir nicht so viel aus Rindfleisch. Aber hey, die Kühe werden massiert, richtig?"

„Wenn es nur das wäre", lächelt er ihr amüsiert entgegen. „Also, was denkst du?"

Sie überlegt kurz und klingt dann beinahe euphorisch.

„Ja doch, warum nicht. Lass es uns probieren!"

Daraufhin suchen sie eines der vielen Restaurants auf, die das unverschämt teure Kobe Beef anbieten. Doch zu ihrer Enttäuschung sind nirgends Plätze frei, und selbst an einer Bude, an der das Fleisch Fußgängern verkauft wird, müssten sie sicherlich eine halbe bis dreiviertel Stunde warten.

„Dass hier alle wegen dem Fleisch so durchdrehen." Amanaki schüttelt den Kopf und schlägt dabei den Reiseführer auf. „Aber hier steht auch, dass das Kirschblütenfest touristische Hochsaison ist. Vielleicht liegt es ja daran?"

„So oder so, ich will nicht so lange warten. Lass uns einen Convenience Store suchen und dort was essen."

Amanaki gefällt diese Möglichkeit allerdings nicht. Es erscheint ihm so ... so unwürdig.

„Bist du dir sicher? Ich kann auch alleine für uns anstehen."

„Warum sollte ich dich alleine warten lassen?", lacht sie.

„Ich weiß auch nicht, aber du wolltest das Kobe Beef doch so gerne probieren, und schon wieder beim Convenience Store zu essen ist doch etwas enttäuschend, oder nicht?“

Ruby lässt sich nicht eine Sekunde auf seinen Überredungsversuch ein.

„*Du* wolltest es in erster Linie probieren. Außerdem können wir heute Abend immer noch was Richtiges essen gehen, wenn dich die Fertiggerichte langweilen“, hält sie ihm entgegen. Dabei kneift sie kurz ihre Augen schmerzverzerrt zusammen, was Amanakis Unsicherheit nur noch verstärkt.

„Aber ...“

Mit behutsamer Stimme unterbricht sie ihn.

„Amanaki, es ist okay ... wirklich. Mach dir bitte keine Gedanken.“

Sofort bekommt er ein schlechtes Gewissen.

„In Ordnung. Es tut mir leid.“

„Entschuldige dich nicht“, flüstert sie ihm zu. Er spürt ihre Enttäuschung.

Schweigend gehen sie zum nächsten Convenience Store und lassen sich ein paar Reisdreiecke aufwärmen, die sie in einer ruhigen Ecke essen. Bevor sie zum Sorakuen Garten aufbrechen, holt Amanaki noch für ein paar Minuten Ari aus seinem kleinen Käfig. Er kann es nicht ertragen, ihn solange darin eingesperrt zu sehen, und Ari scheint es auch zu genießen, frei zu sein. Nach nur fünf Minuten setzt er ihn zurück. Für den Moment muss es reichen. Amanaki wird ihn später auf jeden Fall länger auf seiner Schulter tragen.

Auf dem Weg zum Garten ärgert sich Amanaki über sein Verhalten von vorhin. Zwanghaft will er alles richtig machen und macht deshalb alles falsch. Er muss sich wieder treiben lassen, denn solange er sich an seinen Ängsten festklammert, wird auch Ruby darunter leiden. Sie will von dem Strom des Lebens mitgerissen werden, doch wie ein Anker hält er sie zurück. Er muss also endlich lernen, loszulassen, nur so kann er für sie da sein. Loslassen ist jedoch ein Wort, das Amanaki zurzeit mit blanker Angst erfüllt. Er muss es tun, aber er kann es nicht.

Erst als sie den Park erreichen, gelingt es ihm, diese zermürbenden Gedanken beiseitezuschieben. Vor dem Eingang stehen circa hundert Menschen, die mit Schildern lautstark für irgendetwas demonstrieren. Neugierig betrachtet Ruby die Szenerie.

„Meine Güte, was geht denn hier ab?"

Noch immer betrübt antwortet er ihr: „Ich weiß es leider auch nicht."

„Wollen wir es nicht herausfinden?"

Ein musternder, erwartungsvoller Blick trifft ihn. In dem Moment lösen sich all seine Blockaden, denn offensichtlich setzt Ruby ihre Hoffnungen in ihn. Dass er sich so verhält, wie er es bei Andrew und auch bei Toshi getan hat. Der Gedanke daran spornt Amanaki an, so dass er kein Wort mehr verliert, sondern direkt auf die Wortführerin zugeht, die auf einer kleinen Kiste steht. Ruby wird schon verstehen, welche Antwort er ihr damit geben will.

Selbstbewusst fragt er die noch recht junge Frau, ob sie Englisch spricht und stellt sich anschließend höflich vor. Die Frau antwortet genauso höflich und lässt ihn in perfektem Englisch wissen, dass sie Hisako heißt. Dann deutet Amanaki zur Demonstration.

„Wofür demonstrieren Sie hier?"

Hisako legt für einen Augenblick das Megafon aus der Hand und steigt von der Kiste.

„Wir demonstrieren für den Erhalt des Sorakuen Gartens. Trotz seiner großen Popularität soll er neuen Büroflächen weichen. Dabei ist es eine der wenigen grünen Lungen im Herzen Kobes, wo man noch etwas Entspannung finden kann."

Mittlerweile steht auch Ruby neben ihm und stellt sich kurz vor, ehe sie interessiert nachhakt.

„Wieso soll der Garten denn verschwinden? Gibt es einen bestimmten Grund?"

In einem abfälligen Tonfall antwortet Hisako: „Angeblich, weil sich eine Instandhaltung nicht mehr rechnen würde. Für die dreht es sich doch immer nur ums Geld." Sie drückt ihnen ein paar Flyer in die Hand. „Hier, wir haben auch welche in Englisch. Seht selbst, was Sorakuen für ein schöner Garten ist."

Dann widmet sich Hisako wieder ihrer Demonstration. Ohne lange zu überlegen, betreten Amanaki und Ruby den Garten, der um einen großen Teich herum in einem typisch japanischen Stil gestaltet wurde. Tretsteine lotsen die Besucher ohne Absicherung über die Wasserläufe, und verschlungene Wege führen zu überdachten Aussichtspunkten. Obwohl es ein kleiner Garten ist und sie mittlerweile schon viele japanische Gärten gesehen haben, sind sie begeistert von dessen Schönheit und der Idylle. Es ist eine versteckte Perle der Einkehr, umringt von trostlosen Betonfassaden.

Als sie das Gelände wieder verlassen, stehen die Demonstranten und Hisako noch immer vor dem Eingang. Eine Weile unterhalten sie sich mit ihr und stimmen schließlich zu, dass Sorakuen erhalten werden muss. Nebenbei plaudern sie etwas über ihr Leben und ihre Reise durch Japan, so dass Amanaki auch erzählt, wie sie Toshi getroffen und ihm geholfen haben. Eigentlich hofft er, auf diese Weise Hisakos Sympathie zu gewinnen, doch auf die

Frage, ob sie auch ihr helfen könnten, reagiert Hisako gleichsam überrascht wie ratlos.

„Es ehrt uns, dass ihr helfen wollt." Amanaki kann hören, dass dieser Satz nicht mehr als eine Phrase ist. „Aber wir können nur hoffen, dass die Stadtverwaltung noch ihre Meinung ändert und einsieht, dass Sorakuen schützenswert ist." Hisako atmet einmal enttäuscht aus. „Dafür müssten jedoch mehr Leute ihre Stimme erheben."

Amanaki blickt zu Ruby, die nur traurig auf den Boden schaut. Es ärgert ihn, sie so zu sehen. Zum Glück hat er bereits eine Idee.

„Und wenn das so wäre?"

Hisako schaut ihn entmutigt an.

„Es ist aussichtslos. Wir haben wochenlang Leute mobilisiert, und schaut nur, wie wenige Menschen gekommen sind."

Doch Amanaki lässt sich nicht kleinkriegen.

„Nein, es ist nicht aussichtslos. Es ist nie aussichtslos. Wenn es der Stadtverwaltung nur ums Geld geht, müssen wir ihr klarmachen, dass sie genau das verliert, wenn sie den Garten abreißt." Während sich die Idee in seinem Kopf immer weiter entfaltet, wird er geradezu enthusiastisch. „Hast du heute Abend Zeit, Hisako?"

Misstrauisch begutachtet sie ihn.

„Ja schon, aber warum fragst du?"

Er holt eine Karte hervor und zeigt auf ein Restaurant, an dem sie auf dem Weg hierher vorbeikamen.

„Triff uns heute Abend um halb acht Uhr dort. Ich habe eine Idee, muss aber erst einiges vorbereiten."

„Aber ..."

Er fällt ihr ins Wort: „Willst du diesen Garten retten oder nicht?"

„Natürlich, aber ..."

„Kein aber. Wir sind zwar Fremde, aber keine bösen Menschen, und außerdem ist es doch nur ein Abendessen. Ich verspreche dir, du wirst es nicht bereuen und die Überraschung wird sich lohnen!“

Obwohl Hisako noch etwas sagen will, verbeugt er sich bereits und zieht die völlig überrumpelte Ruby hinter sich her. Sie lacht dabei ausgiebig, und mehr braucht es nicht, um ihn ebenfalls strahlen zu lassen. Er hat sich etwas in den Kopf gesetzt, und das würde er jetzt auch durchziehen. Nicht so sehr für Hisako und diesen Garten, sondern für Ruby. Sie ist alles, was ihm jetzt noch wichtig ist.

Bis zu ihrer Herberge lässt er Ruby allerdings im Unklaren, was er eigentlich vorhat. Erst als sie vor dem kleinen PC-Raum ihrer Unterkunft stehen, kann er ihre Nachfragen nicht mehr abwimmeln.

„Wir werden Briefe schreiben!“, erklärt er euphorisch.

„Briefe schreiben?“, entgegnet Ruby irritiert.

„Ja, an die Stadtverwaltung und zwar Dutzende. Alle etwas unterschiedlich, aber in der Sache gleich. Dass der Park ein Highlight ihres Besuches in Kobe war, dass sie dieses in der Stadt gelegene Refugium brauchten, um den Stress drumherum kurz zu vergessen. Dass sie bereit wären, auch etwas Eintritt dafür zu zahlen und so weiter. Lauter solche Dinge. Die Stadtverwaltung soll einen Schaden für den Tourismus fürchten.“

„Und wer zur Hölle sind *sie*?“

Amanaki strahlt selbstbewusst.

„*Sie* sind deine Bekannten aus Neuseeland und den USA, meine Freunde aus Polynesien und Frankreich, Toshis Bekannte aus Korea, Andrews aus Großbritannien und Neuseeland. Sie alle werden Briefe an die Stadtverwaltung schicken, mit der Bitte, von der Schließung Sorakuens Abstand zu nehmen. Dieses internationale Kreuzfeuer werden sie nicht ignorieren können, besonders nicht, wenn es nicht als Online-Petition, sondern in Papierform im Briefkasten landet. Ein direkter Brief drückt eine viel stärkere Form des Protests aus als eine E-Mail. Besonders hier in Japan, wo man in einer Stadt wie Kobe sicher nicht gewohnt ist, wegen so etwas Briefe aus dem Ausland zu erhalten."

Ruby runzelt nur die Stirn.

„Und warum sollten sie das tun? Für so was nimmt man sich als Unbeteiligter doch nicht die Zeit."

„Deswegen schreiben wir die Texte ja selbst. Jeder Brief wird auf diese Weise von uns vorab personalisiert, so dass unsere Freunde nur ihren Namen und den Absender daruntersetzen müssen. Wenn wir außerdem einen Zettel beilegen, in dem wir unsere Lage erklären und sie anflehen, uns zu helfen, werden sich schon ein paar dazu durchringen, den Brief in den nächsten Postkasten einzuwerfen. Mehr müssen sie ja nicht tun. Toshi, Eleonore, Andrew und so weiter schicken wir aber gleich mehrere Briefe, mit der Bitte, sie an ihre Freunde weiterzuleiten. Vielleicht können wir sie überreden, bevorzugt ihre internationalen Freunde damit zu kontaktieren. Auf diese Weise erzielen wir eine unglaubliche Reichweite, und da die Briefe sicherlich stark zeitversetzt eintreffen werden, wird die Stadtverwaltung die Lunte hoffentlich nicht riechen."

Ruby ist zwar noch skeptisch, aber schließlich lässt sie sich von ihm überzeugen. Ein Versuch ist es ihr wert, und innerhalb von zehn Minuten ist das Schreiben entworfen, das sie an alle schicken werden. Der schwere Part folgt danach.

Obwohl sie zu zweit sind und sie die Briefe sehr kurz halten, brauchen sie ewig, um hundert zusammenzubekommen. Dabei achten sie penibel darauf, dass sie manche in fehlerhaftem Englisch schreiben, die für die nicht englischsprachigen

Absenderländer bestimmt sind. Zudem benutzen sie verschiedene Schriftarten und Formate, denn wenn ihre Aktion als koordiniert auffliegen sollte, wäre die ganze Arbeit umsonst.

Als nach viereinhalb Stunden das letzte Wort getippt ist, fällt Amanaki erschöpft in seinem Stuhl zurück.

„Puuhhh ... endlich ist es vollbracht."

Doch Ruby schüttelt nur lachend den Kopf und droht scherzhaft damit, dass sie ihm das nächste Mal eine verpasst, wenn er sie noch mal zu so einer Aktion zwingen sollte. Amanaki lächelt bei dieser freundlichen Drohung nur, da er ganz genau weiß, dass Ruby insgeheim unglaublich erleichtert ist.

Müde ziehen sie die Dateien von den PCs auf einen USB-Stick, um wieder in die Stadt zu gehen. In einem Kopierladen lassen sie alles auf Amanakis Kosten drucken und kaufen die nötigen Umschläge und Briefmarken. Noch vor Ort bereiten sie die Briefe sorgsam vor, um alle unverschlossen zu dem Abendessen mit Hisako mitzunehmen.

Am vereinbarten Treffpunkt warten sie ungeduldig vor dem Restaurant, ohne dass Hisako auftaucht. Als sie um kurz vor acht nicht da ist, geben beide die Hoffnung auf.

„Ich glaube, sie kommt nicht mehr", zischt Ruby genervt durch ihre Zähne. „War der ganze Aufwand also umsonst?"

„Vielleicht hätte ich sie nicht so überrumpeln sollen, das war einfach zu krass. Ich hätte ihr sagen müssen, was ich vorhabe." Enttäuscht schlurft Amanaki über den trockenen Asphalt. „Verdammt, ich hätte gerne gesehen, wie sie auf die vielen Briefe reagiert."

„Wie auch immer." Ruby weist zum Restaurant. „Lass uns trotzdem etwas essen gehen, ich habe Hunger."

Da auch Amanaki hungrig ist, muss Ruby ihn gar nicht erst überzeugen. Er nimmt Ari noch schnell von seiner Schulter, um ihn wieder in den kleinen Käfig an seinem Rucksack zu setzen.

„Tut mir leid, kleiner Freund."

Drinnen realisieren sie schnell, dass dieses Lokal besonders ist: ein sogenanntes Izakaya, wo man zahlreiche kleine Gerichte bestellt, die zeitversetzt in immer neuen Schüben herangetragen werden. So sind auf einem Teller oftmals nur zwei Stücke Sushi oder drei eingelegte Kartoffelecken, doch dafür können sie mehr oder weniger von der ganzen Speisekarte probieren, ohne zu hohe Kosten befürchten zu müssen. Alles ist preiswert, selbst das Bier, weshalb vor allem junge Leute an den Tischen sitzen. Auch Amanaki und Ruby bestellen sich Bier, um nicht aus der Reihe zu tanzen. Trotz der Lautstärke genießen sie die Atmosphäre und das Essen, so dass die Enttäuschung über Hisakos Fernbleiben schnell überwunden ist. Dennoch flammt das Thema wieder auf, als Ruby beiläufig auf Amanakis Rucksack zeigt, in dem sich die Umschläge befinden.

„Und was machen wir jetzt mit den Briefen?"

Er isst ein paar Edamame-Bohnen und antwortet: „Wir verschicken sie natürlich trotzdem."

Ruby nickt ihm lächelnd zu, und er ist froh, sie so munter zu sehen, denn die letzten Tage hatte sie um diese Zeit oft starke Kopfschmerzen.

„Damit habe ich gerechnet!", brüllt ihm Ruby entgegen, um den Nachbartisch zu übertönen, an dem fröhlich ein Lied gegrölt wird.

Amanaki wartet, bis sich die Lautstärke normalisiert, bevor er darauf eingeht. „Es ist zwar schade, dass sie nicht aufgetaucht ist, aber das ist kein Grund, ihr nicht zu helfen. Es ist und bleibt eine gute Sache." Er trinkt einen Schluck

Bier. „Außerdem haben wir uns die ganze Arbeit gemacht. Es wäre nur gut gewesen, die Aktion mit ihr abzustimmen, um es vielleicht noch plausibler zu gestalten.“

Ruby winkt ab.

„Mach dir keine Gedanken. Wir haben unser Bestes gegeben, und wenn es nicht reicht, dann ist es eben so.“ Dabei lächelt sie bis über beide Ohren und greift gleichzeitig vorsichtig nach seinem Arm. „Es ist einfach nur schön, dass du wieder der Alte bist.“

Seit zwei Tagen befinden sie sich in Kyoto, und bisher haben sie die Kirschblüten bewusst gemieden. Erst heute, da das Wochenende vorbei ist und somit auch die Menschenmassen hoffentlich fort sind, die Kyoto gestern noch durchströmten, wird sich Ruby ihren Traum erfüllen. Zwar hat sie, als sie das nördliche und südliche Higashiyama-Viertel erkundet haben, hier und da schon vereinzelt Bäume gesehen, es wird jedoch nicht vergleichbar sein mit dem, was sie in Arashiyama erwartet. Die Holzbrücke Togetsukyo ist nämlich genau der Ort, von wo aus sie schon immer die schönen Kirschblütenbäume, die dort am Fluss wachsen, betrachten wollte.

„Der Bus kommt“, reißt Amanaki sie aus ihren Gedanken, und unruhig steigt Ruby ein. Kurz darauf realisiert sie bitter, dass heute wieder genauso viele Menschen unterwegs zu sein scheinen wie gestern. Macht sie sich vielleicht zu große Hoffnungen? Vielleicht ist Kyoto mit seinen unendlich vielen Tempeln und Gärten ein zu starker Touristenmagnet, als dass sie hier jemals etwas Ruhe finden könnte.

In der halben Stunde, die der Bus bis nach Arashiyama braucht, plagen Ruby erneut starke Kopfschmerzen, die sich mittlerweile kaum noch mit den Medikamenten bekämpfen lassen. Jeden Tag wird es schlimmer, aber sie haben bereits

Ende März. Ihre Zeit endet also, und in Momenten wie diesen würde sie am liebsten vor Panik aufschreien.

Ruby hat Amanaki von ihrem nahen Tod erzählt, in der Hoffnung all ihre Probleme würden dadurch verschwinden, doch dem ist nicht so. Sie mustert ihn voller Wehmut. Warum hat sie ihm nur davon erzählt? Was hat sie sich dabei gedacht?

Sie kann regelrecht fühlen, wie es ihn zermürbt, wie all seine Hoffnungen in dieses schwarze Loch gesaugt werden, das von ihr ausgeht. Erst einmal haben sie seitdem über ihr Schicksal gesprochen, und das Gespräch war geprägt vom ersten Schock und ohne Tiefe. Seitdem hängt es wie eine dunkle Wolke zwischen ihnen, und auch wenn Amanaki beginnt, diese Wolke wieder zu durchbrechen, hat sie Angst, dass es zu spät sein könnte. Dass Amanaki sich nicht rechtzeitig von dem Schock erholt, um sie von ihrem Ballast zu befreien. Nein. Nicht, Amanaki die Wahrheit zu sagen war falsch, sondern der Zeitpunkt. Sie hätte es ihm viel früher erzählen müssen, damals auf dem Boot, als sie am Anfang der Überfahrt so offen vor ihm weinte. Das war der Moment, in dem sie ihr Geheimnis hätte beichten können, doch sie hat sich nicht getraut. Und so ist Ruby ihr eigenes Schicksal endgültig entglitten.

Als sie schließlich aussteigen, folgt schnell die Ernüchterung. Arashiyama platzt vor Menschen beinahe aus allen Nähten. Zwar versuchen sie noch durchzukommen, doch es ist zwecklos, auf einen ruhigen Platz zu hoffen. Niedergeschlagen setzt sich Ruby an die Seite. Wie immer ist Amanaki sofort bei ihr, um sie zu trösten. Zumindest versucht er es.

„Hey ... das ist alles gar nicht so schlimm. Wir können später wiederkommen."

Ruby weint.

„Das macht doch keinen Unterschied! Hier wird immer die Hölle los sein!"

Amanaki hockt sich ebenfalls auf den Boden und redet behutsam auf sie ein.

„Was ist denn, wenn wir uns den Wecker für vier Uhr morgens stellen und dann herkommen? Um die Zeit wird sicher niemand hier sein, und so können wir die Kirschblüten im Morgengrauen bestaunen." Sie schluchzt nur, antwortet aber nicht, so dass Amanaki weiterspricht. „Und jetzt gehen wir eben zum Iwatayama-Affenberg, wo hunderte Japanmakaken frei herumlaufen. Das ist gleich um die Ecke. Wäre das nichts für dich? Wenn so viele Menschen hier sind, ist dort oben sicher weniger los."

Ruby wischt sich die Tränen aus dem Gesicht. Obwohl sie wenig Hoffnung hat, ist sie einverstanden.

Der Aufstieg zum Affenberg führt über einen schmalen Bergpfad durch einen Wald und ist viel länger und anstrengender als ursprünglich erwartet. Oben angekommen, kann Ruby aber tatsächlich für einen Moment ihr Schicksal vergessen, denn überall laufen die kleinen Affen umher. Ausgiebig spielen sie miteinander, und selbst die Neugeborenen zeigen keine Scheu vor Menschen und verbreiten keine Panik, so dass selbst Ari eher gelassen auf Amanakis Schulter sitzen bleibt. Während die meisten Affen in völliger Freiheit durch das Gelände streunen, wird Ruby von einem jungen Japanmakak derart süß und neugierig angestarrt, dass ihr das Herz schmilzt.

„Leihst du mir dein Messer, Amanaki?"

Er reicht ihr die kleine Klinge, mit der sie einen Apfel zerschneidet. Vorsichtig hält sie dem Äffchen ein Stück hin.

„Na los, lecker Apfel. Nur für dich."

Schneller als erwartet kommt der kleine Makake angelaufen und nimmt ihr das Apfelstück aus der Hand. Statt damit zu verschwinden, isst er es genüsslich vor Ruby auf. Vorsichtig streichelt sie ihn einmal.

„Hast du das gesehen?", lacht sie Amanaki an, der ihr Lachen zwar erwidert, aber es erreicht seine vor Trauer schimmernden Augen nicht. Ruby versucht es zu ignorieren und verfüttert weiter die Apfelstücke.

Danach setzen sie sich auf den Aussichtspunkt, um abwechselnd die spielenden Affen oder Kyoto zu bestaunen, das sich vor ihnen in voller Größe erstreckt. Sie plaudern eine Weile über Alltägliches, bis Amanaki plötzlich eine SMS von Toshi bekommt. Freudig teilt er ihnen mit, dass er die Briefe alle versandt hat. Viele seiner Freunde hätten ihm bereits versprochen, diese in ihrem Namen abzusenden. Statt sich nur zu bedanken, erkundigt sich Amanaki noch ausführlich nach Toshis Befinden, fragt nach den Kindern und gibt ihm ein paar aufmunternde, motivierende Worte mit, ehe er das Handy wegsteckt.

Ruby bewundert Amanaki dafür, dass er so viel Zeit und Energie investiert, nur um sich Toshis Probleme anzuhören. Gleichzeitig empfindet Ruby aber zum ersten Mal so etwas wie Eifersucht, denn auch sie wünscht sich ein Ventil für ihre Sorgen. Das könnte sie Amanaki jedoch niemals verraten. Nie würde Ruby es sich verzeihen, wenn er wegen ihr ein schlechtes Gewissen bekäme. Er, der vor ein paar Wochen gerade erst zwanzig geworden ist, der noch ein ganzes Leben vor sich hat.

Vielleicht wäre es das Beste, wenn Amanaki sie vergessen würde. Vielleicht sollte sie fortrennen und ihn von seiner Last befreien.

„Sollen wir langsam aufbrechen?"

Wieder wird sie von Amanaki aus ihren Gedanken gerissen.

Auf dem Rückweg besuchen sie noch ein paar Schreine, um zum Abschluss in einem gemütlichen Eckrestaurant köstliche Ramen zu essen. Für heute reicht es ihnen, so dass sie bereits am frühen Abend wieder in ihrem Ryokan sind. Es ist eine sehr traditionelle Art der Unterkunft, die sie in das feudale Japan versetzt. Statt Betten gibt es nur Futons, die aber überraschend bequem sind, und statt Duschen gibt es nur einen Onsen. Bisher konnte Ruby aus Zeitgründen in diesem traditionellen Bad der Japaner immer nur duschen, doch heute würde sie auch den eigentlichen Onsen ausprobieren. Mittlerweile kennt sie nämlich die strengen Regeln, die es einzuhalten gilt, und da Amanaki noch mal zurück in die Stadt ist, um einige Dinge zu besorgen, hat sie alle Zeit der Welt.

In ihren Kimono gehüllt schleicht Ruby barfuß über die Bambusmatten hinunter zum Onsen, wo zwei Vorhänge mit verschiedenen Schriftzeichen zu den jeweiligen Frauen- und Männerbädern weisen. Durch eine papierne Schiebetür gelangt sie in den Vorraum, in dem sie sich komplett auszieht. Nur mit einem kleinen Handtuch betritt sie den eigentlichen Onsen, wo sie auf zwei andere Frauen trifft, die aber zum Glück wenig Interesse an ihr zeigen. Wie war das noch gleich?

Etwas nervös schnappt sich Ruby einen der kleinen Hocker und stellt ihn vor die Handduschen an der Wand. Vorsichtig nimmt sie Platz, um sich von oben bis unten gründlich zu waschen, ehe sie auch den Hocker abspritzt und ordentlich zurückstellt. Ruby denkt, dass bei ihr alles unglaublich plump wirken muss. Bisher hat sie aber scheinbar keinen schlimmen Fehler begangen, denn die beiden Japanerinnen ignorieren sie noch immer. Wenn Ruby sich richtig erinnert, darf sie nun in eines der unterschiedlich heißen Becken eintauchen. Neugierig sieht sie sich um.

Drinnen scheint das Becken nicht viel anders gestaltet zu sein als ein ruhiger Whirlpool, weshalb es Ruby instinktiv zum Außenbereich zieht. Beim Öffnen der Schiebetür schlägt ihr sofort ein angenehm kühler Wind entgegen. In einer fast zugewachsenen Ecke entdeckt sie ein breites, hölzernes Badefass, das über eine hochgelegene Bambusleitung stetig mit heißem Quellwasser versorgt wird.

Das ist genau das Richtige, denkt Ruby zufrieden, als sie ganz langsam in das Badefass eintaucht. Gleichzeitig wehen aus dem Hintergrund traditionelle Klänge leise über sie hinweg, so dass sie zu dösen beginnt. Das heiße Quellwasser scheint bis in die letzten Zellen ihres Körpers einzudringen. Es verbannt all ihre Schmerzen. Selten hat sie sich so wohl gefühlt. Selten so leicht, so unbeschwert.

Stück für Stück werden all ihre Gedanken und all ihr Leid vertrieben, bis Ruby komplett in ihrer Umgebung aufzugehen scheint.

Mehr als eine Stunde lässt sie sich Zeit, um immer wieder in verschieden heiße Becken einzutauchen. Dabei wird sie von dieser traditionellen Atmosphäre so sehr eingehüllt, dass ihre eigenen Bewegungen allmählich mit denen der beiden Japanerinnen zu verschmelzen scheinen. Es ist ein Gefühl der Idylle und Harmonie, das sie schon längst vergessen hatte. Und zum ersten Mal in ihrem Leben entdeckt Ruby etwas für sich, das sie in ihrer getriebenen Existenz noch nicht kannte: Langsamkeit.

Wann hat sie sich beim Waschen jemals so viel Zeit gelassen? Aber eigentlich ist es mehr als das. In den Onsen wird das Baden auf eine Art und Weise zelebriert, die Ruby zutiefst berührt. Als sie später in ihrem Zimmer das Futonbett auf dem Bambusmattenboden ausbreitet, um sich müde hineinzulegen, fühlt sich Ruby so seltsam anders. Gestern noch wusch sie nur ihre Haut. Doch heute, heute hat sie ihre Seele gereinigt.

Weinend schläft Ruby voller Leichtigkeit ein, denn dieses Mal sind es Tränen der Rührung und nicht des Leids.

Als um halb vier ihr Wecker klingelt, ist sie innerhalb von Minuten auf den Beinen, obwohl sie eigentlich ein Morgenmuffel ist. Ruby hat so gut geschlafen wie lange nicht, und gleichzeitig platzt sie vor Vorfreude, denn mittlerweile glaubt sie an den Plan. Draußen auf dem Flur trifft sie Amanaki, der zu ihrer Überraschung eine kleine Leinwand und ein paar Aquarellfarben mitgebracht hat.

„Woher hast du die?", staunt Ruby.

„Was hast du denn gedacht, wieso ich allein in die Stadt gehe?" Er lächelt sie fürsorglich an. „Ich will, dass du ein Bild malst. Dass du *anders* malst als zuvor. Es soll ..."

Doch weiter kommt Amanaki nicht mehr. Ruby fällt ihm in die Arme, und leise Tränen fallen von ihren Wangen auf seine Schulter. Sie muss sich nicht bedanken, denn Amanaki weiß genau, was ihre Tränen bedeuten. Schnell beruhigt sich Ruby wieder.

„Wo ist Ari?"

Er deutet mit dem Kopf zu seiner Zimmertür und flüstert: „Ich lasse ihn ausnahmsweise allein auf dem Zimmer. Er schläft noch, und in ein paar Stunden sind wir ja sowieso wieder hier."

Ruby nickt nur, woraufhin sie das Ryokan verlassen. Draußen wartet ein bestelltes Taxi, mit dem sie nach Arashiyama fahren. Die Dunkelheit hüllt das ganze Viertel noch wie eine schwere Decke ein, aber Ruby fällt trotzdem vor Freude auf die Knie, als sie die alte Holzbrücke erreichen. Bis auf ein paar Fotografen ist niemand sonst dort.

Der Fluss, die Bäume mit den Blüten – alles erstreckt sich vor ihnen und wird von der aufgehenden Sonne in einen rosa-goldenen Glanz getaucht, der Ruby sprachlos werden lässt. Sie kommt gar nicht mehr aus dem Weinen und dem Staunen heraus. Es ist viel schöner als in ihrer wildesten Vorstellung.

Von ihrem Hoch getragen, nimmt sie die Leinwand und beginnt in der Morgenröte zu malen. Dasselbe Motiv von damals, doch nun malt sie es anders. In einem impressionistischen Stil fügt sie Strich für Strich ihrem Kunstwerk hinzu, das beinahe wie die traditionellen japanischen Zeichnungen wirkt. Früher konnte sie höchstens die Schönheit der Kirschblüten wiedergeben. Nach der Diagnose verstand Ruby zwar, was Vergänglichkeit und was Aufbruch bedeuten, doch dafür ging die Schönheit ihres Lebens verloren. Nun ist sie zum ersten Mal in der Lage, das Verbindende zu sehen. In jeden Pinselstrich legt sie all ihr Leid und all ihre Freude. Alles findet sich in den Farben wieder, und die ganze Zeit wird sie dabei von Amanaki betrachtet, traurig und lächelnd zugleich. Die Leinwand scheint ihren Schmerz und ihre Träume nur so in sich aufzusaugen, und als sie um halb sieben in der Früh schließlich fertig ist, fällt sie Amanaki erneut voller Rührung in die Arme. Selbst wenn es ein einfaches Gemälde ist, erzählt es Rubys tragisch-frohe Geschichte – eine Geschichte des Aufbruchs und der Vergänglichkeit. Eine Geschichte voller Schönheit.

Kapitel 18

Einsam wandert Isamu durch den dichten Bambuswald in Richtung des Giō-ji Tempels. Genau das ist es, was er gerade sucht: Einsamkeit.

Vor einer Stunde ist er in Kyoto angekommen, und da die Stadt wegen des Kirschblütenfestes nur so vor Touristen überquillt, ist dieser abgelegene heilige Ort seine einzige Chance auf etwas Ruhe. Erst danach wird er zum Hauptquartier des lokalen Yakuza-Klans aufbrechen. Zu viel ist passiert, als dass er dort reinstürmen könnte, ohne seine Gedanken vorher zu sammeln. Sicherlich werden sie ihn aber brauchen, denn irgendwer muss ja gegen diese Entweihung der alten Kaiserstadt Kyoto vorgehen.

Eine Aufgabe, die wie geschaffen für Isamu ist. Besonders jetzt, da seine undankbare Frau und seine nichtsnutzige Tochter ihn verlassen haben, hält ihn nichts mehr in Kyūshū. Seine Wohnung musste er aufgeben, und die Verräter seines alten Klans sind es nicht wert, um zu ihnen zurückzukriechen. Bald schon werden deren kümmerliche Reste zu Asche zerfallen.

Nein, hier in Kyoto würde er sich einem größeren Klan anschließen, um sich ein neues, reines Leben aufzubauen, fernab von all dem moralischen Verfall in seiner Heimat. Wenn es einen Ort gibt, an dem er das alte Japan retten kann, ja retten muss, dann ist es hier: in der alten, glorreichen Hauptstadt.

Ehrfürchtig betritt Isamu die von Bambus eingeschlossene Tempelanlage, wo ein schmaler Pfad ihn durch weitläufige Moosflächen zu der strohgedeckten Haupthalle führt. Er hat Glück, denn bis auf eine Handvoll anderer Japaner ist niemand dort. Kein Tourist ist zu sehen. Also nimmt Isamu an einer ruhigen Stelle Platz und schließt seine Augen. Ein paar Minuten gelingt es ihm auch, ein Gefühl von innerer Ruhe zu finden, doch dann reißen ihn fremde Stimmen aus seiner Meditation.

Es sind englische Stimmen, die seine Einkehr stören. Zu seiner Empörung verstummen sie nicht, sondern werden immer lauter. Eine Frauenstimme hallt gar lachend über das ganze Gelände.

Einen Moment versucht Isamu noch diesen Frevel zu ignorieren. Irgendwann kann er sich nicht mehr beherrschen, so dass er wütend aufspringt und auf die Geräuschquelle zuläuft. Diese verdammten Amerikaner waren schon immer respektlose Tölpel, ohne Sinn für Schönheit und Kultur.

Als er die beiden Störenfriede zu Gesicht bekommt, kann Isamu selbst nicht glauben, was er da erblicken muss. Das Kichern der Frau ist jetzt das geringste Übel, denn immerhin ist sie respektvoll gekleidet. Der junge Bursche daneben trägt jedoch einen ausgefransten Strohhut, und auf seiner Schulter sitzt ein gottverdammter Vogel! Und als wäre das noch nicht genug, hat er sich zwei Essstäbchen in die Mundwinkel gesteckt, die dadurch wie Hauer wirken. Deswegen lacht die Frau so unverschämt!

Tobend konfrontiert er sie auf Japanisch: „Was fällt Ihnen ein, sich so respektlos zu benehmen!? Wissen Sie nicht, was das hier für ein Ort ist!?“

Sein Gegenüber hört mit der Albernheit auf, und auch das Lachen der Frau verstummt. Wehmütig verbeugt sich der Kerl vor ihm.

„Entschuldigung, ich kein Japanisch. Sprechen Englisch?“

Isamu brüllt weiter: „Natürlich spreche ich Englisch! Jetzt zieh diesen unverschämten Hut aus!“

Statt eine Antwort abzuwarten, schlägt er den Hut vom Kopf des jungen Mannes, woraufhin die Frau erschrocken zurückweicht. Obwohl auch der Kerl sichtlich verstört wirkt, brüllt Isamu die beiden zur Sicherheit erneut auf Englisch an: „Verschwindet von hier! Ihr seid nicht würdig, hier zu sein!"

Eingeschüchtert wenden die beiden sich ab. Die Frau will eigentlich schon gehen, als sich der Junge noch schnell nach dem Strohhut bückt. Isamu tritt den Hut hämisch grinsend ein Stück zur Seite, so dass der Junge sich erneut bücken muss. Wie würdelos kann man nur sein? Isamu schüttelt den Kopf. Dann scheint der Junge etwas auf dem Boden zu entdecken. Vorsichtig sinkt er auf sein Knie, um Isamus Fingerkuppen-Prothese aufzuheben, die sich wohl von seiner Hand gelöst hat.

„Yakuza", flüstert der Bursche nur, was auch der Frau einen Schrecken ins Gesicht treibt.

Daraufhin krempelt Isamu seine Ärmel hoch, um ein paar seiner Tätowierungen zu entblößen, in der Hoffnung, ihnen noch mehr Angst einzujagen. Er genießt es geradezu und zischt sie an: „Verschwindet!"

Doch der Junge wirkt nun wild entschlossen und wirft die Prothese energisch zu Boden. Anschließend tritt er einmal kräftig darauf und konfrontiert Isamu wütend auf Englisch: „Ein Freund von mir hat wegen den Yakuza alles verloren. Er hat mir viel über euch und eure Vorgehensweise erzählt. Ihr gebt euch gerne als Wohltäter aus, die die japanischen Werte hochhalten, doch letztlich seid ihr nichts anderes als Verbrecher. Schlechte Menschen, die meist nur Leid erzeugen und Angst vor der Zukunft haben. Denn eure Welt geht langsam unter, und alles, was ihr könnt, ist, euch an die Vergangenheit zu klammern, um dabei möglichst viel verbrannte Erde zu hinterlassen. Sehenden Auges reißt ihr mit euren Taten unzählige Menschen in einen Abgrund, der dank euch immer tiefer wird. Nur wegen Leuten wie dir erscheint diese Welt oftmals unerträglich.“ Er setzt sich den Strohhut auf den Kopf. „Also fick dich einfach!“

Keine Sekunde vergeht, da hat Isamu diesem Kerl bereits so fest eine reingehauen, dass er mitsamt Vogel und Strohhut auf dem Boden landet.

„Amanaki!“, hört er die Frau neben ihm panisch kreischen, doch das genügt Isamu nicht. Sofort stürzt er sich auf sein Opfer und schlägt noch einmal zu, bis ihn plötzlich die Frau von hinten packt und niederringt. Nie hätte er gedacht, dass sie so stark ist, aber er wird nicht gegen eine Frau verlieren! Ruckartig springt er auf und holt aus, doch die Frau weicht seinem Schlag aus und rammt ihm dafür ihr Knie in die Magengrube. Sofort sinkt Isamu zu Boden und muss sich mit seinen Händen abstützen, während er nach Luft ringt. Als er aufschaut, steht der Junge mit blutender Lippe wieder vor ihm. Vorsichtig reicht er der Frau den kleinen Vogel. Ein wildes Feuer brennt in seinen Augen.

„Du hast Ari wehgetan, einem Vogel, der mehr für diese Welt getan hat, als du jemals wirst! Wie fühlt es sich an, wenn ein Vogel ein besseres Wesen ist, als man selbst?“

Daraufhin holt der Junge aus, als wolle er gegen einen Ball treten. Isamu bleibt keine Zeit zum Ausweichen. Der Tritt trifft ihn mitten ins Gesicht, so dass er rücklings in den Dreck fällt. Benommen sieht er nur noch, wie die beiden davonlaufen. Isamu würde ihnen zwar gerne nachsetzen, aber seine Kondition ist nicht die beste, und diese Attacken haben ihm die letzte Luft genommen. Eine Verfolgung ist sinnlos. Wütend grölt er ihnen hinterher: „Lauft nur, ihr ehrlosen Amerikaner! Wenn ich euch das nächste Mal sehe, seid ihr so gut wie tot!“ Er hustet. „Bei meinen Ahnen, das werdet ihr noch bereuen!“

Angewidert spuckt er zur Seite und richtet sich auf.

Wahrlich, diese Stadt muss gereinigt werden. Von all der Sünde, die vom Ausland hineingetragen wird. Jede Minute, die er hier vergeudet, würde es schlimmer werden. Er darf nicht mehr zögern. Vielleicht war das die Motivation, die er brauchte, denn jenes Feuer, das nun in ihm brennt, wird nicht mehr zu löschen sein.

Er klopft sich den Dreck aus der Kleidung, bevor er umgehend zum Hauptquartier des lokalen Klans fährt. Doch zu seiner Enttäuschung empfängt ihn nicht einmal dessen Oyabun. Vielmehr wartet nur ein niederer Klan-Bürokrat auf ihn, der Isamu kaum eines Blickes würdigt und ihn abwimmeln will.

„Wieso darf ich nicht vor deinem Oyabun sprechen? Als ob du Wurm irgendetwas zu sagen hättest!“, schnaubt Isamu ihn an.

Sein Gegenüber lacht nur auf. „Glaubst du wirklich, wir wüssten nicht, wer du bist, Isamu Nakamura? Du hast in der letzten Zeit für viel Wirbel in Kyūshū gesorgt und das nicht im positiven Sinne. Wir haben keinen Bedarf an Leuten wie dir.“ Selbstgefällig lehnt er sich im Stuhl zurück, ehe er weiterspricht. „Beleidige mich also nur, so viel du willst, aber deine Methoden sind archaisch, und ein guter Yakuza warst du nie. Es gibt keine Zukunft für dich.“

Natürlich protestiert Isamu lautstark und muss dabei ständig aufpassen, diesem Möchtegern nicht an die Gurgel zu springen. Statt angehört zu werden, wird Isamu jedoch von gleich drei Männern hinausgeworfen. Hart landet er auf dem Asphalt. Mit schmerzverzerrtem Gesicht setzt er sich auf den Bürgersteig und muss hysterisch lachen.

Diese Idioten, was fällt ihnen nur ein, *ihn* abzulehnen. Eigentlich hätte er damit rechnen müssen. Eine Stadt mit so vielen Ausländern, die einem derartigen Verfall ausgesetzt ist, vergiftet vermutlich selbst die alten, stolzen Yakuza.

Kopfschüttelnd geht er in eine Bar. Einen Sake nach dem anderen kippt Isamu hinunter, und schließlich findet er im Alkohol auch eine Antwort: Es gibt noch genügend andere Klans, er muss es nur weiter versuchen. Ja, er würde nach Osaka fahren und dort einsteigen. Dort würden sie ihn sicher brauchen. Isamu ist so überzeugt von der Idee, dass er einige Stunden später betrunken zum Bahnhof von Kyoto aufbricht. Bevor er den Bahnhofsplatz überhaupt erreichen kann, kommt ihm eine Gruppe von Polizisten in einer Seitenstraße entgegen.

„Verpisst euch!“, pöbelt er sie an. Statt darauf einzugehen, beginnen sie Isamu einzukreisen. Einer der Polizisten tritt vorsichtig nach vorne.

„Isamu Nakamura, es liegt ein Haftbefehl gegen Sie vor. Bitte lassen Sie sich widerstandslos festnehmen.“

„Haftbefehl? Am Arsch! Was ... was wirft man mir vor, hm? Dass ich zu viel getrunken habe?“, lallt Isamu zurück.

Der Polizist bleibt ernst.

„Ein ehemaliger Yakuza ihres alten Klans hat im Rahmen eines Zeugenschutzprogrammes gegen Sie ausgesagt. Sie sind dringend tatverdächtig, die Straftatbestände Mord, versuchten Mord, schwere Körperverletzung, Raub, Erpressung, Betrug und illegalen Waffenbesitz in mehreren Fällen zu erfüllen.“

Isamu wird schlagartig nüchtern. Er versucht, aus dem Kreis auszubrechen, aber zwei der Polizisten halten ihn auf. Mit einem Ellenbogenschlag kann er sich kurz befreien, doch schließlich wird er überwältigt und mit einem Schlagstock am Hals zu Boden gedrückt. Als sie ihm die

Handschellen anlegen, brüllt er zornig: „Verdammte Scheiße, wissen Sie nicht, wer ich bin!? Wer war dieses ehrlose Arschloch!? Sagen Sie es mir, damit ich ihn eigenhändig umbringen kann!“

Der leitende Polizist bleibt weiterhin ruhig.

„Er hat eine neue Identität erhalten. Sie werden nie erfahren ...“

Isamu kann sich nicht beherrschen und fällt ihm wütend ins Wort: „Wer war es? Spucken Sie es verdammt noch mal aus, Sie rückgratloses Stück Scheiße!“

Aber egal wie laut und lange Isamu auch brüllt, niemand gibt ihm eine Antwort. Nach ein paar Minuten wird er abgeführt wie ein gewöhnlicher Verbrecher. Er will es nicht wahrhaben. Im Streifenwagen lässt der Alkohol ihn noch minutenlang toben, bis er sich schließlich beruhigt.

Nun haben sie ihn also doch erwischt. All seine großen Pläne sind dahin, und vielleicht wird er das Gefängnis nie wieder verlassen, denn verurteilen werden sie ihn, das ist gewiss. Während die Straßenzüge Kyotos wie im Zeitraffer an ihm vorüberziehen, drückt er seine Wange gegen die kühle Fensterscheibe des Wagens und muss plötzlich über sein Schicksal lachen. Sollen sie ihn doch einsperren. Sollen sie ihm doch alles nehmen und das große Japan in den Abgrund führen. Wenigstens kann Isamu vor seinen Ahnen behaupten, ein tugendhaftes Leben geführt zu haben. Ein Leben voller Stolz und Ehre.

Kapitel 19

Im strömenden Regen laufen sie durch Nara, der allerersten Hauptstadt Japans, aber das schlechte Wetter ist Ruby völlig egal. Im Gegenteil: Nach den letzten Tagen in Kyoto genießt sie die Ruhe, die sie hier finden können, denn kaum jemand wagt sich nach draußen. So wandern sie allein durch den riesigen Nara-Koen-Park, der mit unzähligen Tempeln aufwartet und sie einen halben Tag beschäftigen wird.

Zumindest fast allein, denn Hunderte und Aberhunderte Rehe durchstreifen die Anlage, ja eigentlich die gesamte Stadt. Vor Tempeln, auf Straßen, sogar in Geschäften ziehen sie seelenruhig ihre Bahnen und scheinen sich von Menschen nicht im Geringsten aus der Ruhe bringen zu lassen. Überrascht fragen sie also einen Japaner, was es damit auf sich hat, und sie erfahren, dass die Rehe hier als heilig gelten und nicht gejagt werden dürfen.

Deshalb sind sie so zutraulich, denkt Ruby zufrieden, während sie eines der Rehe streichelt, das unmittelbar vor dem Eingang zum Tōdai-ji steht, dem großen östlichen Tempel.

Als die beiden die weitläufige Halle des Weltkulturerbes betreten, wird Ruby beinahe erschlagen von dem riesigen Buddha, der sich mächtig vor ihr auftut. Staunend umrundet sie die Statue eine Weile, bis Amanaki sie zu sich ruft, um etwas aus dem Reiseführer vorzulesen.

„Hier steht, dass es mit achtzehn Metern die größte bronzene Buddha-Statue der Welt ist.“ Er liest ein paar Zeilen weiter und zeigt anschließend auf einen hölzernen Stützpfeiler, an dessen unterem Ende sich ein kleines, viereckiges Loch befindet. „Dieser Durchgang soll so groß sein wie das Nasenloch des großen Buddhas. Der Legende nach soll man im nächsten Leben Erleuchtung finden, sofern man es schafft, sich hindurchzuzwängen." Amanaki schließt den Reiseführer und lacht. „Oh Mann, ernsthaft? Dass man an so etwas glauben kann."

Doch Ruby antwortet nicht, vielmehr wird sie sehr nachdenklich. Ein Gedanke weht aus dem Nichts zu ihr herüber und breitet sich in ihr aus: *Erleuchtung* ... Ist das nicht alles, was sie jemals wollte? Schweigsam lächelt sie in sich hinein. Wenn es ihr schon nicht in diesem Leben gelingen sollte, dann wenigstens im nächsten. Also drückt Ruby ihre Tasche Amanaki in die Hand und beginnt mit dem Kopf voran durch das Loch zu kriechen.

„Bist du verrückt? Da passt du doch niemals durch!" Amanaki ist völlig überrumpelt.

Ruby lässt sich nicht davon abbringen, auch wenn ihre Schultern wirklich nicht durchpassen wollen. Diese Chance kann sie sich nicht entgehen lassen. Also dreht sie sich um und versucht es mit den Füßen voran, ihre Arme dabei so enganliegend, wie es nur geht. Wieder klemmt es irgendwo, so dass sie Amanaki stur anfaucht: „Na los, hilf mir schon!"

Amanaki beginnt an ihren Beinen zu ziehen. Nach einigen Versuchen flutscht sie dann so abrupt durch das Loch auf die andere Seite, dass Amanaki ebenfalls zu Boden fällt. Unter Schmerzen fasst sie sich an die Schultern, aber nach wenigen Sekunden lächelt sie bereits wieder. Sie hat es geschafft. Sie würde Erleuchtung erlangen. Eines Tages würde Ruby diese Welt verstehen.

Daraufhin setzen sie ihren Weg durch den Park fort. Bei einem kleinen Tempel wird der Regen allerdings so stark, dass sie eine Weile darin Unterschlupf suchen. Während sie auf einer hölzernen Bank sitzen, blickt Amanaki beinahe schon apathisch den waldbedeckten Hang hinab, dessen

Geräusche im Rauschen des schweren Regens erstickt werden. Etwas ist mit ihm. Aber dieses Mal ist es nicht wegen ihr, das kann Ruby spüren. Etwas anderes nagt an ihm.

„Alles in Ordnung?“, fragt sie ihn vorsichtig.

Amanaki schaut sie gar nicht erst an, sondern starrt weiter in die verregnete Welt.

„Dieser Mann in Kyoto ... dieser Yakuza ... die ganze Sache geht mir nicht mehr aus dem Kopf.“

Ruby ist froh, dass sie recht hatte und Amanakis Stimmung ausnahmsweise nichts mit ihr zu tun hat.

„Solche Menschen gibt es eben, Amanaki. Du musst dir keinen Vorwurf machen, wir haben nichts Verwerfliches getan.“

Er schüttelt leicht den Kopf.

„Nein, das ist es nicht. Ich habe noch nie zuvor jemanden geschlagen. Ich hätte nicht gedacht, dass ich dazu in der Lage bin.“

„Du hast ihn getreten, nicht geschlagen“, lacht Ruby ihn an, in der Hoffnung, ihn etwas aufzuheitern.

Amanaki lächelt auch tatsächlich zurück.

„Du Dummkopf, du weißt genau, was ich meine.“ Nun schaut er Ruby direkt an, und das Lächeln verfliegt wieder. „Ich dachte immer, ich sei ein guter Kerl, weißt du? Dass eine gewalttätige Seite gar nicht in mir existiert. Was, wenn da noch mehr *Böses* ist, von dem ich nichts weiß?“

Ruby steht auf, nimmt Ari an sich und schaut, genau wie Amanaki eben, nachdenklich in die Ferne. Sie selbst hat schon oft darüber nachgedacht und weiß deshalb ganz genau, was sie antworten will.

„Glaub mir, da ist noch viel mehr, Amanaki. Das spielt aber keine Rolle. Gut zu sein bedeutet doch nicht, dass du keinerlei böse Gedanken hast oder dass du von vornerein nicht fähig bist, jemanden zu verletzen. Ich meine, wenn du sowieso nicht anders könntest ... was für eine nutzlose Wertung wäre das? Dann wärst du nur harmlos oder naiv. Dann wäre dein Gewaltverzicht kein moralischer Akt.“ Sie atmet einmal angestrengt aus. „Nein, in den meisten Menschen gibt es etwas Dunkles, etwas Gefährliches, das jederzeit ausbrechen kann. Es lauert in fast allen, und viele geben dem auch nach. Wer diese Versuchungen kennt, wer diese Dunkelheit in sich trägt und sich trotzdem aktiv für das Richtige entscheidet, ist gut. Dann ist man nicht nur harmlos oder naiv. Dann ist es eine moralische Entscheidung, voller Courage und Vertrauen auf die Welt. Denn es ist hart, die menschlichen Schwächen zu überwinden, und es liegt an jedem selbst, das zu tun. Niemand kann dir diese Aufgabe abnehmen. Du hast es aber bereits getan. Du hast dich jetzt schon weitestgehend unter Kontrolle, obwohl es nicht leicht ist.“ Nun blickt sie wieder zu ihm. „Und deshalb bist du immer noch ein guter Kerl, Amanaki. Eigentlich ein besserer als jemals zuvor. Denn nun weißt du, wozu du fähig bist, ohne dich dem hinzugeben. Du kennst den Schrecken der Welt und gehst trotzdem optimistisch und voller Vertrauen auf sie zu. Ich wüsste nicht, was edler sein könnte. Zweifle also nicht so sehr an dir.“

Es dauert eine Weile, doch Amanaki lächelt. Er sieht sehr bewegt aus.

„Danke ... wirklich.“ Er steht auf und deutet in die Ferne. „Ich muss das erst mal sacken lassen. Es ist zu viel, um sofort darauf antworten zu können. Lass uns also weitergehen. Der Regen lässt langsam nach.“

Sie packen alles zusammen und marschieren los. Auf der letzten Hälfte der Strecke bekommt Ruby starke Kopfschmerzen, und dieses Mal verfliegen sie nicht nach wenigen Minuten, sondern bleiben hartnäckig. Schließlich bohren sie sich so heftig in ihren Schädel, dass sie die Wanderung abbrechen müssen, denn in diesem Zustand ist Ruby zu nichts mehr zu gebrauchen. Die Hälfte der Zeit muss Amanaki sie stützen, da sie nicht einmal mehr richtig gehen kann. Aus Verzweiflung ruft er ein Taxi.

Zurück im Hotel fällt sie sofort ausgelaugt in ihr Bett und nimmt die Medikamente ein, ohne große Hoffnung, dass sie noch etwas bewirken. Währenddessen bleibt Amanaki die ganze Zeit bei ihr. Er erfüllt ihr jeden Wunsch, bis sie schließlich vor Erschöpfung eindöst. Als sie erwacht, sind die Kopfschmerzen zwar noch nicht verschwunden, aber immerhin erträglich. Flüsternd wendet sie sich an Amanaki.

„Sag mal, haben wir Papier und einen Stift? Ich würde gerne einen Brief schreiben."

Amanaki nickt und legt ihr beides hin.

„Sonst noch etwas?"

„Nein, das war es. Danke." Dann fällt ihr doch noch etwas ein. „Obwohl, könntest du mich für einen Moment allein lassen und mir vielleicht auch einen Umschlag und eine Briefmarke besorgen?"

Erst lehnt Amanaki es ab, weil er sie nicht allein lassen will, doch schließlich gelingt es ihr, ihn zu überreden. Besorgt dreht er sich zur Tür.

„Ich bin in spätestens dreißig Minuten wieder da. Ruf mich an, wenn irgendetwas ist."

Amanaki tritt hinaus, und Ruby hört, wie die Tür ins Schloss fällt. Erschöpft setzt sie sich etwas in ihrem Bett auf, legt ein Buch als Unterlage auf ihren Schoß und beginnt einen Brief.

Eleonore …

Ich war nie gut in so etwas und weiß auch jetzt nicht, wie ich beginnen soll. Diese Reise, mein Leben, einfach alles erscheint mir so surreal. Die Zeit seit der Diagnose verging rasant schnell und elendig langsam zugleich. Es ist beinahe, als wäre ich schon jetzt nicht mehr Teil dieser Welt, als würden deren Gesetze nicht mehr für mich gelten. Ich bin zu lebendig für die Toten und zu tot für die Lebenden. Jeden Tag spüre ich, wie ich schwächer werde, und auch wenn ich eigentlich noch heimkehren wollte, um Abschied zu nehmen, weiß ich nicht mehr, ob ich das noch schaffe. Oder ob ich das überhaupt noch will. Denn solange ich nur weiterreise, solange Amanaki nur bei mir ist, fühle ich mehr als nur Leere. Dort ist etwas, kaum greifbar, doch es ist da. Ich fühle es in jeder Sekunde meines Seins. Ich fühle Sinn.

Ich weiß, das klingt verrückt, aber ich kann es nicht anders beschreiben. Innerlich zerrissen, eint mich Amanaki wieder, ohne dass ich sagen könnte, wie und warum. Bitte versteh mich nicht falsch, Du warst mir immer eine gute Freundin, ja die beste, die man sich nur wünschen kann. Aber manche Dinge lassen sich vielleicht einfach nicht erklären, egal, wie sehr man es auch versucht. Sie scheinen dafür bestimmt zu sein, verborgen zu bleiben. Ich werde aber nie vergessen, was Du für mich getan hast. Deshalb sollst Du wissen, dass ich trotz allen Leids in meinen letzten Tagen auf eine seltsame Art und Weise glücklich bin. Dass ich Licht sehe, wo vorher nur Dunkelheit war.

Also weine bitte nicht um mich, Eleonore, und führe ein Leben voller Freude und Hoffnung. Wer weiß schon, ob meine Reise hier tatsächlich endet. Wohin es mich auch treibt, Du wirst immer einen Platz in meinem Herzen haben.

In ewiger Dankbarkeit
Deine Ruby

Unter Tränen legt Ruby den Stift zur Seite und faltet den Brief vorsichtig zusammen. Als kurze Zeit später Amanaki wieder das Zimmer betritt, scheint er sofort zu bemerken, dass sie geweint hat. Statt etwas zu sagen, nimmt er nur traurig nickend den Brief entgegen, um ihn in den Umschlag zu stecken. Amanaki braucht ihn nicht zu lesen, um zu wissen, was für eine Art Brief das ist, da ist Ruby sich sicher. Stattdessen setzt er sich ebenfalls auf das Bett. Ohne ein Wort nimmt Amanaki sie in den Arm und lässt nicht mehr los. Für Stunden ist er einfach nur da und gibt ihrem Leben einen Sinn.

Ein paar Tage später sitzen sie träge in der Bergbahn, die sich von Odawara hoch nach Hakone schlängelt, einer Gebirgsregion vor dem legendären Fuji. Der Landstrich ist von idyllischen Wäldern und Gewässern geprägt, und gleich mehrere Orte sollen atemberaubende Blicke auf das nationale Symbol Japans bieten. Es ist das letzte große Ziel ihrer Reise, bevor sie in Tokyo ankommen. Ihr letzter Traum.

Ein Stück abgelegener Natur, ehe sie den Großstadtdschungel betreten. Ruby ist froh, diese Perfektion eines Berges noch sehen zu dürfen. Zudem freut sie sich, dass sie noch mal ein Ryokan buchen können.

Als sie bei dem traditionellen Hotel ankommen, ist sie völlig begeistert, denn hier wirkt die Einrichtung noch authentischer, noch liebevoller als in Kyoto. Selbst der Onsen versprüht einen viel intensiveren Charme, weshalb Ruby sich eine Stunde Zeit lässt, um in aller Ruhe ein Bad zu nehmen. Dann wirft sie wieder ihre Medikamente ein, mittlerweile das Vierfache der verschriebenen Dosis, was ihr aber herzlich egal ist.

Anschließend trifft sie draußen Amanaki und Ari, und gemeinsam machen sie sich langsam auf den Weg. Doch zu ihrer Enttäuschung ist die Seilbahn, von der man eigentlich den besten Ausblick auf Mount Fuji haben soll, wegen vulkanischer Aktivitäten vorsichtshalber außer Betrieb. Deshalb buchen sie spontan eine Fähre, die sie auf die andere Uferseite des tiefblauen Sees bringt und von wo aus sie ebenfalls einen hervorragenden Blick haben sollen. Obwohl es ein eher sonniger Tag ist, bleibt der Berg jedoch hinter einer Wolkendecke verborgen. Enttäuscht wandern sie durch einen kleinen Park zum dritten Aussichtspunkt, in der Hoffnung, dass sie entweder mehr Glück haben oder dass die Wolkendecke endlich vorüberzieht. Aber auch dort wird ihnen der Blick auf Fuji verwehrt.

Ruby lässt sich auf einen Stein sinken, als wieder Schmerzen durch ihren Schädel dröhnen. Sie ist traurig, also versucht Amanaki, sie aufzuheitern.

„Wir haben doch morgen noch viel Zeit, um Fuji zu bestaunen." Er deutet auf die Wolkendecke. „Außerdem, muss man wirklich etwas sehen, wenn man weiß, dass es da ist?"

Trotz ihrer Schmerzen schafft sie es, Amanaki für einen Moment anzulächeln, aber antworten kann Ruby gerade nicht. Er würde auch so verstehen, was sie ihm damit sagen will.

Ein paar Minuten später brechen sie zu ihrer Herberge auf, denn Ruby muss sich dringend hinlegen. Bevor die beiden die Bushaltestelle erreichen, hämmert der Schmerz in ihrem Kopf so brutal, dass ihr schwindelig wird. Ein Gefühl von Ohnmacht breitet sich aus und nimmt ihren ganzen Körper ein. Die Bilder verwischen immer mehr vor ihren Augen, und Amanakis besorgte Stimme wird langsam zu einem fernen Geräusch.

Es ist ein bekanntes Gefühl, das über sie hinwegrollt, doch zum ersten Mal kämpft Ruby nicht dagegen an. Sie lässt es geschehen und fühlt sich plötzlich unglaublich leicht.

Als sie in Amanakis Arme fällt, sieht sie noch, wie sich in der Ferne die Wolkendecke vor Fuji langsam aufzulösen scheint. Ein einzelner Lichtstrahl bricht hindurch und schneidet auf seinem Weg durch die warme Dunkelheit, die Ruby einzuhüllen beginnt. All ihre Sinne schwinden, und zwischen zwei Herzschlägen erlischt ihr Augenlicht. Nein, sie wird diesen Berg wohl nicht mehr erblicken.

Während sich ihr Verstand langsam in der Unendlichkeit der Existenz auflöst, lächelt sie ein letztes Mal der Welt entgegen. Denn manchmal ... manchmal muss man nicht sehen, um zu wissen, dass etwas da ist.

Kapitel 20

Schlaflos sitzt Amanaki an Rubys Krankenbett und schaut verängstigt in das Halbdunkel des Zimmers. Seit vier Tagen liegt sie nun schon hier, und bisher ist er keinen Moment von ihrer Seite gewichen. In jeder Sekunde fleht Amanaki sie an, endlich aufzuwachen, damit sie beide dieses gottverdammte Krankenhaus verlassen können. Damit alles wieder so wird, wie es war.

Doch Ruby antwortet ihm nicht, egal, wie unnachgiebig er auch auf sie einredet. Von Schmerzen gequält wälzt sie sich halb ohnmächtig in ihrem Bett, von der einen auf die andere Seite, ohne jemals die Augen zu öffnen und unfähig, allein zu essen oder zu trinken. Es bricht ihm das Herz, Ruby so leiden zu sehen. Sie hat es nicht verdient, so hilflos zu sein. Nicht sie, nicht seine starke Ruby.

Weinend vergräbt er sein Gesicht in ihrer Hand, während im Hintergrund unaufhörlich die Ausschläge des EKGs durch das Zimmer dröhnen. Das und sein Schluchzen sind die einzigen Geräusche, die die Stille der Nacht durchbrechen.

Nach einer Weile richtet sich Amanaki auf und geht müde zu Aris Käfig, der in der anderen Ecke des Zimmers steht. Obwohl sein kleiner Freund schläft, nimmt Amanaki ihn hervor und streichelt behutsam sein Federkleid, um sich etwas zu beruhigen. Wenn er nur wüsste, ob Ruby ihn noch wahrnimmt. Es gibt doch so viel, was er ihr sagen will. Gedanken, die er bis jetzt nicht in Worte fassen konnte.

Ruhig platziert er Ari auf seiner Schulter, setzt seinen Strohhut auf und holt sein Reisetagebuch hervor. Vor Rubys Augen blättert er durch die einzelnen Seiten und zeigt erzählend auf die verschiedenen Fotos, die er hin und wieder eingeklebt hat, bis er schließlich Neuseeland erreicht.

„Das Bild von Andrew und mir kennst du noch gar nicht, oder? War das nicht ein schöner Abend? Wie es seiner Tochter jetzt wohl geht?“

Er zwingt sich zu einem Lächeln und wartet auf eine Antwort, aber Ruby bleibt still. Ein paar Sekunden kann er diese Fassade noch aufrechterhalten, doch dann frisst sich tiefe Verzweiflung durch seinen Körper. Sie lässt seine Augen und Lippen zucken. Schließlich donnert er mit all seiner Kraft das Reisetagebuch gegen die Wand und bricht wieder in Tränen aus. Das hat doch alles keinen Zweck. Voller Leid schüttelt er Ruby durch.

„Wieso wachst du nicht auf!? Wieso tust du mir das an!? Du kannst mich doch nicht allein zurücklassen!“ Er wischt sich über das Gesicht und spricht mit bebender Stimme weiter: „Du musst aufwachen, Ruby, du musst! Wir wollten doch noch Fuji sehen! Ich kann dich nicht gehen lassen, bevor du nicht Fuji gesehen hast!“ Er bricht über ihr zusammen. „Ich ... ich kann es einfach nicht.“

Sein Wimmern lässt Amanaki die restliche Nacht nicht mehr los. Doch dann, als der erste Sonnenstrahl durch das Fenster fällt, rührt sich Ruby plötzlich. Sie rührt sich anders als zuvor. Sofort bekommt Amanaki Herzrasen.

„Ruby?!“

Auch wenn ihre Augen geschlossen bleiben, flüstert sie schwach: „Amanaki ...“

Er weint so stark, dass er kaum reden kann.

„Ja, ich bin hier, Ruby! Ich bin für dich da!“ Amanaki schluchzt. „Du wirst es schaffen, hörst du? Schau mir in die Augen und sag, dass du es schaffen wirst! Für Fuji, für deinen Traum!“

Rubys Augen bleiben geschlossen. Stattdessen greift sie für eine Sekunde schwach nach seiner Hand, ehe sie murmelnd in sich zusammenfällt.

„*Manchmal muss man nicht* ...“ Ihr Kopf fällt langsam und schwach zur Seite. „*... nicht sehen, wenn man weiß, dass es da ist.*“

Dann verstummt Ruby wieder, aber es genügt, um Amanaki auf ewig zu zeichnen. Unter Tränen versucht er Stunde um Stunde, mit Ruby zu sprechen, um sie zurückzuholen in diese Welt. Dorthin, wo er sie braucht. Doch Ruby bleibt endgültig still.

Zwei Tage später, an einem späten Nachmittag, der schöner nicht hätte sein können, wandelt sich das regelmäßige Piepsen des EKGs dann plötzlich in ein monotones Summen. Ein Geräusch, das sich in Amanakis Seele brennt. Als sein schockierter Blick auf die flache Linie des Bildschirms fällt, tastet er sich apathisch die Wand entlang. In der hintersten Ecke des Zimmers angekommen, bricht er zusammen. Mit offenem Mund verfolgt er vom dort aus den Versuch der Ärzte, Ruby wiederzubeleben. Wieder und wieder zuckt ihr Körper bei jedem Stoß des Defibrillators, aber Ruby bleibt still.

Obwohl nur Minuten vergehen, meint Amanaki wochenlang in diesem Krankenzimmer zu kauern. Wochen, in denen all seine Gefühle wie Pfeile auf ihn niederregnen und ihn durchbohren. Immer weiter, immer wieder, bis sich irgendwann einer der Ärzte zu ihm wendet, um nur traurig den Kopf zu schütteln. Nun ist Amanaki also ganz allein, während die Welt endgültig über ihm zusammenbricht.

Stunden später muss er den Ärzten erklären, wer Ruby war und dass sie noch hier in Japan eingeäschert werden wollte, damit Eleonore sie anschließend mit nach Neuseeland nehmen kann. Nach Hause.

Ruby wird endlich heimkehren und das nicht allein, denkt Amanaki traurig und glücklich zugleich. Doch er ... er kann nicht bleiben. Er kann es nicht mehr ertragen, in diesem Krankenhaus zu sein. Mit jeder weiteren Minute, die er hier verbringt, höhlt ihn dieser Ort mehr aus. Ruby würde das verstehen, da ist er sich sicher, und das Wissen um Eleonores baldige Anreise beruhigt sein Gewissen.

So verabschiedet er sich von Ruby, so gut es eben geht, und lässt dabei all ihre Sachen zurück. Alles, bis auf das eine Bild, das sie in Kyoto während der Kirschblüte malte. Allein mit seinen Gedanken macht er sich auf den Weg, um in einen Shinkansen-Zug einzusteigen, der ihn nach Tokyo bringen wird: einen Ort ohne Sinn.

Am nächsten Tag sitzt er einsam in der übervollen Metro, wo seine Blicke den Reflexionen der Glasscheiben hinterherlaufen. Doch jedes Mal verlieren sie sich in der blauen Tiefe des Himmels, der sich als schmaler Streifen über ihm erstreckt. Der Himmel erscheint Amanaki so unglaublich weit entfernt ... als könnte niemand ihn jemals erreichen. Nicht einmal *sie*.

Während seine Gedanken ihn derart quälen, kommt die Metro erneut zum Stehen: *Haltestelle Shibuya*. Bedrückt steigt Amanaki aus und schlurft langsam aus der trostlosen Station. Draußen wird er von meterhohen Werbebannern begrüßt, die lautstark und mit flackernden Lichtern auf sich aufmerksam machen. Minutenlang sieht er sich apathisch um und betrachtet die Menschenmassen, die an ihm vorbeirauschen. Es sind so unglaublich viele Menschen, alle mit ihren eigenen Problemen und Träumen und dennoch: Nie zuvor hat er sich so einsam gefühlt.

Schließlich atmet er tief ein und betritt die weltberühmte Kreuzung. Statt sie zu überqueren, bleibt Amanaki jedoch in der Mitte stehen. Ganz langsam dreht er sich dabei im Kreis, während weiterhin Tausende Menschen an ihm vorbeiströmen, jeder in eine andere Richtung laufend. Doch wohin soll *er* gehen?

Es gibt nichts mehr, das ihn noch hält. Keinen Ort, zu dem es ihn zieht. Er will einfach nur zurück. Dorthin, wo alles noch einen Sinn hatte. Also dreht Amanaki auf der Stelle um, um wieder in die Metro einzusteigen. Er fährt jedoch nicht wieder zurück nach Hakone. Nein, er hat ein anderes Ziel. Er will zum Flughafen, denn bald ist es so weit.

Als Amanaki nach einer Stunde endlich dort ankommt, kramt er zunächst das Ticket aus seiner Tasche. Mit beiden Händen hält er es fest und setzt sich auf eine Bank. Eine halbe Ewigkeit wartet er regungslos, bis ihn seine Gefühle schließlich übermannen. Verzweifelt spricht er mit sich selbst: „Es tut mir leid, Ruby. Es tut mir so unendlich leid, dass ich dir nicht noch mehr helfen konnte. Dass ich dir nicht erklären konnte, was diese Welt eigentlich von dir will."

Er senkt seinen Kopf, so dass zwei Tränen auf das Flugticket tropfen. Amanaki fährt verzweifelt mit der Hand durch seine Haare, bis plötzlich der Gong ertönt, den er schon die ganze Zeit erwartete:

„Achtung bitte, die Passagierin Ruby Reynolds, gebucht auf den Flug ANZ 807 nach Auckland, wird zum Gate 47 gebeten. Ihr Flug ist zum Einsteigen bereit."

Amanaki kann sich nicht mehr beherrschen und weint hemmungslos, während er über die gedruckten Schriftzeichen streicht, die auf dem Flugticket stehen: Ruby Reynolds.

In diesem Moment ist sie lebendig. Für ihn und für die ganze Welt. Mit dem Erklingen ihres Namens bauen sich all die guten Erinnerungen vor Amanaki auf und lassen ihn trotz aller Tränen strahlen.

„Ich weiß nicht, ob wir uns wiedersehen, Ruby, aber ich verspreche dir, dass ich mein Leben so lebe, wie du es gewollt hättest. Es wird einen Sinn haben, genauso wie dein Leben einen Sinn hatte. Nie werde ich daran zweifeln, auch wenn ich vielleicht niemals herausfinden werde, worin er verborgen liegt."

Mit letzter Kraft beginnt er die restlichen Seiten seines Reisetagebuchs auszufüllen. Jedes Wort gleicht für ihn einem Gedicht, fähig all seine Zweifel, sein frohes Leid und seine bittere Freude auszudrücken. Als er es nach einigen Minuten zuschlägt, ertönt wieder der Gong:

„Achtung bitte, die Passagierin Ruby Reynolds, gebucht auf den Flug ANZ 807 nach Auckland, wird aufgefordert, sich unverzüglich zum Gate 47 zu begeben. Ihr Flug schließt jetzt."

Amanaki knüllt das Ticket zusammen und beißt sich unter Tränen in die Faust. Er kann nicht mehr. Er muss hier raus. Fort, einfach nur für immer fort.

Er steht auf, tritt hinaus an die frische Luft und verschwindet. Hinaus in eine neue Welt, eine neue Wirklichkeit, aus der er nie wieder zurückkehren wird.

Kapitel 21

Es ist ein schöner Frühlingsmorgen, als Tahiri verzweifelt nach ihrem alten Surfboard sucht. Hektisch durchforstet sie ein Zimmer nach dem anderen, aber selbst in den verschiedenen Lagerräumen kann sie es nirgendwo entdecken. Wo zur Hölle ist es nur?

„Maamaaa?", brüllt sie. Doch ihre Mutter reagiert nicht, woraufhin sie einmal tief Luft holt. „Maammaaaaaaaaaa!?"

„Jaaaa?", hört sie ihre Mutter nun irgendwoher rufen.

„Woooo bissssst duuuu?"

„Im Esszimmer!"

Kurz verdreht Tahiri die Augen und schluckt gleichzeitig ihren Frust herunter. Dass ihre Unterhaltungen immer so ablaufen müssen.

„In welchem Esszimmer, verdammt?!"

„Das im kolonialen Stil!"

Na endlich. Tahiri läuft schnell durch die Gänge zu dem Zimmer, wo ihre Mutter den Tisch für eine Dinnerparty dekoriert.

„Hast du mein altes Surfboard gesehen, Mama?"

Ihre Mutter legt die roten Stabkerzen aus der Hand.

„Aber wir haben dir doch gerade erst ein neues gekauft, Schatz."

„Das ist mir egal, ich will mein altes wiederhaben. Ich komm mit dem neuen einfach nicht klar."

Nachdenklich blickt ihre Mutter aus dem Fenster.

„Ich glaube, dein Vater lagert die alten Surfboards auf dem Speicher. Warum auch immer."

„Danke! Du bist die Beste!"

Prompt verschwindet Tahiri nach oben und läuft zügig die Treppe zum Speicher hinauf. Heute sind ihr schon viel zu viele gute Wellen entgangen, um noch mehr Zeit zu vergeuden. Als sie auf dem riesigen Speicher ankommt, muss Tahiri sich jedoch erst orientieren.

Unzählige Möbelstücke sind mit Decken verhüllt, und mehr als sie erwartet hätte, sehen dabei wie ein Stapel alter Surfboards aus. Also reißt sie eine Decke nach der anderen herunter, bis sie schließlich den Stapel mit ihrem geliebten Board findet. Zufrieden lächelt sie.

„Ich haaaaaab's!", brüllt Tahiri durch die Speichertür in die Weite des Hauses. Anschließend klemmt sie es sich zufrieden unter den Arm und will bereits die Treppe hinuntersteigen, als ihr Blick an einem kleinen Sekretär hängenbleibt. Auf der Schreibfläche liegen einige seltsame Bücher, die Tahiri noch nie zuvor gesehen hat. Neugierig blättert sie durch den Stapel, bis ihr ein dünnes Buch auffällt, das nicht zu den anderen passt. Obwohl es sehr unscheinbar ist, zieht es Tahiri geradezu magisch an.

Vorsichtig nimmt sie es und wischt die feine Staubschicht fort. Da es keinen Titel trägt, schlägt Tahiri es auf. Die gesamte erste Hälfte wurde herausgerissen, was der Grund dafür sein dürfte, warum es hier oben so trostlos verstaubt. Lediglich das Ende ist noch da.

Enttäuscht will Tahiri es bereits wieder weglegen, als sie den Titel in der Buchinnenseite entdeckt, der sie alles andere vergessen lässt:

Reisetagebuch von Amanaki – 2. Teil

Tahiri kann nicht glauben, was sie in ihren Händen hält. Sechs lange Jahre ist es her, dass ihr Bruder die Familie ohne Vorwarnung verlassen hat; da war sie dreizehn Jahre alt. Ein Schock, den Tahiri nie überwinden konnte. Und seit mehr als fünf Jahren hat niemand aus ihrer Familie irgendetwas von ihm gehört. Nicht einmal mehr Kontoabbuchungen trudelten ein. Zumindest dachte Tahiri das bisher.

Alles, was ihr von ihrem geliebten Bruder blieb, waren alte Fotos und Erinnerungen. Aber warum sollten ihre Eltern Amanakis Tagebuch verheimlichen?

Ohne länger darüber nachzudenken, beginnt sie die noch vorhandenen Seiten zu lesen. Die ersten Zeilen versetzen Tahiri nach Kobe und erzählen die Geschichte einer todkranken Frau, die Amanaki ... zu lieben scheint?

Tahiri liest, bis die Erzählung über Kyoto und Nara, schließlich nach Hakone gelangt, wo jener Anfall die gemeinsame Reise der beiden so plötzlich beendete. Wort für Wort saugt Tahiri in sich auf, während sich ihr Herz vor Aufregung beinahe überschlägt. Schließlich gelangt sie zum traurigen Ende des Tagebuchs, das scheinbar später nachgetragen wurde:

...

So gerne würde ich schreiben, dass Ruby friedlich im Antlitz von Mount Fuji eingeschlafen ist, ohne Schmerz und ohne Furcht. Das Leben spielt jedoch meistens nach anderen Regeln. Leider musste ich mit ansehen, wie dieser Mensch, der mir doch so viel bedeutete, Tag für Tag immer mehr im Elend ertrank und schließlich von mir ging. Eine Lücke klafft dort, wo sie einst war, und dennoch meine ich, sie überall zu entdecken: im Rascheln der Baumkronen und im Plätschern des Regens. Immer wieder greife ich nach ihrer Silhouette, doch meine Hand gleitet hindurch. Es zerreißt mir das Herz, dass ich nichts tun konnte, um sie zu retten. Mit ihr bin ich meinen Träumen und mir selbst nähergekommen als jemals zuvor. All die Erfahrungen, die wir gemacht, all die Menschen, die wir getroffen haben, formen ein gigantisches Mosaik, dessen traurige Schönheit ich erst aus der Distanz komplett erkennen werde. Aber eines weiß ich jetzt schon:

Es wird nicht das Ende sein. Nein, es ist nur der Anfang einer viel größeren Reise.

Mein altes Ich mag mit Ruby verschwunden sein, doch mein neues Selbst keimt in ihrem Tod. Nichts auf dieser Welt wird mir die Vergangenheit zurückbringen, und die Zukunft liegt noch in Trümmern. Aber die Zukunft wird heilen und irgendwann für immer uns gehören. Dann wird Ruby bis in alle Ewigkeit in mir weiterleben.

So werde ich ein Wanderer zwischen den Welten und Zeiten sein, der allein durch die Irrwege seiner Existenz treibt. Aber sorgt euch nicht um mich, da ich trotz allem voller Zuversicht bin.

Denn eines Tages ergibt alles Sinn.

Auf der letzten Seite fällt Tahiri ein Foto entgegen, auf dem Amanaki mit Ruby zu sehen ist, wie sie in Nara ein paar Rehe streicheln. Wehmütig fährt sie über das Bild und muss gegen ihre Emotionen ankämpfen.

Ohne dem Surfboard noch Beachtung zu schenken, läuft Tahiri mit dem Buch hinunter in das koloniale Esszimmer. Völlig aufgelöst konfrontiert sie ihre Mutter mit dem Tagebuch.

„Mama ... ich habe Amanakis Tagebuch gefunden!"

Ihre Mutter scheint für einen Augenblick nicht zu verstehen, was los ist, lässt dann aber sofort alles stehen und liegen, um sie in den Arm zu nehmen. Sie weiß also, dass es existiert. Doch Tahiri lässt sich von der Umarmung nicht ablenken. „Wieso habt ihr mir nichts davon erzählt? Wo sind die übrigen Seiten?"

Ihre Mutter seufzt.

„Komm, setz dich." Tahiri nimmt auf einem der Stühle Platz. Dann fährt ihre Mutter fort: „Das Tagebuch lag vor zwei Jahren genauso in unserem Briefkasten. Es war nie vollständig und wurde von Tonga abgeschickt, doch niemand dort hat Amanaki je gesehen. Wir wissen nicht, wo Amanaki vor Kobe war, was er getan hat oder wie und wo er Ruby kennenlernte. Nichts. Wir haben versucht, ihn zu finden, aber es ist beinahe, als würde er gar nicht mehr existieren." Ihre Mutter wischt sich die ersten Tränen aus dem Gesicht. „Nach all den Jahren hat uns dieses Tagebuch Hoffnung gegeben, ihn vielleicht wieder in unsere Arme schließen zu können. Diese Hoffnung wurde so sehr enttäuscht, dass wir schließlich in ein noch tieferes Loch fielen als zuvor. Dein Vater und ich haben nie verkraftet, dass der Kontakt zu Amanaki abgebrochen ist, und das Tagebuch hat es nur noch schlimmer gemacht und alte Wunden aufgerissen. Du glaubst gar nicht, wie sehr dein Vater darunter leidet, dass er Amanaki ziehen ließ. Die ersten Wochen und Monate hätte er ihn wohl noch ohne Probleme auffinden und heimbringen können, doch wir dachten beide, dass ihm eine Auszeit, dass ihm diese Erfahrung guttun würde. Aber nun ist es zu spät. Er ist für immer fort. Wir wollten nicht, dass du und deine Schwester genauso darunter leiden wie wir."

Ihre Mutter beginnt zu schluchzen, fängt sich aber wieder, um demonstrativ den Raum weiter zu dekorieren. Tahiri weiß nicht recht, wie sie mit dieser Information umgehen soll. Es erschlägt sie zu sehr, als dass sie irgendeine Regung zeigen könnte. Doch sie will ihren Bruder endlich wiedersehen.

„Aber was ist denn mit den Leuten, die Amanaki im Tagebuch erwähnt? Könnte man nicht von ihnen etwas über Amanakis Aufenthaltsort erfahren?"

Ihre Mutter schüttelt nur traurig den Kopf.

„Denkst du wirklich, daran hätten wir nicht gedacht? Die einzigen Menschen, die er namentlich erwähnt sind Ruby, Toshi und Hisako und allesamt nur mit ihren Vornamen. Weißt du, wie viele Hisakos und Toshis es in Japan gibt? Und ohne zu wissen, woher Ruby stammt, ist es unmöglich, sie ausfindig zu machen. Mal ganz davon abgesehen, dass sie ja anscheinend tot ist." Ihre Mutter vergräbt das Gesicht in ihren Händen. „Es ist hoffnungslos!"

Eine Weile redet Tahiri mit ihrer Mutter, bis ihr Vater das Zimmer betritt. Aufgeregt konfrontiert sie ihn ebenfalls mit Amanakis Tagebuch. Doch egal, was Tahiri auch in den Sinn kommt, ihre Eltern haben es schon längst erwogen und letztlich verworfen.

Abends, während der Rest der Familie sich mit den Dinner-Gästen unterhält, liegt Tahiri mit dem Tagebuch in ihrem Bett. Immer wieder liest sie es, bis spät in die Nacht hinein, denn sie kann nicht aufhören, darüber nachzudenken. Irgendeinen Anhaltspunkt, wo Amanaki hingegangen sein könnte, muss es doch geben, doch Tahiri findet nichts.

Am nächsten Morgen ziehen weitere qualvolle Stunden ins Land, in denen sie kein Stück weiterkommt, bis ihr irgendwann tatsächlich ein Gedanke, eine winzige Hoffnung in den Kopf schießt. Am Anfang ist es nur eine vage Vermutung, aber nach einer Weile ist Tahiri so überzeugt davon, dass sie nervös in den Garten rennt, wo sich ihre Eltern im Schatten eines Baumes vom gestrigen Abend erholen.

„Mama, Papa, ich habe eine Idee, wie wir Amanaki finden können!" Sofort schauen ihre Eltern entmutigt und neugierig zugleich auf. „Amanaki schreibt doch in seinem Tagebuch, dass er diese Hisako in Kobe bei einer Demonstration zur Rettung dieses Gartens kennengelernt hat. Normalerweise werden Demonstrationen angemeldet, oder nicht? Vielleicht weiß die Stadtverwaltung noch, wer die Demonstration angemeldet hat. Es könnte ja Hisako gewesen sein, da sie laut Amanaki die Wortführerin war."

Ihre Eltern schauen sich hilflos an, bevor ihr Vater resigniert das Wort ergreift.

„Tahiri, selbst wenn wir Hisako finden sollten, hat sie doch laut des Tagebuchs nur zwei Sätze mit Amanaki gesprochen. Wieso sollte sie also wissen, wo er sich herumtreibt?"

Tahiri ist entsetzt über diese Antwort.

„Aber es ist eine Chance! Bedeutet euch Amanaki so wenig, dass ihr nicht mal einer Chance nachgeht?"

Nun schlägt die Resignation ihres Vaters in eine Mischung aus Trauer und Wut um.

„Zwei volle Jahre lang, ein Jahr nach dem Kontaktabbruch und noch mal ein Jahr nach dem Eintreffen des Tagebuchs, haben wir jede Chance ergriffen, Tahiri! Jede einzelne! Niemand wünscht sich mehr, Amanaki wiederzusehen als wir!" Seine Stimme bebt. „Ich ertrage keinen weiteren Rückschlag! Was ist denn, wenn wir eine Spur finden? Nur um herauszufinden, dass Amanaki längst tot ist? Dass er sich vielleicht umgebracht hat?"

„Wieso sollte sich Amanaki denn umbringen?", unterbricht sie ihren Vater entsetzt.

„Du hast die letzten Seiten des Tagebuchs doch selbst gelesen!", faucht er zurück und macht eine Pause. „Tahiri, ich ... ich kann das alles nicht mehr. All die Jahre war unser einziger Trost, dass Amanaki vielleicht irgendwo friedlich und abgeschieden lebt. Die Hoffnung, dass er sein Glück gefunden hat. Ich könnte es nicht ertragen, wenn mir auch diese Hoffnung genommen wird."

Nun laufen bei ihrem Vater die ersten Tränen, und sofort fühlt Tahiri sich schlecht. Es war falsch von ihr, ihren Eltern so etwas zu unterstellen. Aber dennoch kann sie es nicht gut sein lassen. Sie will es unbedingt rausfinden, im Notfall auch allein.

Also redet sie auf ihre Eltern ein. Dass sie erst in einem halben Jahr zum Wintersemester nach Frankreich aufbrechen müsse und somit Zeit habe, ein paar Tage nach Amanaki zu suchen. Natürlich lehnen ihre Eltern es entschieden ab, aber Tahiri bohrt immer weiter und weiter. Ein Redesturm prasselt auf ihre Eltern nieder. Erst das Versprechen, dass sie jeden Tag anrufen und nicht wie Amanaki einfach in der Weltgeschichte verschwinden wird, lässt ihre Mutter erweichen.

„Sie ist volljährig. Wir können sie nicht länger aufhalten. Lass Tahiri doch eine Woche nach ihrem Bruder suchen, wenn sie es unbedingt möchte."

Widerspenstig stimmt auch ihr Vater dem Ganzen zu und bucht daraufhin tatsächlich einen Flug für sie, der in zwei Wochen von Tahiti aus über Auckland nach Tokyo geht. Von dort wird Tahiri dann nach Kobe reisen, um eine Woche lang einer Spur zu folgen, die sie hoffentlich zu Amanaki führt.

Wenn Amanaki da draußen noch irgendwo lebt, will sie ihn finden. Und wenn er gestorben ist, will Tahiri es wenigstens erfahren. Nur dann kann sie sich von ihrem großen Bruder verabschieden, mit dem sie so viele schöne, aber auch ihre letzten Kindheitserinnerungen teilt. Denn an dem Tag, an dem Amanaki sie verließ, endete auch ihre Kindheit. Vielleicht ist es also naiv, diesem Hauch von Hoffnung nachzugeben, der sie treibt.

Aber letztlich beginnt es immer mit Hoffnung.

Kapitel 22

Müde steigt Tahiri am frühen Morgen in den Shinkansen-Zug Richtung Kobe und ist heilfroh, als sie sich endlich in ihren weichen Sitz fallenlassen kann. Mit der Wartezeit in Auckland dauerte ihr Flug satte 21 Stunden, und das Umsteigen vom Flughafen auf das richtige Schienennetz war auch komplizierter als erwartet. Auf der dreieinhalbstündigen Fahrt kann sie ihre Augen für eine Weile schließen und sich etwas erholen.

Als sie dann überpünktlich in Kobe ankommt, hetzt Tahiri rastlos aus dem Bahnhof in die überfüllte Stadt. Auch wenn es hier in Japan viel für sie zu entdecken gäbe, kennt sie nur ein Ziel: die Stadtverwaltung.

Seit Tagen ist Tahiri eine Getriebene. Je länger sie darüber nachdenkt, desto sicherer ist sie sich, dass Amanaki ihnen bewusst nur das halbe Reisetagebuch zugeschickt hat. Irgendetwas muss es damit auf sich haben. Aber sie hat keine weiteren Hinweise gefunden und verbeißt sich deshalb umso mehr in diese eine Spur. Es ist ihre einzige Chance.

Auf dem Weg zur Stadtverwaltung, muss Tahiri anhalten, um etwas zu essen. Ihr Magen knurrt bereits seit Stunden schrecklich, weil sie das Flugzeugessen mal wieder nicht angerührt hat. Notgedrungen betritt sie einen dieser Convenience Stores und kauft sich ein paar Fertiggerichte, die gefühlt in tausend Plastikschichten eingewickelt sind. An der Kasse wird ihr bereits verpacktes Essen dann noch mal mit einer kleinen Plastiktüte umwickelt, nur um es letztlich in einer großen Tüte zu verstauen. Eigentlich will sie das gar nicht, lässt es aber geschehen. Tahiri ist nicht in der Lage, den Verkäufer rechtzeitig auf Japanisch daran zu hindern. Kopfschüttelnd verlässt sie daraufhin den kleinen Laden. Unglaublich, was das für eine Verschwendung ist.

In aller Eile schaufelt sie das Essen, maultaschenartige Dinger, in sich hinein und muss zugeben, dass es überraschenderweise lecker schmeckt. Nach fünf Minuten springt Tahiri auf, um weiter zur Stadtverwaltung zu eilen. Ihr brennt die Sache zu sehr unter den Nägeln, als dass sie hier noch länger trödeln könnte. Das restliche Essen packt sie kurzerhand in ihre Tasche.

Auf dem Weg muss sich Tahiri fast zwingen, nicht zu rennen. Ihre innere Unruhe ist so groß, dass sie beinahe die Menschen anschreien will, die sie beim Laufen ausbremsen. Erst als sie schließlich einen kleinen Garten kreuzt, an dessen Pforte ein hölzernes Schild hängt, vergisst sie ihre Eile für einen Moment: Sorakuen.

Neugierig wagt Tahiri einen Blick. Auch von hier draußen kann sie erkennen, dass es eine kleine Oase ist. Sie lächelt in sich hinein. Das ist also der Garten, für dessen Erhalt diese Hisako so erbittert kämpfte? Immerhin ist es ihr anscheinend gelungen. Vielleicht hat Tahiri ja später noch Zeit, ihn anzuschauen.

Als sie endlich bei der Stadtverwaltung eintrifft, dauert es beinahe Stunden, bis jemand versteht, was Tahiri eigentlich dort will. Aufgrund ihres unbarmherzigen Drängens geht ein Sachbearbeiter irgendwann die Archive durch. Eine weitere zähe Stunde zieht ins Land, doch ihre Geduld wird schließlich belohnt: Genervt teilt der Sacharbeiter ihr endlich den Namen einer kleinen gemeinnützigen Organisation mit, die für den Erhalt von Grünflächen kämpft und die Demonstration damals wohl organisierte. Auch wenn es nicht das ist, was sich Tahiri erhofft hatte, ist sie trotzdem überglücklich. Wenigstens endet die Spur hier nicht.

Überschwänglich bedankt sich Tahiri bei dem Mann, bevor sie aus dem Gebäude stürmt. Da sie nicht bis zum Hotel abwarten kann, sucht sie ein Café mit Internetzugang auf, um von dort nach der Organisation zu suchen. Und tatsächlich: Nach kurzer Recherche findet Tahiri eine Facebookseite mit einigen hundert Likes. In stiller Aufregung schickt sie dem Seitenadministrator eine Nachricht, dass sie eine Hisako suchen würde, die vor Jahren Kontakt zu ihrem verschwundenen Bruder hatte. Um ganz sicher zu gehen, hängt Tahiri auch noch ein Foto von Amanaki und Ruby an, das die beiden in Kobe zeigt.

Ab dann kann sie nur noch abwarten. Tahiri ist so nervös, dass sie den restlichen Abend im Café verbringt, in der Hoffnung, sofort eine Reaktion zu erhalten. Doch niemand antwortet ihr.

Enttäuscht sucht Tahiri ihr Hotel auf, wo sie den nächsten Vormittag in ihrem Zimmer auf eine Antwort wartet. Gegen vierzehn Uhr, gerade als Tahiri etwas essen gehen will, vibriert ihr Smartphone. Angespannt schaut sie auf den Bildschirm und strahlt, denn es ist die langersehnte Antwort des Seitenadministrators. Mit wenigen Worten teilt er ihr mit, dass er mit Hisako gesprochen hätte und dass sie sich um 19:30 Uhr mit Tahiri in einem Restaurant treffen will.

Jubelnd springt Tahiri auf ihrem Bett herum, bevor sie zitternd die Zusage eintippt und noch ein Foto von sich mitschickt. Sie hat es tatsächlich geschafft. Ganz allein hat sie Hisako gefunden und wurde ungefragt von ihr zum Essen eingeladen. Es muss also die richtige Hisako sein, anders kann Tahiri es sich nicht erklären.

Sofort ruft sie ihre Eltern an, aber sie lassen sich nicht von der Euphorie mitreißen, sondern freuen sich eher, dass Tahiri bald schon heimkehren wird.

Zum Glück ist sie selbst viel zu aufgedreht, um sich davon runterziehen zu lassen. Sollen sie doch glauben, dass es eine Sackgasse ist. Sie würde ihnen schon noch das Gegenteil beweisen.

Den Rest des Tages führt Tahiri noch einige Telefonate mit Freundinnen und schlägt irgendwie die Zeit tot, um endlich zu dem Abendessen zu können. Als sie dann trotzdem mit etwas Verspätung am Treffpunkt ankommt, wird sie augenblicklich von einer wartenden Frau auf Englisch angesprochen.

„Du bist Tahiri, richtig?“

Die Frau scheint Anfang dreißig zu sein. Also verbeugt sich Tahiri etwas vor ihr.

„Ja, bin ich. Und du bist Hisako?“

Die Frau nickt.

„Was weißt du über meinen Bruder?“, platzt es aus Tahiri heraus.

Doch Hisako weist mit einem freundlichen Lächeln in das Restaurant.

„Lass uns etwas essen. Dabei werde ich dir alles erzählen.“

Da Tahiri das Gefühl hat, sich nicht dagegen wehren zu können, stimmt sie zu. Ungeduldig betritt sie zusammen mit Hisako das Restaurant und wird erst einmal erschlagen von der Lautstärke und der Stimmung, die dort herrscht. Wenn nicht überall Gäste am Essen wären, hätte sie sicherlich geschworen, dass es sich um eine Bar handelt.

„Was ist das hier für ein Ort?“

Gemeinsam nehmen sie an einem kleinen Tisch Platz, als Hisako ihr antwortet: „Ein Izakaya. Aber vor allen Dingen ist es das Restaurant, in das mich dein Bruder damals einlud.“

Natürlich will Tahiri sofort wissen, wie genau sich Hisako an jenen Tag erinnert. Im Reisetagebuch hat Amanaki nämlich nichts davon geschrieben, dass er sich nach dem

Gespräch am Garten noch mal mit Hisako getroffen hat oder sie treffen wollte. Also erzählt Hisako in aller Ruhe die Geschichte, während sie immer wieder Essen bestellen. Alles, was sie noch weiß, bis sie bei der Einladung zum Izakaya ankommt.

„Amanaki hat mich hierher eingeladen, mit der Behauptung, er würde eine Möglichkeit sehen, Sorakuen noch zu retten. Doch ich bin nicht erschienen, da ich ihm nicht glaubte und Angst hatte, mit Fremden etwas zu unternehmen. Vor allem, wenn es noch Fremde aus dem Ausland sind!“ Sie lacht bitter. „Wie dumm ich damals war! Nun bereue ich es jedes Mal, wenn ich diesen wunderschönen Garten betrete, denn ich hätte die beiden sehr gerne näher kennengelernt.“

Tahiri stellen sich mehr Fragen als Antworten. Sie runzelt die Stirn.

„Also haben Ruby und Amanaki den Garten gerettet? Wie das denn, bitte?“

„Steht darüber auch nichts im Tagebuch?“

Tahiri schüttelt den Kopf.

„Ich weiß nicht, wie sie es angestellt haben, aber irgendwie konnten sie Dutzende Menschen aus dem Ausland bewegen, einen Beschwerdebrief an die Stadtverwaltung zu schreiben. Eigentlich kann ich gar nicht sicher sein, dass es Amanaki und Ruby waren, die dafür verantwortlich sind. Sie müssen es aber gewesen sein. So funktioniert Zufall einfach nicht.“

Eine Weile reden sie noch über den Garten und wie genau es dazu kam, dass er nicht geschlossen wurde. Aber so sehr Tahiri diese von Amanaki ausgelöste Geschichte auch rührt, kann sie es irgendwann nicht mehr ertragen. Sie will es jetzt wissen.

„Hisako, hat Amanaki dir gegenüber irgendwie verraten, wohin er vielleicht gehen wollte? Hast du irgendeine Idee, wo er stecken könnte?"

Traurig schüttelt Hisako den Kopf.

„Ich kannte ihn nicht einmal richtig. Wir sind nur über die Geschichte dieses Gartens miteinander verbunden."

„Bist du dir sicher? Ich weiß, es ist lange her, aber versuch dich zu erinnern!"

Hisakos Blick ist von Hoffnungslosigkeit durchzogen. Sie hat wohl Mitleid. Ein paar Sekunden verstreichen, ehe sie antwortet.

„Es tut mir so leid ..."

Enttäuscht lässt Tahiri den Kopf sinken, und Tränen lösen sich, die schwer von ihren Wangen auf den Tisch tropfen. Hatten ihre Eltern vielleicht doch recht?

Hisako versucht zwar, sie zu trösten, aber es ist zwecklos. Tahiri hat sich so sehr auf diese Spur versteift, dass sie genau wie ihre Eltern deren Ende nicht ertragen kann.

Nach einigen Minuten legt Tahiri ein paar Geldscheine auf den Tisch und steht auf.

„Es tut mir leid, Hisako, aber ich muss hier raus. Ich hoffe, du verstehst das." Sie atmet einmal tief ein, um sich zu verabschieden. „Danke ... danke für alles."

Dann stürmt Tahiri aus dem Lokal. Sie will zurück in ihr Hotel und morgen so schnell wie möglich nach Hause. Was hat sie sich nur dabei gedacht? Verzweifelt fährt sie sich durchs Haar und schleppt sich resigniert über den grauen Asphalt. Für einen Moment betrachtet sie die Stelle neben ihren Füßen. Vielleicht stand Amanaki auf demselben Stück Boden, auf dem sie jetzt steht ... und dennoch fühlt sich die Distanz zwischen ihnen unendlich groß an. Zeit trennt wohl mehr als jeder Kilometer. Apathisch schleppt sie sich weiter. Doch bereits an der ersten

Kreuzung schießt ihr plötzlich ein Name durch den Kopf: Toshi! Wie konnte sie nur Toshi vergessen?

Panisch dreht Tahiri um, rennt zurück ins Restaurant und ist heilfroh, dass Hisako noch dort ist. Sie wollte gerade gehen, als Tahiri ihr beinahe in die Arme fällt.

„Hat er irgendwas von einem Toshi erzählt?“ Die Tatsache, dass Hisako es nicht sofort verneint, versetzt Tahiri beinahe in Rage. „Hat er? Hat er!?!?“

Sie kann sehen, wie es in Hisako rumort, als sie sich wieder hinsetzt.

„Ja ..., ich glaube schon.“

„Was, Hisako, was!?“, platzt es aus Tahiri heraus.

„Irgendwie, dass er einem Toshi in Kyūshū geholfen hat oder so. Ich weiß es nicht mehr genau, immerhin ist es sechs Jahre her!“

„Ist Kyūshū eine Stadt?“

Tahiris Herz rast vor Aufregung.

„Nein, das ist die südwestliche Hauptinsel. Dort gibt es viele Städte, aber ich glaube, es war Fukuoka. Und irgendwie muss ich an Spielhallen denken, aber ich weiß nicht mehr, in welchem Kontext.“ Einen Moment überlegt Hisako, schüttelt dann aber den Kopf. „Es tut mir leid, aber an mehr kann ich mich nicht erinnern.“

Tahiri atmet erleichtert auf. Ein riesiger Stein löst sich von ihrem Herzen und legt die brennende Euphorie von vorhin wieder frei. Ohne auf die japanischen Sitten zu achten, umarmt Tahiri Hisako und küsst mehrmals ihre Wange.

„Es genügt schon! Ich danke dir so sehr!“

Voller Freude bestellt sie etwas zu trinken. Nun, da Tahiri weiß, dass sie eine neue Spur hat, kann sie sich auf andere Dinge einlassen. Ja, jetzt ist sie richtig versessen darauf, Hisako etwas besser kennenzulernen. Es soll ein Abend werden, den sie niemals vergisst. Denn zum ersten

Mal hat sie eine echte Chance, ihren Bruder nach all den Jahren wieder in die Arme schließen zu können.

Als Tahiri am nächsten Morgen das Gewerbeamt in Fukuoka betritt, fühlt sie erneut ein aufregendes Kribbeln. Sie kann spüren, dass sie auf dem richtigen Weg ist. Entweder hat ihr Toshi aus Fukuoka eine Spielsucht, oder er betreibt eine Spielhalle. Hier würde sie erfahren, ob Letzteres der Fall ist, und stillheimlich betet sie dafür. Denn so zuversichtlich Tahiri auch ist, sie hat keinen Plan, wie sie Toshi sonst finden könnte. Nach gut zwei Stunden des Wartens tritt endlich jemand zu ihr, um Tahiri die gute Nachricht mitzuteilen.

Es gibt genau zwei Toshis im Großraum Fukuoka, die ein Spielhallengewerbe betreiben, und der gute Mann vom Amt hat sogar die jeweiligen Adressen für sie. Ohne lange zu überlegen, steuert Tahiri als Erstes die näherliegende Adresse an, die sie nach einer knappen Dreiviertelstunde erreicht. Eigentlich hätte Tahiri es aber auch viel schneller schaffen können, wenn sie sich nicht mehrmals verlaufen hätte. Ihr fällt es immer noch unglaublich schwer, sich in japanischen Städten zu orientieren, da viele Straßen keinen Namen tragen. Zudem ist sie so riesige Städte nicht gewohnt. Für sie als Tahitianerin ist es ein unglaublicher Kulturschock.

In der kleinen Spielhalle klirren Dutzende Automaten, und allgemein scheint für die Mittagszeit unglaublich viel los zu sein. Zumindest kommt es Tahiri so vor.

Geduldig quetscht sie sich also durch die Gänge, bis sie eine Person findet, die dort zu arbeiten scheint. Auf Nachfrage ruft die Angestellte den Betreiber. Als der Mann, der um die fünfzig Jahre alt ist, sie erblickt, flüstert er seiner

Angestellten zunächst noch ein paar Worte ins Ohr. Erst danach tritt er zu Tahiri, um sie auf Englisch anzusprechen.

„Was kann ich für Sie tun?"

Tahiri kann nicht sagen, ob der Mann sie misstrauisch oder erwartungsvoll anblickt.

„Guten Tag." Sie verbeugt sich kurz. „Entschuldigen Sie die Störung, aber dürfte ich Sie vielleicht fragen, ob Ihnen die beiden hier bekannt vorkommen?" Tahiri holt ein Foto hervor und drückt es ihm in die Hand. „Die Frau heißt Ruby, und der Junge ist mein Bruder und heißt ..."

„... Amanaki", wird sie von dem Spielhallenbetreiber unterbrochen, der zu lächeln beginnt. „Ja, ich kenne die beiden."

Tahiri schreit vor Freude so laut auf, dass trotz des Lärms in der Spielhalle alle zu ihr herüberblicken. Sie kann sich nicht länger beherrschen und fällt Toshi um den Hals.

„Unglaublich, dass ich dich gefunden habe!"

Auch Toshi scheint sich sehr zu freuen, weist aber mit der Hand freundlich zu einer Tür.

„Lass uns in meinem Büro weitersprechen."

Strahlend stimmt sie zu, und während sie die kleine Treppe hoch zu seinem Büro steigen, schreibt Tahiri ihren Eltern schnell eine euphorische Nachricht, dass sie Toshi tatsächlich gefunden hat. Dieser schüttelt nur lächelnd den Kopf.

„Ich kann nicht glauben, dass Amanakis Schwester nach all den Jahren hier auftaucht." Er strahlt sie an, bis sich plötzlich vereinzelt Tränen bei ihm lösen. „Kannst du dir überhaupt vorstellen, was dein Bruder für mich getan hat?"

Sie muss es verneinen. Alles, was sie der letzten Hälfte des zweiten Tagebuchs entnehmen kann, ist, dass Amanaki hin und wieder mit ihm schrieb.

„Vor mehr als sechs Jahren hatte ich wie jetzt eine kleine Spielhalle, doch war der Bezirk, den ich mir ausgesucht hatte, im Einflussgebiet der Yakuza. Weißt du, wer die Yakuza sind?“ Sie nickt. „Sie haben Schutzgeld gefordert, Unmengen, und es wurde immer mehr, weil sie sich in einen Krieg mit den Chinesen verzettelt hatten. Beinahe wöchentlich ist dieser Mistkerl Isamu aufgetaucht und hat mich solange ausgequetscht, bis ich schließlich bankrottging. Ich war am Ende, denn die Schulden zwangen mich, meine Wohnung aufzugeben, und ich konnte nicht einmal mehr für meine Familie sorgen. Ich verlor mein ganzes Selbstvertrauen, meine Motivation, einfach alles. Es wurde so schlimm mit mir, dass selbst meine Frau es nicht mehr ertragen konnte und mich verließ. Nicht wegen unserer Armut, sondern wegen meiner Depression. Ich war kurz davor, mir etwas anzutun. Doch dann habe ich deinen Bruder und Ruby kennengelernt, und nur ein gemeinsamer Abend genügte, um mein Leben komplett zu ändern. Von dort an schrieb Amanaki wochenlang jeden einzelnen Tag mit mir und versuchte mich aufzubauen. Er glaubte an mich und gab mir mein Selbstvertrauen zurück. Und auch danach schrieb er vier Jahre lang mindestens einmal die Woche. Vier Jahre! Kannst du dir das vorstellen?“ Toshi wischt sich die Tränen aus dem Gesicht. „Er ... er hat mir unglaublich geholfen. Irgendwann glaubte ich wieder an mich und auch an die Zukunft. Ich sah wieder Hoffnung, und mit der Hoffnung kehrte ich ins Leben zurück: Erst kam ich wieder mit meiner Frau zusammen, und nach drei Jahren harter Arbeit und schlimmer Armut konnte ich auch wieder im Geschäftsleben Fuß fassen. Seitdem zahle ich meine Schulden jeden Tag Stück für Stück ab, und die Yakuza sind auch kein Problem mehr.“ Nun hört Toshi auf zu weinen, um in einem leicht wütenden Tonfall weiterzusprechen. „Ihr Klan hat sich vor paar Jahren aufgelöst, und dieser Isamu sitzt im Gefängnis, ohne eine Chance, es jemals wieder zu verlassen. Ironie des Schicksals, nicht wahr? Eigentlich würde ich mich ja gerne darüber freuen, aber seine arme unschuldige Tochter ist in die Prostitution abgerutscht und drogenabhängig. Kein Vater kann über so etwas schadenfroh sein." Er ballt die Hand zur Faust. „Dieser Isamu hat mit allem, was er tat, diese Welt zu einem schlechteren Ort gemacht. Wenn man den Gerüchten Glauben schenken kann, hat seine Exfrau ebenfalls schwerste Depressionen bekommen, und ich weiß ganz genau, was das bedeutet." Toshi macht eine kurze Pause, in der er seine Wut wieder verliert. „Deshalb bin ich so dankbar erleben zu dürfen, wie meine Kinder aufwachsen und ihren Weg gehen. Diese zweite Chance ist das größte Geschenk, das ich jemals erhalten habe. Wäre Amanaki nicht gewesen, wäre ich sicher im Elend versunken."

Ein letztes Mal wischt sich Toshi mit der Hand durch das Gesicht. Tahiri ist sprachlos. Nie hätte sie erwartet, solch eine bewegende Geschichte zu hören.

„Das ist ... unglaublich."

Nun muss Toshi freundlich lachen.

„Nein, das Unglaubliche kommt noch." Er steht auf und geht zu einem Schrank. „Vor zwei Jahren landete plötzlich ein Paket von Amanaki in meinem Briefkasten, mit der Bitte, dass ich es aufbewahren soll. Falls eines Tages jemand auftaucht und nach ihm fragt, soll ich es demjenigen übergeben." Toshi reicht ihr ein flaches Päckchen, das nicht sonderlich schwer und immer noch verschlossen ist. „Dieser Tag ist heute. Amanaki ahnte wohl, dass du irgendwann hier auftauchen würdest."

Mit offenem Mund starrt Tahiri Toshi an und reißt das Paket zitternd auf. Ein mit einer Klammer fixierter Stapel Papier fällt ihr entgegen.

Es sind die restlichen Seiten des zweiten Tagebuchs.

Der Anfang des zweiten Teils seiner Geschichte.

Unter Tränen betrachtet Tahiri das erste Foto, auf dem Ruby und Amanaki auf ihrem alten Segelkatamaran sitzen. Er sieht so glücklich aus, denkt sie gerührt. Unter dem Bild stehen zudem eine handgeschriebene Adresse und ein Name. Ein Name, der Tahiris schwache Hoffnung in eine lodernde Flamme umschlagen lässt: Eleonore.

Kapitel 23

Sanft streichelt Tahiri über die Seiten des Tagebuchs, während ihr Flieger zur Landung ansetzt. Unzählige Male hat sie es bereits gelesen: Wie Amanaki mit Ruby Neuseeland verließ, wie sie nach Japan segelten, wie er Toshi kennenlernte und in Hiroshima von Rubys Krankheit erfuhr. Jedes Wort bewegt sie dabei auf eine Weise, die Tahiri nicht für möglich gehalten hätte. Es ist ein Gefühl des Glücks, das nun endlich auch ihre Eltern zu ergreifen scheint. So dauerte es nur einen Tag, bis ihr Vater einen Flug für sie nach Auckland buchte. Tahiri hat ihn noch nie so weinen hören, wie in dem Moment, als sie am Telefon von dem restlichen Tagebuch erzählte. Jede einzelne Seite musste sie abfotografieren und ihm zuschicken, doch Tahiri hat es gern getan. Es ist, als erwache ihre Familie aus einem langen Schlaf der Verdrängung, als würde Amanaki ... als würde die Hoffnung wiederbelebt werden.

Bei strahlendem Sonnenschein verlässt Tahiri eilig den Flughafen, um mit einem Taxi zu der Adresse zu fahren, die Amanaki ihr als Hinweis hinterließ. Immer wieder überschlagen sich dabei ihre Gedanken: Wer diese Eleonore wohl ist?

Ihr Bruder hat sie in dem gesamten zweiten Tagebuch nur dreimal erwähnt und nie erläutert, wieso sie eine so wichtige Rolle spielt. Aber bald schon würde Tahiri es erfahren. Und nicht nur das: Bei Eleonore würde auch das erste Buch von Amanakis Reisebericht auf sie warten. Der Teil, der seine Geschichte in Neuseeland erzählt. Tahiri ist sich dessen mittlerweile so sicher, wie man nur sicher sein kann. Sonst würde all das, Amanakis gesamtes Verhalten, keinen Sinn ergeben.

Nervös steigt Tahiri aus dem Taxi, als es vor einem kleinen Bungalow mitten in einem Vorort von Auckland zum Stehen kommt. Hoffentlich ist Eleonore nicht umgezogen, denkt sie verunsichert. Da es nur einen Weg gibt, es herauszufinden, atmet sie einmal tief ein und klingelt zweimal. Wenig später öffnet eine Frau Mitte dreißig mit dunkelblonden Haaren die Tür.

„Guten Tag?“

Für einen Moment steht Tahiri nur reglos da. Plötzlich hat sie Angst, nachzufragen.

„... kann ich Ihnen helfen?“

„Entschuldigung. Ich heiße Tahiri, und ich komme, weil das Tagebuch meines Bruders mich hierhergeführt hat. Ich komme wegen Amanaki.“

Wieder wird sie Zeugin, wie eine Person beim Erklingen seines Namens jede Zurückhaltung verliert. Voller Rührung wird sie von der Frau in den Arm genommen, doch Tahiri fragt lieber noch mal nach: „Sind Sie Eleonore?“

Die Frau lacht nur, bereits den Tränen nahe.

„Ja, natürlich bin ich es!“

Daraufhin wird sie von Eleonore hereingebeten, und noch beim Betreten des Hauses fällt ihr die schöne rustikale Einrichtung auf, die alle Räume zu durchziehen scheint. Erst als Eleonore ihr schließlich einen Stuhl am Esszimmertisch und etwas zu trinken anbietet, sammelt sich Tahiri. Dankend nimmt sie Platz, und Eleonore kommt ohne Umschweife auf die traurige und lange Geschichte von Rubys Krankheit zu sprechen. Sie erzählt, wie Ruby ihren ersten Anfall bekam, wie Eleonore sie im LSD-Rausch fand, wie sie sich zerstritten und schließlich wieder zueinandergefunden haben. Und dann zeigt ihr Eleonore auch noch den Brief, diesen einen Brief, den Ruby kurz vor ihrem Tod abgeschickt hat und der Tahiri tief berührt.

„Es vergeht kein Monat, in dem ich diese Zeilen nicht mindestens einmal lese. Du glaubst gar nicht, wie sehr er mir half, nach Monaten der Zweifel und des Leids endlich mit Rubys Schicksal abzuschließen. Ich fand Frieden, denn jedes Wort zeigt mir, dass Ruby selbst mit ihrem Schicksal Frieden schließen konnte. Zum ersten Mal hatte ich das Gefühl zu verstehen, was sie durchgemacht hat, und auch wenn wir uns wochenlang nicht gesehen haben, fühlte ich mich ihr in diesem einen Moment näher, als in all den Jahren zuvor." Eleonore schluckt, bevor sie weiterspricht. „Wenn dein Bruder, wenn Amanaki nicht gewesen wäre, hätten wir uns vermutlich nicht wieder vertragen. Im Streit wäre Ruby einsam und verzweifelt von mir gegangen, und diese Vorstellung würde mich mein ganzes Leben quälen. So gesehen hat Amanaki also nicht nur Ruby gerettet, sondern gleichzeitig auch mich." Sie steht auf, um ein dünnes Buch aus einem Regal zu ziehen. „Als dann vor zwei Jahren das Paket mit dem Tagebuch und einer Nachricht in meinem Briefkasten lag, konnte ich nicht anders, als es zu öffnen. Ich hoffe, du verzeihst mir, denn ich habe geglaubt, etwas über Ruby und ihren Abschied zu erfahren, das ich noch nicht wusste. Auch wenn ich nichts finden konnte, half es mir trotzdem, denn ich habe mir bis dahin Sorgen um Amanaki gemacht. Jetzt mache ich mir keine mehr." Plötzlich wird Eleonore nachdenklich und spricht nur noch ganz leise. „Nein, jetzt nicht mehr."

Eleonore reicht ihr das Buch, das Tahiri voller Ehrfurcht und Freude entgegennimmt. Sie hatte also recht: Es ist tatsächlich das erste von Amanakis Reisetagebüchern. Wie bei dem anderen Tagebuch fehlen auch hier die ersten Seiten, aber dafür sind wieder eine Adresse und ein Name eingetragen.

„Andrew aus Taupo ...“, flüstert sie Eleonore lächelnd zu. „Bist du dort gewesen?“

Eleonore trinkt einen Schluck Wasser, ehe sie antwortet.

„Nein, ich habe mich sowieso schon schlecht gefühlt, es überhaupt geöffnet und gelesen zu haben. Er wollte, dass nur die Person, die hier auftaucht und nach ihm fragt, dorthin geht. Wenigstens diesen einen Wunsch will ich ihm erfüllen, das bin ich ihm schuldig.“

Tahiri nickt und klappt das Reisetagebuch zu. Anschließend unterhalten sie sich noch eine Weile über Ruby und Amanaki und deren sonderbare Geschichten. Es gibt so viel zu erzählen, und Tahiri glaubt, ihren Bruder plötzlich ein zweites Mal kennenzulernen. Ganz langsam baut sich vor ihr das Bild eines jungen Mannes auf, das ihre schönsten Kindheitserinnerungen noch übertrifft. Man soll nicht seine Helden treffen, sagt man, doch genau das will Tahiri tun. Nie wird sie es bereuen.

Planlos läuft sie am späten Nachmittag durch Taupo und denkt über die Seiten des Tagebuchs nach, die sie von Eleonore erhalten hat. Vor allem der schwere Unfall und Ari lassen Tahiri nicht mehr los. Es klingt so ... so unglaublich, dass Ari in dieser Situation zu fliegen beginnt, als wäre es ein Wunder. Doch warum sollte Amanaki in seinem eigenen Tagebuch lügen? Es scheint ihn tief berührt zu haben, und immerhin lässt es Tahiri verstehen, wieso er diesen Saphirlori so liebte. Dabei weiß sie bis jetzt nicht einmal, wo und wie Amanaki zu Ari gekommen ist. Tahiri ist sich aber sicher, all das im ersten Abschnitt seines Reisetagebuchs zu erfahren. Alles, was sie also braucht, ist etwas Geduld.

Als Tahiri nach einer Ewigkeit noch nicht die richtige Straße gefunden hat, verzweifelt sie allmählich. Irgendwann spricht sie einen jungen Mann mit Rucksack an, der ihr entgegenkommt. Bei der Frage nach Andrews Adresse muss der junge Mann lachen.

„Was für ein Zufall, da komme ich gerade her. Bist du etwa die nächste Couchsurferin?“

Verwirrt schaut sie ihn an.

„Ähm, die was?“

Zum Glück scheint der Kerl sofort zu verstehen, dass sie keine Ahnung hat, worüber er eigentlich spricht.

„Oh, tut mir leid. Es lag so nahe, dass du ihr nächster Übernachtungsgast bist. Warte kurz. Du musst zwei Blocks in diese Richtung, links abbiegen und die nächste wieder rechts. Dann stehst du direkt davor. Du kannst es gar nicht verfehlen.“

Tahiri bedankt sich und macht sich auf den Weg. Nach einer Viertelstunde erreicht sie das Haus und klingelt nervös. Es verstreichen ein paar Momente, bis eine schwarzgekleidete Teenagerin desinteressiert die Tür öffnet.

„Ja?“

Tahiri hadert etwas mit sich.

„Ähm, ich suche Andrew?“

Die Teenagerin dreht sich bereits um.

„Papaaaaaaaaa!“, brüllt sie genervt durch das Haus, um anschließend nach oben zu verschwinden. Wenig später steht auch schon Andrew vor ihr.

„Hallo, wie kann ich dir helfen?“

Tahiri lächelt und hält das Foto hoch, auf dem Andrew zusammen mit Amanaki zu sehen ist.

„Ich bin seine Schwester.“

Daraufhin strahlt Andrew sie ebenfalls an.

„Ich wusste, der Tag würde kommen. Ich wusste es einfach.“ Er weist glücklich nach drinnen. „Komm herein, komm herein! Wir setzen uns in die Küche.“

Natürlich folgt Tahiri der Einladung, und während sie durch den Flur zur Küche gehen, fallen ihr sofort die unzähligen Fotografien an der Wand auf. Interessiert betrachtet sie ein Foto, auf dem ein junger Maori beim Tanzen zu sehen ist.

„Wahnsinn, die sind beeindruckend! In Amanakis Tagebuch stand zwar, dass du fotografierst, aber damit habe ich nicht gerechnet."

Andrew lächelt.

„Ich ehrlich gesagt auch nicht. Als ich Amanaki traf, war ich noch nicht so gut. Er hat mich dazu bewegt, ein paar Fotos einzusenden, und siehe da: Nach nur vier Versuchen wurde ich mit Mitte vierzig *entdeckt* und fotografiere jetzt mehr oder weniger hauptberuflich. Also, ich arbeite zwar noch in meinem alten Job, aber nur in Teilzeit."

Tahiri schüttelt lachend den Kopf. „Amanaki hat dich dazu bewegt?"

„Ja, hat er. Warte einen Moment, ich will dir etwas zeigen."

Andrew verschwindet kurz und kehrt mit einer großen eingerahmten Fotografie zurück, auf der Amanaki zu sehen ist, wie er mit Ari vor einem Auto steht, während im Hintergrund Lake Taupo glitzert. Sein Aussehen, die ganze Szenerie strahlen eine Natürlichkeit aus, die Tahiri dahinschmelzen lässt. Obwohl er nur unauffällig lächelt, sieht Amanaki unglaublich glücklich aus.

„Wie viele Gefühle doch in diesem Bild stecken", murmelt sie fasziniert.

Andrew nickt. „Ja, das sehe ich auch so. Es gefällt mir am allerbesten, und es ist dieses Foto, das mir zum Durchbruch verhalf." Dann legt er das Bild nachdenklich zur Seite. „All die Jahre wollte ich Amanaki so gerne danken, nicht nur dafür, dass er beim Umzug geholfen hat, sondern für alles. Mein ganzes Leben fühlt sich so unglaublich leicht an, seitdem ich meinen Traum leben kann, und nur dank ihm haben wir zum Beispiel Couchsurfing entdeckt. Obwohl *entdeckt* ist eigentlich das falsche Wort.“ Er kratzt sich am Kinn. „Vielmehr kamen wir dank der Erfahrung mit Amanaki überhaupt erst auf die Idee.“ Dann zeigt er ihr noch ein paar weitere Fotos, auf denen verschiedene Menschen zu sehen sind. „Seitdem hatten wir meist junge Leute aus mittlerweile 43 verschiedenen Ländern zu Gast, und sie sind mein Hauptmotiv. Ich versuche ihre Energie, ihre Unbeschwertheit, ihr Vertrauen, all das, was ich auch in Amanaki sah, einzufangen. Es sind Fotografien der Zuversicht und des Aufbruchs. Mehr als das: Es sind Wehrtürme der Hoffnung in Zeiten des Zweifels.“

Wieder ist Tahiri den Tränen nahe. Da Andrew nicht zu verstehen scheint, was sie so berührt, erzählt sie ihm ausführlich von dem langen Weg, den sie auf sich nehmen musste, um ihn zu finden. Von ihren prägenden Begegnungen mit Hisako, Toshi und Eleonore, von denen Andrew nichts wissen kann. Nach und nach scheint dieser zu verstehen, wie schwer sein letzter Satz eigentlich wiegt. Wie sehr er damit ihre Erfahrungen und Gedanken umschreibt.

„Ich will ihn unbedingt wiedersehen, Andrew. Ich muss ihn finden.“

Andrew nickt gerührt. Er steht auf, um mit einem Paket zurückzukehren.

„Es überrascht dich wohl nicht, wenn ich dir sage, dass es vor zwei Jahren in meinem Briefkasten lag und ich es aufheben sollte?“

„Nein, tut es nicht“, antwortet sie lächelnd.

Vorsichtig öffnet Tahiri das Paket, und wie erwartet liegen darin die letzten Seiten verborgen. Jene Seiten, die Amanakis wundersame Geschichte erklären würden.

Zusammen mit Andrew geht Tahiri Zeile für Zeile durch, und so erfahren sie, auf welch wundersame Weise Amanaki Ari traf und wie er nach Neuseeland kam. Aber vor allem lesen sie die Geschichte von dem alten Mann mit dem Strohhut. Jenen Strohhut, den Amanaki auf beinahe jedem Bild trägt.

Als sie schließlich fertig sind, legt Andrew die letzte Seite ganz langsam zu den anderen.

„Wie Amanaki Ari gefunden hat, wusste ich bereits, aber er hat nie erzählt, warum er eigentlich dauernd diesen Hut trägt ... unglaublich.“ Voller Zuversicht blickt er Tahiri in die Augen und zeigt dabei auf ein einziges Wort: *Cook-Inseln.*

„Das ist dein Ziel.“

Doch es ist viel mehr als das. Es ist ein Leuchtturm der Hoffnung in einem Meer voller Zweifel.

Kapitel 24

Ganz langsam ziehen die Wolken am Firmament davon, um sich dann in der Ferne des Horizonts zu verlieren. Minutenlang lauscht er dem friedlichen Rauschen des Meeres und lässt dabei die klare Pazifikluft Polynesiens aus seinen Lungen entweichen, die so vertraut und gleichzeitig doch so seltsam fremd schmeckt – als wäre er zum ersten Mal hier. Während der Wind sanft durch sein Haar weht, setzt er seinen Strohhut nachdenklich auf.

Vier Jahre ist es her, dass Amanaki diese Luft das letzte Mal einatmete. Vier lange Jahre liegen zwischen seinem Aufbruch von Tahiti und diesem Moment. So viel ist seitdem passiert ... und gleichzeitig doch so wenig. Nach Rubys Tod vor etwa drei Jahren konnte er nicht mehr weitereisen. Er fürchtete sich vor der Zukunft, da ihn die Erinnerung begleitet und zerstört hätte. Eine Heimreise war ebenso zwecklos, denn eine Flucht in die Vergangenheit rettete noch Niemanden vor der Gegenwart.

Ihm blieb also nichts anderes übrig, als die Welt anzuhalten, solange, bis er sie wieder verstand. Die letzten drei Jahre verbrachte er deshalb als Fischer in einem kleinen Dorf auf den Kurilen. Es waren drei Jahre voller Arbeit, Kälte und schrecklicher Einsamkeit, doch sie haben ihn geheilt. Allmählich begann er zu verstehen, und irgendwann trieb es ihn wieder hinaus aufs Meer. Eine völlig neue Welt wartete dort auf ihn. All die Orte und Menschen, die zuvor seinen Weg kreuzten, mussten ihn aber hierherführen: An den Ort, wo alles begann. Wo Amanaki in die Welt zurückkehren würde, um fortan weder Vergangenheit noch Zukunft zu fürchten. Zu lange hat er es aufgeschoben. Vorsichtig streichelt er Ari, der seit Stunden unaufhörlich an seinen mittlerweile schulterlangen Haaren knabbert.

„Wird dir das denn nie langweilig, alter Freund?“

Amanaki lächelt ihn an und steigt leichten Schrittes in die Kabine hinunter. Die gedruckten und gebundenen Kopien seiner alten Reisetagebücher liegen dort einsam auf dem kleinen Tisch. Nachdenklich blättert eine Weile nostalgisch darin. Schließlich reißt er aus beiden Büchern jeweils die erste Hälfte heraus und versieht sie mit einigen Hinweisen und Fotos.

Eines Tages würde schon jemand verstehen, welche Geschichte er damit erzählen will. Denn darin geht es nicht um ihn. Nein, es ist die Geschichte aller Menschen.

In der kommenden Stunde schreibt Amanaki in aller Ruhe drei Briefe, die er zusammen mit den ersten drei Abschnitten seiner Reisetagebücher in kleine Pakete packt. Lediglich das Ende würde er unkommentiert an seine Familie schicken. Sie sollen ihn nicht finden ... nicht auf diese Weise. Deshalb will er auf Tonga auch nicht gesehen werden. Nein, wenn seine Botschaft jemals gehört werden soll, muss er vorerst ein Mythos bleiben. Eines Tages, wenn er dafür bereit ist, wird er zu seiner Familie zurückkehren und auch auf Tahiti leben. Er wird ihnen alles erklären und sich für sein Verschwinden und seine Sturheit entschuldigen. Doch noch ist es nicht so weit, auch wenn er sie alle schrecklich vermisst.

Dann fällt sein Blick auf die kleine Leinwand mit den schönen japanischen Kirschblüten, die Ruby damals in Kyoto malte. Die Erinnerung an jene Nacht kehrt sofort zurück und treibt Amanaki Tränen in die Augen. *Aufbruch, Schönheit und Vergänglichkeit.* Es dauert lange, bis er sich wieder beruhigen kann. Jetzt, da er Rubys Schicksal und seine Reise endlich begreift, kann er nicht zurückkehren. Solange *sie* noch einen Sinn für ihn birgt, wird er fortbleiben müssen.

Amanaki betrachtet mit einem Lächeln die Päckchen. Im Zweifel wird er jemanden vor Tonga beauftragen müssen, sie an seiner Stelle zu versenden. Erst dann wird er seinen eigentlichen Bestimmungsort ansteuern können: die Cook-Inseln. Es ist an der Zeit, dem alten Mann den Hut zurückzubringen, der ihn all die Jahre so treu begleitete. Nie hätte sich Amanaki erträumen können, was der Mensch darunter alles erleben sollte: Eine Irrfahrt, ohne Anfang und ohne Ziel, und dennoch ist er angekommen. Irgendwann fand er auf den Kurilen die Antworten, die er all die Jahre suchte.

Voller Zuversicht hisst Amanaki das Segel des Katamarans, um elegant wie eh und je durch das türkise Wasser zu gleiten. Nur eine Stunde Fahrt trennt ihn noch von Tonga. Als er dort in der Mittagssonne ankommt, braucht Amanaki zum Glück nur zehn Minuten, um im Küstenmeer einen Fischer zu finden. Nach einem kurzen Gespräch und einer kleinen Anzahlung ist dieser schließlich bereit, an seiner Stelle die Päckchen abzuschicken. Den Rest würde Amanaki erst bezahlen, wenn der Fischer mit einem Beleg zurückkehrt, dass die Pakete allesamt versendet wurden. Er muss sich dessen sicher sein können, wenn er jemals Ruhe finden will. In der Zwischenzeit legt sich Amanaki friedlich an Deck, um eine Weile mit dem Strohhut auf dem Gesicht zu dösen.

Drei Stunden später hört er endlich ein kleines Motorboot kommen. Tatsächlich ist es der Fischer der fröhlich mit einer Postamt-Quittung auf seinen Katamaran klettert. Es ist also vollbracht.

Zufrieden zahlt Amanaki den Fischer aus und verabschiedet sich freundlich und dankend von ihm. Ohne Tonga auch nur für einen Moment betreten zu haben, setzt er das Segel. Es gibt nichts mehr, was ihn jetzt noch aufhält. Nur zwei Tage liegen zwischen ihm und dem Schlussstein seiner Odyssee.

Bis tief in die Nacht segelt Amanaki den Cook-Inseln entgegen, doch irgendwann werden seine Lider schwer. Gähnend sucht er einen Ankerplatz. Als er endlich eine geeignete Stelle findet, geht er trotz seiner Müdigkeit nicht gleich ins Bett. Dafür ist die Nacht viel zu magisch. Stattdessen legt er sich draußen auf den Rücken, um den endlosen Sternenhimmel zu betrachten.

Millionenfach leuchten die Sterne auf Amanaki herab, vergehen und entstehen, und dennoch dürfte kein einziger Stern fehlen. Nur so ist der Anblick vollkommen. Ihr Licht mag noch so schwach und von Dunkelheit umringt sein, doch jeder einzelne trägt dazu bei, dass die Nacht erleuchtet wird. Und auch nachdem sie angeblich bereits erloschen sind, strahlt ihr Licht für Jahrtausende in die Weiten der Galaxie hinaus.

Amanaki lächelt ihnen entgegen. Nein, nichts ist *vergänglich.* Ein Gefühl von Glück strömt durch seinen Körper. Selbst das kleinste Licht vermag die Finsternis für alle Zeiten zu erleuchten. Und je dunkler die Nacht, desto heller strahlt es.

Noch vor dem ersten Sonnenstrahl erwacht er, um seine Fahrt fortzusetzen. Er segelt den ganzen Tag durch und bestaunt abends wieder stundenlang die Sterne.

Am nächsten Nachmittag ist es dann so weit. Die Cook-Inseln liegen vor ihm. Nervös betritt Amanaki den kleinen hölzernen Anleger, den er vor vier Jahren zum ersten Mal entlangging. Er streift durch den Ort, der ihm so vertraut vorkommt, als wäre es ein Traum. Doch egal, wie lange er sucht, der alte Mann bleibt verborgen.

Amanaki zieht weiter durch die Straßen, bis er plötzlich einen Laden mit der Aufschrift „Eastern Winds“ entdeckt. Er lächelt in sich hinein. Da ist es also.

Er betritt das Geschäft und wird umgehend von einem jungen Mann angesprochen. Es kann nur ein Enkel des alten Mannes sein. Er scheint zu merken, dass Amanaki kein gewöhnlicher Kunde ist, also erklärt er ihm in aller Ruhe, was er eigentlich will. Erst glaubt der Enkel ihm kein Wort, doch als Amanaki schließlich entschlossen auf Ari und den Strohhut zeigt, wirkt er überzeugt. Der alte Mann wird sicherlich von ihrem Treffen erzählt haben.

„Er wird mich sehen wollen“, merkt Amanaki an.

Der junge Mann nickt und deutet höflich nach draußen.

„Ja ..., du hast recht. Komm mit, ich führ dich zu ihm.“

Sie gehen zusammen durch den kleinen Ort zu einem Krankenhaus, in dem der alte Mann liegt. Wie in Trance schreitet Amanaki dort die Gänge entlang. Jedes Detail kommt ihm dabei auf eine seltsame Art und Weise vertraut vor, als wäre er schon einmal hier gewesen. Eine Erinnerung entfaltet sich allmählich in Amanaki. Sie erschüttert ihn zutiefst und lässt ihn alle Emotionen spüren, die er jemals kannte. Schritt für Schritt nähert er sich dem Anfang und dem Ende einer langen Reise, der Reise seines Seins.

Sie erreichen das unauffällige Zimmer. Vorsichtig öffnet der Enkel die Tür und weist hinein, denn er will lieber draußen warten. Amanaki nickt, und unter Herzrasen betritt er zusammen mit Ari den kleinen, heruntergekommenen Raum. Obwohl drei Betten im Zimmer stehen, liegt der alte Mann allein dort. Er ist an unzählige Geräte angeschlossen, deren Geräusche die Stille des Zimmers durchbrechen. Und dann hört Amanaki es plötzlich: jenes Geräusch, das selbst die letzte Zelle seines Körpers erbeben lässt. Das Geräusch des EKGs, das sich so schmerzhaft in seine Seele eingebrannt hat. All die

Erinnerungen brechen über ihn herein, und für einen Augenblick scheint es, als würde Ruby dort vor ihm liegen. Es ist nur ein schwacher Schimmer, aber sie ist da. Gebannt blickt Amanaki in ihr Antlitz und muss hemmungslos weinen. Er will nach ihr greifen, doch seine Hand scheint durch sie hindurchzugleiten. Und so schnell Ruby gekommen ist, so schnell löst sie sich wieder in der Unendlichkeit auf.

Amanaki atmet schwer. Eine Weile wischt er sich nur die Tränen aus dem Gesicht, bevor er an das Bett des alten Mannes tritt. Jeder Atemzug scheint ihn zu quälen, und auch wenn dessen Augen fest verschlossen sind, kann Amanaki darin lesen. Voller Rührung nimmt er seinen Strohhut ab, um ihn auf den Kopf des alten Mannes zu setzen.

„*Ein schönes Leben, voller Fehler und Zweifel, Trauer und Wut, doch am Ende wird alles Sinn ergeben.*“

Auch wenn der alte Mann plötzlich zu röcheln beginnt, bildet sich allmählich ein schwaches Lächeln auf dessen Gesicht.

„Amanaki, endlich ... endlich bist du da.“

Kapitel 25

Das ferne Singen der Seevögel reißt Tahiri aus ihrer tiefen Trance. Mit jedem Schritt, mit jedem Atemzug glaubt sie, Amanakis Präsenz zu spüren. Manchmal fühlt Tahiri sie so stark, dass sie beinahe überwältigt wird. Als würde diese Insel seinen Namen in die Welt hinausschreien. Er muss einfach hier sein.

Wo genau weiß Tahiri jedoch nicht, so dass sie eine Weile planlos durch einen idyllischen Ort läuft. Es gibt aber keinen Grund mehr zur Eile, denn sie ist längst am Ziel. Hier würde sie die Antworten finden, die sie so dringend sucht.

Also wandert sie weiter durch die Straßen, ohne jemanden um Hilfe zu bitten. Irgendwie fühlt es sich richtig an, sich ihrem Instinkt hinzugeben, sich treiben zu lassen. Und da Amanaki den alten Mann im Reisetagebuch nie namentlich erwähnt hat, wüsste Tahiri sowieso nicht, nach wem sie eigentlich fragen sollte.

Während Tahiri weiterläuft, ohne zu wissen, worauf genau sie eigentlich hofft, stellt sie sich vor, dass Amanaki vor sechs Jahren auf denselben Wegen wandelte. Ihr Gefühl sollte allerdings recht behalten, denn irgendwann taucht aus dem Nichts der Laden eines kleinen Tourismusunternehmens auf, das den Namen „Eastern Winds“ trägt.

Das ist der Ort, den Amanaki in seinem Reisetagebuch erwähnt hat. Dort wird sie nicht nur den Enkel des alten Mannes, sondern auch Antworten finden. Ihre innere Ruhe wandelt sich in Aufregung. Mit einer Gänsehaut betritt sie den kleinen Laden, der in einem warmen, hölzernen Stil eingerichtet ist. Es vergehen nur ein paar Sekunden, in denen sich Tahiri in Gedanken versunken umsehen kann, ehe ein junger Mann zu ihr tritt.

„Guten Tag, kann ich Ihnen helfen?"

Tahiri zögert, denn sie hat sich nicht überlegt, wie sie ihre Situation erklären soll. Schließlich findet sie zu holprigen Worten.

„Hallo, ich suche einen alten Mann, der Brotbaumfrüchte verkauft, und ich glaube ... ich glaube, Sie sind sein Enkel."

Wie vermutet, ist der junge Mann überrascht, aber auf eine seltsame positive Weise. Als wäre etwas eingetreten, von dem er nicht erwartet hat, dass es jemals Realität wird.

„Du ... du bist wegen Amanaki hier, oder?"

Tahiri muss sofort lächeln.

„Ja, bin ich. Woher weißt du das?"

Der junge Mann fährt sich durch seine wuscheligen schwarzen Haare.

„Er ... er war vor zwei Jahren hier, um meinen Opa zu besuchen. Also, den alten Mann, den du suchst."

„Vor zwei Jahren?", entgegnet Tahiri überrascht.

„Ja ... Obwohl sie sich kaum kannten, hatten die beiden eine Verbindung zueinander, die ich bis heute nicht verstehe. Drei ganze Tage ist Amanaki nicht von seiner Seite gewichen, und stundenlang sprachen sie miteinander, manchmal bis tief in die Nacht. Dann ist Amanaki wieder abgereist, ohne sich von mir zu verabschieden. So plötzlich, wie er gekommen war, ist er auch verschwunden, und selbst mein Opa hat mir nie erzählt, worüber sie gesprochen haben."

Tahiri ist schockiert.

„Er ist wieder abgereist und war seitdem nicht mehr hier? Einfach so? Weißt du wirklich nicht, wohin er vielleicht gehen wollte?"

Der Enkel blickt sie nur traurig an.

„Nein, es tut mir leid."

„Und dein Opa? Weiß er vielleicht etwas?“, hakt Tahiri nach, denn sie will nicht wahrhaben, dass das hier ihre Endstation sein könnte. Sie kann nicht akzeptieren, was nicht sein darf. Nicht hier, nicht so kurz vor ihrem Ziel. Der junge Mann blickt nur seufzend nach draußen.

„Warte vor der Tür auf mich, ich muss dir etwas zeigen.“

Gehorsam verlässt Tahiri den Laden, und kurze Zeit später tritt auch ihr Begleiter mit einem Rucksack heraus.

Zusammen gehen sie schweigsam durch den Ort, bis sie eine Kirche erreichen. Während eine kühle Brise über ihre Haut streicht, betreten sie den Friedhof. Vor einem unscheinbaren Grab bleibt der junge Mann stehen.

„Vor zwei Jahren, vier Tage nachdem Amanaki uns verlassen hat, ist mein Opa gestorben. Es ist beinahe, als hätte er nur noch auf Amanaki gewartet. Als wäre dieses Gespräch das letzte gewesen, was er sich in seinem Leben erhoffte.“ Traurig blickt er zum staubigen Boden. „Das hier ist sein Grab.“

Tahiri fällt auf die Knie. Hinter ihr spricht der Enkel mit bebender Stimme weiter: „In seinen letzten Tagen hat er mich mehrmals angefleht, ihm einen letzten Wunsch zu erfüllen: Dass ich der Person, die hier eines Tages auftauchen wird, etwas ganz Besonderes geben soll. Ich musste es schwören, auf alles, was mir heilig ist. Denn mein Opa, dieser arme alte Mann, war felsenfest davon überzeugt, dass eines Tages jemand kommen würde, um nach Amanaki oder ihm zu fragen. Und das, obwohl er diese Insel selbst nie verlassen hat.“

Plötzlich spürt sie, wie ihr von hinten etwas auf den Kopf gesetzt wird. Auch wenn es nichts wiegt, trifft Tahiri das Gewicht wie ein Schlag und lässt sie beinahe ohnmächtig werden. Voller Ehrfurcht hebt sie ganz langsam ihre Hand, um vorsichtig über den alten Strohhut zu streicheln, unfähig, auch nur irgendetwas zu sagen. Währenddessen hört sie ein letztes Mal die Stimme des Enkels hinter sich erklingen.

„Ich lasse dich jetzt allein."

Daraufhin verschwindet der junge Mann. Wie paralysiert bleibt Tahiri allein am Grab zurück und weiß nicht, ob sie schreien oder weinen soll. Sie fühlt sich einfach überwältigt von all den Ereignissen der letzten Tage. Vorsichtig nimmt sie den Strohhut ab. Es rührt sie so sehr, ihn zu tragen, doch was soll ihr das sagen?

Ist er ein Zeichen, ein Symbol dafür, dass sie Amanaki niemals wiedersehen wird? Dass er für immer fortbleiben wird? Wie kann er ihr das nur antun, sie so im Zweifel versinken zu lassen? Wieso versteckt Amanaki sich vor ihr? Was soll das alles?

Noch immer knieend, hadert sie lange mit ihrem Schicksal, bis Tahiri plötzlich die Inschrift auf dem Grabstein bemerkt.

Zwar war er nur ein armer Mann, doch das Echo seines Seins hallt bis in alle Ewigkeit in die Welt hinaus.

Während langsam die Tränen von ihren Wangen auf den Strohhut tropfen, muss Tahiri gleichzeitig aus ihrem tiefsten Inneren heraus strahlen. Auf einmal muss sie an all die Menschen denken, denen Amanaki so sehr geholfen hat: an Ruby, Andrew, Eleonore, Toshi und Hisako.

All diese Geschichten, all diese Leben sind bis in alle Ewigkeit untrennbar mit ihm verwoben. So wie Toshi und viele andere unter den Taten dieses Isamus litten, machte Amanaki ganz allein die Welt zu einem etwas besseren Ort.

Schluchzend setzt sie sich den Strohhut auf den Kopf. Das ist es, was er ihr zeigen wollte. Endlich, nach all den

Zweifeln und Ängsten, die sie geplagt haben, versteht Tahiri es. Die ganze Zeit lag es vor ihr, greifbar, spürbar, doch sie war blind.

Amanaki wollte nie gefunden werden. Er wollte, dass Tahiri aufbricht und ihre eigenen Antworten findet. Damit sie versteht, dass sie selbst nun auch mit all diesen Menschen verbunden ist und ihre Sorgen endgültig ziehen lassen kann. Denn Amanaki ist irgendwo da draußen und segelt glücklich durch diese Welt. Etwas in ihr weiß es. Er hat seinen Frieden gefunden. Eines Tages wird Amanaki auch zu ihnen zurückkehren, doch Tahiri wird nicht mehr nach ihm suchen. Nein, sie kann Amanaki nicht zwingen, jetzt heimzukehren, nicht solange diese Reise noch einen Sinn ... noch Schönheit für ihn birgt. Nie würde sie jemanden zu so einem drastischen Schritt drängen.

Denn zum ersten Mal in ihrem Leben bekommt Tahiri ein Gefühl für die Tragweite ihrer Taten, für die Unendlichkeit, die tief in ihr verborgen liegt. Zum ersten Mal hört und spürt sie es – das Echo ihres Seins.

Mehr von Marcus S. Theis

SCHATTEN OHNE LICHT
Roman

Juni 2017
ISBN 978-3-96152-092-3
Tb, 218 Seiten
12,80 Euro
Auch als eBook.

Rede und Gegenrede, Lüge oder Wahrheit, Süd oder Nord

In Seonghans und Jeongahs kleinem Heimatdorf in Nordkorea bestimmt der feste Glaube an den *Geliebten Führer*, an das Militär und den Kommunismus, den Alltag. Auch wenn die Geschwister von Hunger, Kälte und harter Arbeit geplagt sind, Gewalt täglich vor Augen haben – wie könnten sie daran zweifeln, dass ihr Land alle anderen Länder der Welt übertrifft?

Als ihr Großvater, der jahrelang für Nordkorea gekämpft hat und ein treuer Anhänger des *Geliebten Führers* war, dem Hungertod zum Opfer fällt, beginnt ihr Glaube an das System langsam zu bröckeln. Dann versucht Seonghans Militärkamerad ihm weiszumachen, dass es im Süden so viel mehr gibt als bei ihnen – *so viel Nahrung, so viel Strom, so viel Leben: eine bessere Welt.* Ist es entgegen allem, was sie gelernt haben, tatsächlich nicht der imperialistische Süden, sondern ihre eigene Heimat, in der Ungerechtigkeit und Grausamkeit vorherrschen?

Obwohl Hinrichtungen an der Tagesordnung stehen und Menschen der *feindlich gesinnten Kategorie* spurlos verschwinden, wagen die Geschwister schließlich den Gedanken an eine Flucht, an ein besseres und freies Leben in Südkorea. Doch ist ein Entkommen überhaupt möglich? – Und welche Opfer werden sie dafür bringen müssen?

Marcus S. Theis, 1994 in Koblenz geboren, studiert Politik und Soziologie in Bonn.
Backpacking- und Couchsurfing-Reisen führten ihn nach Neuseeland, Korea, Japan und in die USA. Mit „Schatten ohne Licht“ erschien 2017 sein Prosa-Debüt.

Weitere Informationen finden Sie unter
www.marcus-stephan-theis.de